A1

Barbara Hermann

Das Buch

Endlich hat sich Anni Obermaier in eine leitende Position hochgearbeitet und ihre schreckliche Kindheit vergessen. Doch dann schickt ihr Chef sie an den Tegernsee und damit in die Vergangenheit. Sie muss sich auf Wunsch ihres Chefs um das Hotel *Hoferer* kümmern, das in den Fokus einer Investorengruppe gerückt ist. Ausgerechnet das Haus ihrer einstigen Liebe Sven.

Zur gleichen Zeit stirbt ihre zänkische Tante Grete und Anni soll deren kleines Hotel erben. Sie, die ungeliebte Nichte? Auch ein Fremder meldet Ansprüche auf das Erbe an. Alte, unschöne Erinnerungen erwachen. Doch auch die Veränderungen in ihrer geliebten Heimat wecken widersprüchliche Gefühle in ihr.

Anni spürt, dass sie sich entscheiden muss, was ihr das Wichtigste im Leben ist: Liebe, Heimat und Familie oder das Geld.

Die Autorin

Barbara Herrmann wurde in Karlsruhe geboren und ist im Kraichtal aufgewachsen. Ihre Geschichten laden in ihre badische Heimat und ins von ihr geliebte Elsass ein. Andere entstehen während ihrer Reisen in schöne Urlaubsregionen. Gerne sucht sie für ihre Charaktere besondere Schauplätze, die entweder Zeitgeschichte oder eine interessante eigene Geschichte haben und eine Erzählung bereichern. Nach ihrem Eintritt in den Ruhestand erschienen zahlreiche Bücher verschiedener Genres. Heute lebt die Mutter zweier Söhne mit ihrer Familie in Berlin.

Anni kehrt heim

Ein Tegernseeroman

Barbara Herrmann

Bibliografische Information der Deutschen Nationalbibliothek: Die Deutsche Nationalbibliothek verzeichnet diese Publikation in der Deutschen Nationalbibliografie; detaillierte bibliografische Daten sind im Internet über dnb.d-nb.de abrufbar.

© 2023 Barbara Herrmann
Kontakt http://heidezimmermann.de
Redaktion: friedericke-Magazin
Lektorat. Daniela Höhne, Berlin

Herstellung und Verlag: BoD – Books on Demand, Norderstedt
ISBN 9783757819040

Coverfoto:shutterstock_1325620928-huge
shutterstock_1679665345-Bilanol

„Verstehen kann man das Leben rückwärts;
Leben muss man es aber vorwärts."

(Søren Kierkegaard)

2023
Anni
München

Anni gönnte sich am Vormittag im Café in der Nähe ihrer Wohnung ein schönes Frühstück. Sie hatte allen Grund, zufrieden und stolz zu sein.

Ihr Chef, Alexander, hatte sie am Tag zuvor in sein Büro gebeten. Sie würde bald ihre bisherige Gruppe, zuständig für Hotels und Restaurants, leiten. Ausgerechnet sie, das einfache Tegernsee-Mädchen, die einst schlichte Hotelfachfrau, durfte künftig in verantwortlicher Position einer renommierten Unternehmensberatung in München arbeiten.

Sie wäre dann eine Frau, die über das Wohl und Weh eines Unternehmens und seiner Besitzer entschied. Niemand würde sie je wieder gängeln können. Das war es, was sie die letzten Jahre akribisch verfolgt hatte, wofür sie hart arbeitete und was sie in ihrem Leben erreichen wollte. Was für ein Gefühl! Sie war am Ziel.

Und dann setzte das Kopfkino ein. Sie sah ihren inzwischen verstorbenen Vater vor sich. Sie vermisste ihn, denn sie hatten beide so viel erlebt, dass sie jetzt so gerne ihre Freude und ihren Erfolg mit ihm teilen würde.

Zwei Stunden später und wieder zu Hause fischte sie ein Anwaltsschreiben aus dem Briefkasten. Sie runzelte die Stirn und fragte sich, was das wohl zu bedeuten hatte. Im Flur ihrer Wohnung streifte sie die Schuhe ab, stellte die Tasche auf die Kommode und lief ins Wohnzimmer an ihren Schreibtisch. Langsam ließ sie sich in den Sessel gleiten und öffnete den Brief.

Als sie ihn überflogen hatte, schüttelte sie ungläubig den Kopf. Tante Grete war verstorben; die Beerdigung hatte bereits vor einer Woche stattgefunden. Das jedenfalls hatte sie dem Schreiben entnommen.

Man bedauere, sie nicht rechtzeitig vor der Beisetzung informiert zu haben, aber die Rechercheergebnisse hatten leider nicht eher vorgelegen. Grete Obermaier hatte ihre Beisetzung genauestens vorgegeben und es waren keine Namen genannt, die benachrichtigt werden sollten. Sie hatte keine Trauerfeier gewollt, wurde eingeäschert und in aller Stille beigesetzt. Das Beerdigungsunternehmen war von Grete vorab selbst bezahlt worden.

Anni legte das Schreiben beiseite und zog die Beine an. Wie konnte das sein? Sie war damals von jetzt auf gleich gegangen, als sie genug hatte von den körperlichen Übergriffen und der Gängelei ihrer Tante. Ihr Vater allerdings half seiner Schwester, trotz aller Vorkommnisse, weiter, bis er krank wurde und nicht mehr konnte. Es handelte sich bei dem Erbe um den Anteil ihres Vaters, der nun leider Gottes nicht mehr lebte. Obwohl, überlegte sie, es waren drei Geschwister: Tante Grete, ihr Vater Josef und der kleine Bruder Paul. Den hatte sie aber nie kennengelernt. Er sollte angeblich als junger Mann in den Norden, nach Usedom, gegangen und sehr früh verstorben sein. Blieb nur noch sie übrig. Es konnte sich lediglich um den unumgänglichen Pflichtteil ihres Vaters handeln. Alles andere hätte Grete nach Annis Dafürhalten nicht zugelassen. Sie hatte den Hauptteil bestimmt der Stadt oder einer Institution vermacht.

Was wohl die letzten Jahre aus dem kleinen Hotel geworden war, das von den Großeltern vom Bauernhaus zur Pension umgebaut und später von Grete zum Hotel erweitert und geleitet worden war, fragte sie sich. Sie sah es vor sich, ein für Bayern typischer Bau mit Fachwerk, direkt am See. Der Eingang lag zur Adrian-Stoop-Straße und auf der Seeseite war eine wunderschöne Terrasse angebaut. Das Haus war schon damals, vor mehr als zehn Jahren, an der einen oder anderen Stelle renovierungsbedürftig gewesen. Sie konnte sich nicht vorstellen, dass ihre Tante mit zunehmendem Alter die Qualität hatte halten können. Aber das Seegrundstück, das war ein besonderes Bonbon. Das Hotel müsste mittlerweile geschlossen sein, überlegte sie und das private Haus stand bestimmt leer. Am Abend würde sie Google bemühen, obwohl ihre Tante schon damals nicht online zu finden war, auch keine Hotelportale bemühte. Sie lebte einzig von ihren Stammkunden. Schnell verwarf sie den Gedanken. Es war besser, sich überraschen zu lassen.

Anni dachte angestrengt darüber nach, ob sie keine weiteren Verwandten in Bad Wiessee kennen müsste, die noch als Erbe infrage kämen. Es fiel ihr allerdings niemand ein.

Und nun?

Vielleicht waren gar das Hotel und das Wohnhaus heruntergekommen und verschuldet. Sie musste zur Testamentseröffnung, aber sie wollte vorsichtig sein. Nicht, dass ihr Vater zu guter Letzt mit Schulden bedacht wurde. Zuzutrauen wäre es Grete.

Alexander holte sie aus diesen trüben Gedanken, indem er anrief, und sie bat, am späten Nachmittag in sein Büro zu kommen.

„Grüß dich, Anni, wie geht's heute?"

„Danke gut, Alexander."

„Setz dich. Ich habe noch einen heiklen Auftrag für dich, ehe du deine Gruppe übernimmst."

„Um was geht es?"

Er schaute sie lange an, denn er kannte in groben Zügen ihre Jugend und ihre Lebensgeschichte. Er hatte sie damals im Hotel seines Freundes Ludwig Loibl hier in München kennengelernt, in dem sie sich als junge Frau von ganz unten langsam nach oben gearbeitet hatte. „Ich weiß, dass ich jetzt etwas viel von dir verlange, aber es geht nicht anders. – Du musst an den Tegernsee reisen."

Anni erschrak. *Welch ein Zufall*, schoss es ihr durch den Kopf. „Was soll ich dort tun?", wollte sie wissen.

„Es geht um das Hotel *Hoferer*. Es ist schon lange in Schieflage und eine Investorengruppe möchte unbedingt zugreifen."

„Und ich soll das einfädeln?", flüsterte sie.

„Ja. Nicht nur einfädeln, sondern auch vollenden, notfalls mit Druck. Das Problem ist, dass sich die Familie mit Zähnen und Klauen wehren wird."

Anni erschrak. Sie hatte alles Mögliche erwartet, aber das nicht. Das Hotel *Hoferer*! „Weshalb soll ausgerechnet ich das machen? Wir haben unbefangenere Kollegen", erklärte sie mit Nachdruck.

„Wieso solltest du befangen sein? Ich dachte eher an deine Ortskenntnisse. Dein spezielles Wissen wird dir die Sache sehr erleichtern."

Anni pustete die Luft, die sich angestaut hatte, durch die Lippen. „Nun … Der Sohn des Inhabers, wenn er nicht schon selbst übernommen hat, war einst mein Freund, meine erste Liebe. Ich denke, dass es deshalb keine so gute Idee wäre. Er würde versuchen, mich umzustimmen, an alte Zeiten erinnern. Ich möchte nicht daran denken müssen, was einmal war."

„Aber das ist doch schon so lange her, du bist nicht mehr befangen. Ich brauche dich an der Stelle, weil es sehr emotional zugehen wird, wie ich gehört habe. Die Politik mischt sich ein und es geht um ein großes Seegrundstück. Da sind Fingerspitzengefühl, Weitsicht und Ortskenntnis vonnöten. Das kannst nur du, Anni! Also, noch einmal, ich brauche dich am Tegernsee."

Anni schüttelte den Kopf. „Ich weiß, was das für ein Grundstück ist. Bitte, Alexander. Ich bitte dich, mich da rauszulassen. Ich muss wegen meiner verstorbenen Tante die nächsten Tage ins Tal, und das allein ist mir schon ein Graus. Meine ganze beschissene Jugend steht plötzlich wieder auf. Jetzt auch noch Sven und das legendäre Hotel *Hoferer* ... Schlimmer geht's nimmer."

Alexander zog die rechte Augenbraue hoch. „Umso besser, dann wirst du mit den dienstlichen Aufgaben von den privaten Emotionen abgelenkt, kannst den nötigen Abstand gewinnen. Prima! Dann fährst du morgen." Er machte eine kurze Pause, um ihre Reaktion abzuwarten. Da sie schwieg, sprach er weiter: „Lass dir von deiner Sekretärin ein schönes Zimmer mit Seeblick in Rottach-Egern reservieren und genieße nach Feierabend die Schönheit und die Natur deiner Heimat. Dein Besuch dort kann dich mit der Vergangenheit versöhnen."

Damit war alles gesagt und Anni hinauskomplimentiert.

Am Abend stand sie vor ihrem Spiegel und schaute sich lange an. Sie sah eine Frau mit braunen Haaren, die mit zarten, hellen Strähnen durchzogen waren und je nach Lichteinfall reflektierten. Sie war mittelgroß, schlank und wirkte mit Ende zwanzig immer noch ein paar Jahre jünger. Selbst im strengen Bürokostüm wurde sie von Unternehmern oft unterschätzt, was ihren Kollegen häufig ein verschmitztes Lachen ins Gesicht zauberte. Ihre rehbraunen Augen leuchteten und funkelten, sodass die Männer des Öfteren ganz verzückt waren und ihren Freund Fabian gelegentlich eifersüchtig machten.

Fabian hatte sie vor etwa einem Jahr in der Firma kennengelernt. Als neuer Kollege übernahm er die Gruppe für Industriebetriebe, die frisch eingerichtet wurde. Sie mochten sich auf Anhieb und kamen sich immer näher. Durch die gleiche Arbeit hatten sie gegenseitiges Verständnis für berufliche Reisen, Karriereplanungen, und das zum Teil harte Vorgehen gegenüber maroden oder gefährdeten Unternehmen wurde nicht hinterfragt. Er drängte in letzter Zeit zur gemeinsamen Wohnung. Anni aber war sich unsicher. Sie konnte sich das noch nicht vorstellen. Ja, sie fühlte sich in seiner Nähe wohl, aber reichte das für ein gemeinsames Leben? Mal sagte sie sich: Ja, es reicht aus. Er war zuvorkommend, liebevoll, nahm Rücksicht, kümmerte sich und bot ihr ein immer reiflich durchdachtes und geplantes Leben. Und dann wieder glaubte sie, dass es nicht reichte. Es geschah nichts, es gab keine Überraschungen, nichts war spontan, es kribbelte auch nicht im Bauchraum und selbst im Bett lief es immer gleich ab. Mit einem Seufzer drehte sie sich um, verließ das Bad und kümmerte sich wieder um ihren Koffer, der gepackt werden musste. Als sie fertig war, rief sie Fabian an, informierte ihn über ihre Geschäftsreise und verabschiedete sich für die nächsten Tage.

„Wie lange bleibst du?", wollte er zum Schluss noch wissen. „Du bist doch in drei oder vier Tagen wieder zurück?"

Sie spürte die Enttäuschung ihren Oberkörper hochkriechen. Hatte sie ihm doch so viel von ihrer Kindheit und Jugendzeit am Tegernsee erzählt und er verschwendete keinen einzigen Gedanken daran, ob ihr die Reise in die Heimat schwerfallen könnte. Aber vielleicht lag es daran, dass sie über ihre Erbschaft geschwiegen hatte und er nur oberflächlich an einen Geschäftstermin dachte. Die Enttäuschung war dennoch groß.

„Das kann ich noch nicht sagen, aber eine Woche dauert es ganz bestimmt. Eher etwas mehr", erwiderte sie tonlos.

2023
Anni
Bad Wiessee

Von München an den Tegernsee war es nicht weit. Viele Münchener nutzten den See und die Berge als Naherholungsgebiet. Deshalb reichte es, erst am Nachmittag loszufahren. Sie nahm bis Holzkirchen die Autobahn und das letzte Stück über die Landstraße erweckte zahlreiche Erinnerungen. Dabei fühlte sie eine Mischung aus Herzklopfen und zunehmende Vorfreude. Es war ihre Heimat. Sie hatte sich nicht wie empfohlen ein Hotelzimmer in Rottach-Egern gebucht, sondern in Bad Wiessee direkt am See eine Ferienwohnung genommen. Sie wollte nah an dem Platz sein, wo die Objekte lagen, um die es die nächsten Tage gehen würde.

Nachdem sie am späten Nachmittag in ihrer Ferienwohnung den Koffer abgestellt hatte, schaute sie sich zuerst um. Das Schlafzimmer war klein, aber geschmackvoll eingerichtet. Ein breites Bett mit einem Beistelltisch aus Glas, an der gegenüberliegenden Wand ein ausreichend großer Schrank. Am Fenster ein gemütlicher Sessel, daneben ein Regal und über diesem ein großer Spiegel. Die Küche war winzig, was Anni aber nicht weiter störte, es war alles da, was man brauchte, bis hin zum Geschirrspüler. Sie würde ohnehin viel unterwegs speisen.

Das Wohnzimmer zeigte sich als eine gemütliche Oase. Ein Kuschelsofa, davor ein Couchtisch, an der rechten Wand ein Esstisch mit zwei Stühlen und auf der anderen Seite ein kleiner Schreibtisch und ein Stuhl.

Als sie auf den Balkon hinaustrat, ging ihr das Herz auf. Ihre Augen blickten voller Liebe über den See, dann hinüber zu den Bergen und der anderen Uferseite. Sie sah die gelben Gebäude des ehemaligen Klosters Tegernsee, die heute das legendäre *Bräustüberl* und die ehemalige Klosterkirche und jetzige *Pfarrkirche St. Quirinus*, beherbergten. Anni beobachtete ein Linienschiff, das den See überquerte. *Schade*, dachte sie, *dass ich nicht hier bin, um meinen Urlaub zu genießen.* Ihr Bauchgefühl flüsterte ihr außerdem, dass nicht nur schwierige geschäftliche Tage bevorstehen würden, sondern sich ihre gelebte Vergangenheit ebenfalls in den Vordergrund drängen würde. Und die war nicht weniger intensiv, auch sehr emotional. Schnell drehte sie sich um, damit ihre Fantasie nicht unaufhörlich Bilder und Gedanken erzeugen konnte.

Mit einem tiefen Seufzer packte sie ihren Koffer aus. Anschließend bestückte sie das Badezimmer mit allen notwendigen Utensilien, die sie mitgebracht hatte.

Als sie fertig war, ließ sie es sich nicht nehmen, die Uferpromenade entlangzuwandern und die Atmosphäre aufzunehmen. Immer wieder blieb sie stehen und schaute auf den See, der heute ganz ruhig in einem tiefen Blau, mit grünen Streifen dazwischen, vor ihr lag. Ihr schien, als würde er schlafen.

Anni ließ sich auf einer Bank nieder und genoss die Ruhe des späten Nachmittags. Sie drehte sich um, schaute hinter sich auf die Wiese und den anschließenden Fahrradweg und konnte nicht verhindern, dass Bilder vor ihrem inneren Auge vorbeizogen, die sie als kleines Mädchen hüpfend auf genau dieser Wiese zeigten; ein blasses Kind mit braunen langen Zöpfen, die meistens von ihrer Mutter geflochten wurden. Ach ja, ihre Mama. Wie oft fragte sie sich, was diese wohl zu ihrem Werdegang und ihre Leben heute sagen würde. Sie würde sie bestimmt lächelnd in den Arm nehmen.

Seufzend stand sie nach einer Weile auf und flanierte auf der Promenade weiter. Am kleinen Anleger für Ruderboote begann ihr Herz zu klopfen, denn vor hier aus konnte sie das Hotel *Seeperle* ihrer Tante Grete sehen, wenn sie auch nicht nah genug dran war, um festzustellen, ob es noch geöffnet hatte. Heute, so entschied sie, wollte sie erst einmal richtig ankommen, sich nicht mit dem Hotel beschäftigen und außerdem warten, was sie überhaupt erben würde. Es war ihr zu emotional für die ersten Stunden in der Heimat. Ihre Augen blickten daher auf die gelben Sonnenschirme der *Linde*. Viele Urlauber und Gäste des Tals saßen an den Tischen, ließen sich von den Sonnenstrahlen verwöhnen, genossen das Essen oder den Nachmittagskaffee mit einem Stück Kuchen.

Lecker sah alles aus, was so auf den Tellern lag. Anni erblickte nur glückliche Gesichter.

Ihr Magen meldete sich, indem er lautstark knurrte. Gefühlt so laut, dass sie sich peinlich berührt umdrehte, ob es jemand gehört oder gar missverstanden hatte. Aber niemand schaute sie an. Mit einem Lächeln auf den Lippen betrat sie den Biergarten und setzte sich an einen gerade frei gewordenen Tisch in der ersten Reihe. Damit hatte sie einen offenen Blick auf den See.

Ein freundlicher Kellner in typisch bayrischer Lederhose, kariertem Hemd und Kniestrümpfen kam eilig zu ihr und fragte im schönsten Dialekt, was er bringen dürfe. Sie bestellte sich einen Salatteller, auch ein Glas Wein und erfreute sich an der Atmosphäre. Es war angenehm, die heimische Mundart zu vernehmen. In München musste sie sich anpassen und sprach jetzt mehr hochdeutsch mit leicht bayerischer Färbung, anstelle des breiten Dialektes.

Am nächsten Morgen schlenderte sie zur Anwaltskanzlei in Bad Wiessee, die ihr den Erbschaftsbrief geschickt hatte. Sie war so gespannt, was da verlesen wurde.

„Nehmen Sie hier bitte Platz, Frau Obermaier", forderte sie die Sekretärin auf und zeigte auf eine Sitzgruppe.

Kurze Zeit später kam Rechtsanwalt Lukas Schneider, der sie mit auffallend blauen Augen anlächelte und begrüßte.

„Schön, dass Sie da sind, Frau Obermaier." Er setzte sich ihr gegenüber. „Darf ich Ihnen einen Kaffee oder ein Wasser bringen lassen?"

Anni schüttelt den Kopf. „Nein danke."

„Dann kann ich Ihnen jetzt die Verfügung ihrer Tante vorlesen?"

„Ja, bitte. Ich bin erstaunt. Wir waren zu ihren Lebzeiten nicht gerade eng verbunden."

Lukas Schneider lächelte. „Ich weiß, aber sie hatte ja außer Ihnen niemanden mehr. Ihre Tante Grete und ihr Papa Josef hatten zwar noch einen Bruder, der ist aber schon vor Jahrzehnten verstorben. Er war unseres Wissens nicht verheiratet und Kinder hatte er auch nicht. Also bleiben nur Sie als Erbin."

„Verstehe." Anni sah ihn erwartungsvoll an.

„Sie erben das Hotel *Seeperle* und auch das Privathaus in der Seestraße. Bargeld ist leider so gut wie nichts mehr da. Das Hotel lief die letzten Jahre nicht sehr gut. Die Gäste blieben aus, weil ihre Tante nicht mehr viel angeboten hatte. Sie hätte auch renovieren müssen. Aber wie das so ist, im Alter möchte man eher bewahren."

Anni schüttelte den Kopf. „Puh! Ich bin jetzt völlig perplex. Mit so etwas habe ich nicht gerechnet. Ich hätte vermutet, dass sie alles eher der Stadt vermacht als mir."

„Ja, so kann man sich irren. Aber sie hat Ihnen ihr Vermächtnis nicht namentlich zugebilligt. Wir mussten den üblichen Rechercheweg über die Ämter nehmen und prüfen lassen, wer zur Familie gehören könnte. Es war wohl ihr letzter Zeigefinger und kleiner Stolperstein an Sie persönlich. Vielleicht hat sie aber auch in ihrer letzten Lebensphase reflektiert, was sie angerichtet hat in ihrem Leben. Möglich, dass es eine Wiedergutmachung für Ihren Vater war. Was weiß man schon über die Gedanken eines Menschen, der ahnt, dass er nichts mitnehmen kann, wenn er gehen muss? Nehmen Sie das Erbe an?"

„Woher wissen Sie so genau, was in dieser Familie los war?", fragte Anni, während sie die rechte Augenbraue hochzog. Ein Zeichen, dass sie sehr aufmerksam war.

Der Anwalt lächelte. „Wir sind hier ein kleiner Ort, es kennt jeder jeden. Und in meinem Fall war mein Vater mein Vorgänger und der arbeitet mir gelegentlich etwas zu, wenn ich viel zu tun habe. Er hat mir berichtet, wie es Ihren Eltern und auch Ihnen ergangen ist."

Anni erhob sich und lief zur Terrassentür, die weit offenstand und schaute hinaus auf die Berge, die so stolz herunterblickten.

Langsam drehte sie sich wieder um. „Ob ich das Erbe annehme? Das wäre doch jetzt sehr gewagt, oder?"

Lukas Schneider stand ebenfalls auf und kam ihr entgegen. „Wie meinen Sie das?"

Sie verschränkte die Arme vor der Brust, als würde sie frieren. „Na ja, ich weiß schon, dass das Ganze auch seine Gefahren hat. Das Hotel ist bestimmt ein Sanierungsfall und das Haus wahrscheinlich nicht minder."

„Ja, sicher." Lukas Schneider nickte zustimmend und fuhr ihr mit der Hand leicht über den Arm. Dann drehte er sich wieder um und ging zu seinem Schreibtisch. „Aber bedenken Sie, dass die beiden Grundstücke, fast direkt am See, einen immensen Wert haben. Das hilft Ihnen bei der Finanzierungsfrage. Die Banken würden sicher nicht Nein sagen."

„Oh, so leicht zeigt sich das nicht. Ich weiß, wovon ich rede."

Er lächelte. „Ich habe schon gehört, dass Sie für eine namhafte Unternehmensberatung arbeiten."

„Ich muss das erst sacken lassen", sagte Anni leise. „Mit dem heutigen Tag ist die längst verdrängte Zeit meiner Kindheit und Jugend wieder da. Sie verfolgt mich, seit ich hier angekommen bin, und lässt mich nicht zur Ruhe kommen. Aber nicht nur das, ich muss auch noch beruflich aktiv werden, und das wird ebenso ein Zusammenstoß mit meinem alten Leben hier am Tegernsee." Anni schüttelte den Kopf.

„Oje, das scheint alles kein Spaziergang zu werden. Das Erbe läuft uns nicht weg. Etwas Zeit haben Sie noch", antwortete der Anwalt. Er kam näher, um sie zu verabschieden, es war zunächst alles gesagt.

Lukas Schneider griff auf die Schreibtischplatte und nahm einen gepolsterten Umschlag hoch.

„Hier sind die Schlüssel für beide Objekte. Machen Sie sich ein Bild und dann treffen wir uns in ein paar Tagen wieder, um alles zu besprechen."

Er reichte ihr die Hand und verabschiedete sie freundlich.

Anni schlenderte sofort die wenigen Straßen weiter zum Hotel *Seeperle*. Das Haus war mit dunklem Holz gebaut und zur Seeseite hin mit Lüftlmalerei verziert. Auf den ersten Blick sah sie viel Bedarf, das Hotel wieder herzurichten. Die Balkone der Gästezimmer gingen sowohl mit seitlichem Blick zum See als auch zu den Bergen. Die Geländer schrien nach einem neuen Anstrich. Die Fenster waren schon Jahrzehnte alt.

Mit zittrigen Fingern schloss sie die Eingangstür auf und sofort stieg ihr der vergessen geglaubte Geruch längst vergangener Zeit in die Nase. Ihr war, als stünde Tante Grete hinter dem Tresen der Rezeption. Ängstlich schaute sie hin, in gefühlter Erwartung, dass diese gleich loskeifen würde. Annis Herz bummerte vor Aufregung gegen die Rippen. Sie schüttelte den Kopf, über ihr Herzklopfen und ihre Gefühle. Auch darüber, dass ihr Tante Grete immer noch Furcht einflößen konnte. Wie konnte sie nur so extrem auf eine Frau reagieren, die, wie sie wusste, nicht mehr da war, ihr nichts mehr anhaben konnte? Sie, die mittlerweile gestandene Geschäftsfrau, die energische Geschäftsführer weichkochte und statt derer bestimmte, wo es für ihr Unternehmen weiterging oder nicht. Wieso, fragte sie sich, ließ sie sich von einer toten Frau ins Bockshorn jagen?

Schnell schritt sie die Gasträume, die Küche und Nebenräume ab. Ihre kundigen Augen registrierten alles, was für sie wichtig war. Und wichtig würde hier sein, das ganze Haus zu sanieren und zu renovieren oder auch abzureißen, um für einen Neubau Platz zu schaffen. Da musste ein Gutachten her. Dann öffnete sie die Tür zur Terrasse und trat hinaus. Diese war seit eh und je ein gemütliches Kleinod. Natürlich war die Bestuhlung nicht mehr zeitgemäß und das Terrassendach heruntergekommen. Zusammengefasst alles ein wenig düster und dunkel, aber der Blick auf den See und die dahinterliegenden Berge war für die Gäste immer das Schönste.

Dann nahm sie sich in den oberen Etagen die Gästezimmer vor und auch da sah sie die zahlreichen Mängel bereits auf den ersten Blick. Sie stieß die Luft durch die halb geschlossenen Lippen, um dem Druck nachzugeben, der auf ihrem Brustkorb lastete. Auch ohne Notizblock und Taschenrechner wusste sie, dass enorme Investitionskosten fällig wurden. Mit kleineren Verschönerungen und ein paar Farbtöpfen konnte sie nicht erfolgreich Gäste begrüßen. Schnell rief sie sich die wichtigen Punkte für Hoteliers ins Gedächtnis. Hier am Tegernsee stand Hotel an Hotel und hier musste ein gutes Konzept erarbeitet werden, um erfolgreich zu sein. Vor allen Dingen musste jeder Hotelier wissen, welchen Gästen, mit welchen Ansprüchen er ein Angebot machen wollte. Anni schaute sich um. Sie war vorhin mitten auf dem Flur im Dachgeschoss stehen geblieben und hatte ihre Gedanken laufen lassen. Dabei hatte sie noch gar nichts entschieden. Sie musste erst noch das Privathaus besichtigen und dann sollte sie eine Rentabilitätsberechnung vornehmen.

Am späten Nachmittag saß Anni in einem Sessel auf dem Balkon ihrer Ferienwohnung und blickte auf den See.

Die Sonne strahlte, als ob nichts geschehen wäre. Der See glitzerte, leichte Wellen durchbrachen das Licht und brachten unterschiedliche Farbschattierungen hervor. Ein weißes Ausflugsschiff fuhr zur anderen Uferseite, sicher gefüllt mit zahlreichen Feriengästen, die zum Wandern oder Flanieren aufgebrochen waren. Am Himmel zeigte sich kein einziges Wölkchen. Heimat. Es war ihre Heimat. So bewusst war ihr das schon lange nicht mehr gewesen. Hätte sie in München jemand nach dem Heimatgefühl gefragt, hätte sie steif und fest behauptet, dass Heimat da ist, wo man sich wohlfühlt. Aber ganz so einfach war das nicht. Ihre Kindheit hatte sie hier im Tal mit ihren Eltern verbracht, die sie mit Liebe umhüllten. Hier lebten einst ihre Freunde, die zu ihr standen. Dann die Weichenstellung für ihr späteres Leben, ihre Berufsausbildung. Das alles wog jetzt, wo sie wieder hier war, sehr viel mehr als die Angriffe von Tante Grete.

Natürlich war das immer noch ein Trauma für sie. Es würde auch bleiben. Die schlimme Zeit hatte sich in ihre Psyche eingenistet und würde auch stets Bestandteil dessen sein, wie sie lebte. Nicht umsonst jagte sie der beruflichen Freiheit und Überlegenheit nach, mehr als jedem persönlichen Glück. Ob das allerdings ausgewogen und gut war, das wusste sie nicht. Es war ihr Weg.

Sie war müde vom Nachdenken, vom Überlegen. Einerseits liebte sie ihren Job, ihre Wohnung in München. Und andererseits wäre es nicht nur ein Job, sondern etwas ganz Eigenes hier in der *Seeperle*. Sie könnte Menschen Freude und Erholung bieten und müsste nicht Existenzen vernichten und Schicksale besiegeln.

Anni kippte die Sessellehne nach hinten und lehnte sich zurück. Sie schlief auf der Stelle ein.

2009
Anni
Bad Wiessee

Josef lief mit seiner Tochter Anni in schwarzer Trauerkleidung die Seestraße hoch. Sie hatten vor etwa einer Stunde seine liebe Frau Hiltrud beerdigt und trugen beide schwer an ihrer Trauer. Sie war nach einem langen und schweren Kampf gegen den Krebs friedlich eingeschlafen. Josef schaute seine Tochter von der Seite an. Ihr Gesicht schien wie versteinert.

Er holte tief Luft, denn sie beide waren arm wie eine Kirchenmaus zurückgeblieben oder, wie es offiziell hieß, mit keinerlei finanziellen Mitteln.

Er hatte schon vor Jahren seine Arbeit kündigen müssen, um seine Frau pflegen zu können. Die kleine Familie wohnte im ersten Stock seines Elternhauses, dessen Anteil er seiner Schwester verkauft hatte, um den fehlenden Lohn auszugleichen. Außerdem mussten Anni und er immer dann, wenn stundenweise eine Pflegerin da war, oder Hiltrud im Krankenhaus lag, bei seiner Schwester im Hotel mitarbeiten. Sie verlangte das als Gegenleistung für die Miete, die er bisher nicht bezahlen musste. Grete hatte kein Mitleid mit ihnen, ließ nicht zu, dass er mit seiner Familie umsonst im Elternhaus wohnte, obwohl das einst sein eigener Hausanteil gewesen war.

„Komm, Anni, nimm den Kopf ein kleines bisschen höher. Die Mama hat endlich keine Schmerzen mehr und wir müssen nun sehen, dass wir unser Leben wieder neu ausrichten. Wir schaffen das." Während er das sagte, griff er nach ihrer Hand, doch sie zog sie ihm weg.

„Ich bin bald mit der Ausbildung fertig. Und dann? Muss ich weiterhin im Hotel von Tante Grete mitarbeiten, so wie jetzt? Vielleicht auch noch den ganzen Tag? Das will ich nicht. Ich will Abitur machen, ich will studieren, Papa!", rief Anni, während ihr die Tränen über die Wangen kullerten.

„Ich weiß, aber wir müssen uns erst Geld zur Seite legen, um ausziehen zu können", erklärte ihr Josef. „Und außerdem dauert es ja noch fast zwei Jahre, bis du mit der Ausbildung fertig bist."

Anni blieb ruckartig stehen. Ihre vom Weinen geröteten und verschwollenen Augen blickten ihn böse an. „Was glaubst du, wie lange wir die wenigen Cent ins Sparschwein stecken müssten?"

„Ach, du bist heute sehr traurig, mein Kind, der Tag war schwer. Aber das wird alles auch wieder anders. Tante Grete muss mich künftig richtig gut bezahlen. Ich arbeite dafür zwei Schichten. Da kommt schon was zusammen."

„Deine Schwester wird dich weiter ausnutzen, deinen Lohn künftig für Miete und Essen einbehalten und du wirst umsonst schuften!" Sie ballte die Hände zu Fäusten, um ihre Wut zu kompensieren und um den Vater nicht noch mehr anzuschreien. Er hatte heute auch einen schweren Tag.

„Warum denkst du das? Traust du deinem Papa gar nichts zu?" Josef hob seinen Hut an, setzte ihn aber gleich wieder auf. Er wusste, dass es gut sein konnte, dass Grete neue Ausreden suchte, damit sie ihn nicht bezahlen musste. Er würde mit ihr reden, das musste sie verstehen. Es ging nicht um ihn, es ging ausschließlich um die Zukunft seiner Kleinen.

Anni hielt ihn am Arm fest. „Nein, ich traue dir leider nichts mehr zu, Papa. Tante Grete und Mamas Krankheit haben dich mürbe und müde gemacht. Du hast keine Kraft mehr für einen schweren Kampf mit deiner Schwester."

Josef senkte den Kopf, seine Schultern kippten nach vorne. Plötzlich sah er aus wie ein altes Hutzelmännchen, dessen Rücken die Last nicht mehr tragen konnte. Anni sah an seinen Augen, dass er ihr schweigend zustimmte. Er hatte sichtbar nicht mehr viel Kraft. „Na dann, wenn du dir so sicher bist, überlegst du dir, wie es mit deinem Leben weitergehen könnte, und ich schufte für unser Dach über dem Kopf und unser Essen."

Abrupt drehte er sich weg und schritt weiter die Straße hoch. Er sagte keinen Ton mehr.

Anni wusste, dass sie einen wunden Punkt getroffen hatte und dass es ihm wehtat, was sie ihm an den Kopf geworfen hatte. Aber vielleicht rüttelte es ihn auf, vielleicht generierte er Kraft, um doch noch darüber nachzudenken, wie und wo sie beide in Ruhe leben konnten.

Zusammen betraten sie das Haus und wollten gerade die Treppe zu ihrer Wohnung hochgehen, als Grete auf den Flur trat. „Wo bleibt ihr denn, wir müssen ins Hotel! Das schaffen die zwei Serviceleute nicht allein", keifte sie ungehalten.

Josef ging nicht auf den Vorwurf ein. „Wir müssen uns noch umziehen und kommen gleich nach."

Einige Wochen später bestätigte sich Annis Verdacht. Ihr Vater arbeitete von frühmorgens um sechs Uhr, bis abends um sieben Uhr. Manchmal gar bis zum Schluss um elf Uhr in der Nacht. Anni durfte nur ihre Lehre zur Hotelfachfrau bei Tante Grete beenden. An Abi und Studium war nicht im Traum zu denken. Grete würde auch sie ausbeuten und das Tag für Tag. Krampfhaft überlegte sie, wie sie dieser bösartigen Frau nach der Ausbildung entkommen konnte. Doch ihre Tante zog jetzt, nach dem Tod ihrer Mutter, die Zügel weiter an. Sie wusste um die Abhängigkeiten, die in der Vergangenheit begründet lagen. Der damalige Bauernhof, der dann Pension geworden war, ging an die Erstgeborene Grete. Die beiden Jungs gingen leer aus. Paul verließ das Tal. Annis Vater Josef arbeitete als ungelernter Hilfsarbeiter in der Brauerei. Mit seiner jungen Familie durfte er im oberen Stock des neuen Hauses in der Seestraße wohnen. Dorthin war die ganze Familie gezogen, weil alle Zimmer der Pension für die Gäste gebraucht wurden. Warum er sich so viele Jahre später nicht aufraffte, zu gehen, das wusste Anni nicht. Noch nicht. Er würde sich aber irgendwann erklären müssen, denn sie waren beide in einer finanziellen Abhängigkeit, die sie baldmöglichst verlassen mussten.

Anni hatte heute Frühdienst und dachte, sie könne sich im Restaurant nützlich machen. In Kürze würden die ersten Frühstücksgäste kommen. Plötzlich stand Grete in ihrer ganzen körperlichen Fülle, die in ein Dirndl gepresst war, vor Anni. Ihr Kopf glühte vor Wut, die Arme hatte sie in die Hüften gestemmt. „Lehrjahre sind keine Herrenjahre", rief sie mit erhobenem Zeigefinger.

„Aber ich soll doch überall im Haus lernen", Anni blinzelte die aufsteigenden Tränen weg. Auf keinen Fall sollte Tante Grete sehen, dass ihr zum Heulen war. Dieser Frau konnte sie gar nichts recht machen. Es war Willkür, denn jetzt füllte sich gerade der Frühstücksraum und es wurde jede Hand gebraucht.

„Ab, die Betten machen. Wir haben kein Zimmermädchen mehr. Ich denke, dass du das morgens zusätzlich übernehmen kannst. Zumindest an den Tagen, wo du keine Berufsschule hast."

„Ich?" Anni stand der Mund offen.

„Siehst du sonst noch jemanden hier?"

Anni senkte den Kopf. Es war sinnlos und es entwickelte sich alles viel schlimmer als gedacht. Am späten Abend saß sie im Wohnzimmer ihrem Vater gegenüber.

„Wie geht es dir den ganzen Tag unter der Fuchtel deiner lieben Schwester, Papa?"

„Sei nicht so zynisch, Anni." Josef strich sich vor Müdigkeit mit der Hand über die Augen.

„Wie soll ich denn sonst sein? Vielleicht dankbar?"

„Nein, dies nicht, aber -"

Anni schnitt ihm mit einer Handbewegung das Wort ab.

„Du kannst dir das alles von mir aus schönreden. Aber ich, ich muss so schnell wie möglich nach der Ausbildung hier aus der Wohnung und auch aus dem Hotel raus!"

Josef fuhr sich mit der Hand über die müden Augen. Dann schaute er seine Tochter an. „Ach, mein Mädchen. Sei bitte nicht so ungeduldig. Du musst erst einmal deine Ausbildung gut abschließen, damit dein Start ins Berufsleben gelingen kann. Und dann empfehle ich dir, noch ein bis zwei Jahre im Tal zu bleiben, um währenddessen gründlich den Auszug und die berufliche Veränderung zu planen. Mach das alles bitte nicht kopflos."

„Aber Papa, ich muss das schneller machen, denn auch für dich kann es hier nicht so weitergehen. Ich möchte dich mitnehmen. Du wirst hier krank!"

Seine Augen und sein Mund deuteten ein Lächeln an. „Nein, nein. Einen alten Baum verpflanzt man nicht."

„Was ist es, das dich hier festhält?"

Josef antwortete zunächst nicht. Er schien nachzudenken.

„Nicht heute, Anni. Ein anderes Mal werden wir reden, aber bitte nicht heute."

Jeden Mittwoch fuhr Anni nach Miesbach in die Berufs-schule. So auch heute. Der Schultag war immer ihr Tag der Freiheit, den sie sichtlich genoss. Sie hatte sich mit der bur-schikosen Fritzi angefreundet, die im Hotel *Hoferer* ihre Lehre absolvierte. Anni war so froh, Fritzi vertrauen zu können und auch jemanden zu haben, wo sie ihr Innerstes nach außen kehren konnte, ohne befürchten zu müssen, dass eine Stunde später der ganze Ort Bescheid wusste. Aus ihrer Schulzeit war leider niemand übrig geblieben. Die ganzen Jahre, in denen die Mutter krank war, hatten sie und ihr Vater nicht mehr am Leben der Gemeinde Bad Wiessee teilgenommen, und so zo-gen sich die Menschen aus ihrem Umfeld nach und nach zu-rück.

Fritzi schüttelte sie am Arm. „Schau da drüben, da steht der zukünftige Juniorchef vom Hotel *Hoferer*."

Anni drehte sich in die Richtung, die ihr Fritzi andeutete.

„Der ist doch älter als wir, oder?"

„Ja, er hat seine Lehre später begonnen und dürfte jetzt neunzehn sein."

„Deswegen habe ich den noch nie so richtig wahrgenom-men", stellte Anni fest und lächelte. „Du musst jetzt nicht hinterherschauen, Fritzi. Er ist fast drei Jahre älter als wir. Für uns beide viel zu alt." Anni drehte sich wieder weg.

Fritzi lachte laut. „Das macht doch nichts. In so einen er-fahrenen Hotelbesitzer kann man sich schon mal vergucken."

„Ich weiß nicht." Anni schüttelte den Kopf. „Nee, er sollte schon unser Alter sein. Ist aber auch egal. Ich konzent-riere mich lieber auf die Ausbildung, denn ich will mit mei-nem Leben unbedingt etwas Vernünftiges anfangen."

„Ach, Annilein, das kannst du ja. Wir schauen doch nur und träumen. Du bist viel zu ernst. Es gibt viel mehr, als nur den Beruf."

Nach Schulschluss liefen die beiden Mädchen beschwingt zur Eisdiele. Wie jeden Mittwoch gönnten sie sich einen kleinen Eisbecher. „Ich muss heute schneller zurück", erklärte Anni zwischen zwei Löffelchen Eis.

„Warum?", wollte Fritzi wissen.

„Tante Grete hat mich am Abend zum Service eingeteilt."

Fritzi schüttelte den Kopf. „Die spinnt doch", rief sie aus. „Was macht die mit dir, frage ich dich."

Anni holte tief Luft. „Das ist mein Alltag. Ich kann nichts dagegen tun. Meinem Vater geht es genauso."

„Aber du musst doch auch noch lernen."

„Das mach ich nach Feierabend."

„Mitten in der Nacht?"

„Ja, mitten in der Nacht und morgen habe ich Frühstücksservice und später bin ich Zimmermädchen. Weil morgen keine Schule stattfindet." Anni zuckte mit den Schultern und verschlang die Finger ineinander. Wenn sie schon daran dachte, bekam sie ein leichtes Ziehen im Magen.

„Du Arme." Fritzi strich ihr liebevoll über die Wange.

„Du musst mich nicht bedauern, Fritzi. Eines Tages …"

„Was ist eines Tages?"

Anni sah zur Straße, wo sich die Autos entlangschlängelten, und dachte einen Moment nach. „Eines Tages werde ich auf irgendeine Art eine Chefin sein und niemand wird mich mehr rumkommandieren." Ihre Augen glänzten bei dieser Vorstellung. Dann nickte sie. „Niemand, verstehst du?"

„Ach, Anni. Verrenn dich nicht in deinen Vorstellungen. Das Leben ist so vielfältig. Ja, die berufliche und finanzielle Unabhängigkeit ist ein erstrebenswertes Ziel. Aber wenn du es nur willst, weil dir die Grete durch den Kopf spukt, dann geht auch das Schöne am Leben an dir vorbei. Du solltest eine gute Mischung aus Leben, Liebe und Beruf in den Blick nehmen. Gefühle zulassen und Menschen mögen. Es ist für ein glückliches Leben besser, als lediglich eine Frau zu werden, die nur mit ihrem Beruf liiert ist. Ein Beruf ist gefühllos." Fritzi strich ihr über den Arm. „Mach die Ausbildung zu Ende und such dir auf der anderen Seeseite einen guten Arbeitgeber."

Anni lehnte sich nach dieser kleinen Standpauke zurück.

Es klang vernünftig, was Fritzi sagte. Aber Fritzi hatte keine Vorstellung von dem, was ihr Leben war.

Dann schaute sie auf ihre Armbanduhr und erhob sich mit einem Seufzer. „Noch zwei Jahre, dann kann ich machen, was ich will." Sie straffte die Schultern, und umarmte die Freundin zum Abschied.

Rasch lief sie zur Bushaltestelle. Sie musste pünktlich sein.

2023
Anni
Bad Wiessee

Ganz langsam öffnete Anni die Augen und brauchte einen Moment, um sich zu orientieren. War sie doch tatsächlich eingenickt und nun?

Nachdem es jetzt um die *Seeperle* ging, musste sie sich mit der Vergangenheit und gleichzeitig mit der Zukunft auseinandersetzen. Das war etwas, womit sie überhaupt nicht gerechnet hatte. An Sven und sein Hotel wollte sie noch gar nicht denken. Das war noch einmal ein ebenso heißes Eisen, das emotional werden könnte. Schließlich kannte sie das Hotel *Hoferer* und auch die Familie. Es war eine große Herausforderung. Anni stand auf, lief ins Bad und machte sich frisch. Sie kontrollierte das Make-up, zog sich die Lippen nach und verließ die Wohnung.

Kurze Zeit später wanderte sie an der Seepromenade entlang in Richtung Stadtmitte und dann über einen schmalen Weg zur Seestraße, zum Haus ihrer Kindheit und Jugend. Als sie vor dem kleinen Eingangstor neben dem verwilderten Vorgarten stand, stockte ihr der Atem. Sie blickte am Haus hoch zu den Fenstern im ersten Stock. Ihr war, als würden ihre Eltern da oben stehen und ihr zuwinken. Eine Träne kullerte aus den Augenwinkeln. Schnell verdrängte sie den Gedanken und drückte energisch das Tor auf. Seitlich vom Haus war die Eingangstür, die sie mit dem Schlüssel öffnete. Sie ging vorsichtig hinein und zog die Tür wieder hinter sich zu. Ihr wurde flau im Magen.

Auch in diesem Haus roch es genauso, wie sie es kannte. Unsicher blieb sie im Flur stehen und schaute sich um. Die Tapete mit den kleinen Röschen war schon lange vergilbt, aber versprühte noch ihren alten Charme. Eine Kommode mit einem Spiegel an der Wand, ein dreiteiliger Garderobenhaken und ein Schirmständer sowie ein roter Läufer vervollständigten die Einrichtung. Tante Grete hatte in diesen etwas mehr als zehn Jahren nichts verändert.

Anni entschied sich, zuerst nach oben in die einst elterliche Wohnung zu gehen. Ihr Herz klopfte. Ihr war, als würde der Vater gleich die Tür öffnen. Doch es blieb still. Sie selbst musste den Schlüssel ins Schloss stecken und aufschließen.

Der kleine Flur war mit seiner weißen Tapete, einem kleinen Spiegel, einem Garderobenständer und einem kleinen Schuhschrank möbliert. Das Telefon hing an der Wand.

Anni öffnete die Tür zum Wohnzimmer. Auch hier hatte der Vater eine penible Reinlichkeit hinterlassen, ehe er damals ins Heim nach München gebracht worden war. Ebenso

sauber traf sie das Schlafzimmer der Eltern an. In ihrem Mädchenzimmer war alles so, wie sie es verlassen hatte. Sie
schaute sich um, ihr weißes Bett mit den Bezügen in Rosa an
der pinkfarbenen Wand, dazu die rote Tüllgardine, die ihr die
Mama genäht hatte. Auf der anderen Seite standen ihr weißer
Schreibtisch und ein ebenso weißer Stuhl. Der Teppichboden
war aus hellgrauem Filz. Grete hatte alles so gelassen, wie es
war. Warum musste dann der Papa aus der Wohnung, wenn
sie die Wohnung nicht räumen ließ, um sie zu vermieten? Er
hätte mit einem Pflegedienst weiter in seiner Wohnung leben
können. Sie hatte ihm grundlos die Heimat genommen.

Anni war plötzlich kalt. Traurig ließ sie sich auf ihr Bett
fallen. Was war nicht alles geschehen, bis zu dem Tag, an dem
sie von jetzt auf gleich das Haus verlassen hatte, und ohne
Ziel, aber mit gehöriger Angst um die Zukunft, nach München gefahren war. Zärtlich strich sie über ihre Bettdecke.
Nie hätte sie gedacht, dass sie noch einmal diese Wohnung
betreten würde. Nun saß sie hier und musste entscheiden, ob
sie dieses Haus und das Hotel übernehmen oder verkaufen
würde.

Seufzend erhob sie sich und lief nach unten in Tante
Gretes Wohnung. Auch diese Zimmer fand sie so vor, wie sie
schon immer waren, jedoch spürte sie deren Aura und es
schnürte ihr sofort die Kehle zu. Blitzartig rannte sie aus dem
Haus und schloss hinter sich sorgfältig zu.

Tief durchatmen, befahl sich Anni, als sie mit schnellen
Schritten die Straße hinunterlief, um an den See zu gelangen.
Dort drehte sie nach links ab und wanderte die Promenade
entlang. Sie war so in Gedanken versunken, dass sie gar nicht
schaute, wie weit sie schon gelaufen war, bis eine große
Gruppe lachender Menschen an ihr vorbeipilgerte. Sie blieb

stehen und schaute nach links. Ein leeres Grundstück mit hochstehendem Gras blickte ihr entgegen.

Was wurde denn hier abgerissen?, fragte sie sich. Nach einer Weile fiel ihr ein, dass da ein kleines Hotel stand. Daneben sah sie noch eine Lücke und ein Stück weiter eine weitere Brache. Das einstige Casino war auch weg. Und dann blickte sie auf das weitläufige Gelände des Hotels *Hoferer*.

Das Hotel, das sie jetzt für die Übernahme bereit machen sollte. Vorsichtig blickte sich Anni um. Die Hecke neben dem Eingang von der Seeseite war nicht sonderlich gepflegt. Im Pool war kein Wasser. Auf der Terrasse stand ein großer Schwan aus Plastik. Der Rasen schien ihr nicht ordentlich geschnitten. Die Gartenbestuhlung sah im Vergleich zu ihren Erinnerungen vernachlässigt aus. Nur ganz wenige Gäste flanierten raus und rein. Ein paar Plakate außerhalb des Geländes forderten den Erhalt des Hotels. Was dachten die paar Gäste wohl über die Plakate? Und warum pflegte Sven die Gartenmöbel und den Rasen nicht? Wie konnte er das so vernachlässigen?

Anni fragte sich, warum überhaupt der Zahn der Zeit so sehr an diesem einst größten und schönsten Hotel am See genagt hatte.

Plötzlich stand Herr Hoferer senior vor ihr und blickte sie mit großen traurigen Augen an.

„Du bist doch Anni?", sagte er leise.

„Ja, die bin ich."

„Bist du wieder zurück, weil deine Tante Grete gestorben ist?"

Anni nickte langsam. „Ja. Ich habe aber auch beruflich hier zu tun."

Max Hoferer nahm ihre Worte gar nicht richtig auf. Er reagierte nicht, drehte sich um, nickte ihr zu und schlurfte mit schweren Schritten und gebeugtem Rücken zurück zum Hotel. Die Sorgen mussten diesem einst starken Mann sehr zusetzen. Sie konnte sehen oder auch ahnen, dass er eine sehr große Last auf seinen Schultern trug.

Anni vergrub die Hände in den Taschen ihrer leichten Sommerjacke. Sie hatte sich die Unterlagen von Alexander noch gar nicht angesehen. Ihr schien aber, als ob sie vor einer ungeahnt schweren Herkulesaufgabe stehen würde. Alexander hatte wohlweislich sehr untertrieben, als er sie mit so vagen Angaben losgeschickt hatte. Langsam schritt sie weiter auf dem Uferweg und schaute immer wieder nach links auf das nicht enden wollende, jetzt ungepflegte Grundstück der Familie Hoferer.

Auf der rechten Seite des Weges befand sich der hauseigene Seezugang mit einem Steg und einer Hütte. Auf der kleinen vorgelagerten Uferbefestigung standen eine Bank und ein Tisch, hier hatte sie sich damals immer mit Sven getroffen. Anni setzte sich auf den gleichen Platz. Dieses Haus hinter ihr hatte eine sehr lange Geschichte, die Sven ihr erzählt hatte. Sie erinnerte sich, dass sich in der legendären Pension *Hanselbauer* in den Dreißigerjahren viele Gäste tummelten, deren Namen man heute nicht mehr in den Mund nehmen mochte. Was dann geschah, wusste sie nicht mehr genau. Aber zwei Jahre nach den damaligen, geschichtsträchtigen Vorkommnissen hatte der Vater von Max Hoferer, Svens Großvater, das Haus übernommen. Später machte er daraus das große Hotel *Hoferer* am See. Das erste Haus am Platz. Zur gesamten Chronik rund um das Hotel müsste sich Anni erst wieder belesen. Sie war seinerzeit nicht sehr an der Geschichte und der Vergangenheit des Hotels interessiert. Schon gar nicht, als ihr Max Hoferer zu verstehen gab, dass sie nicht die richtige Frau für seinen Sohn Sven war und schon überhaupt keine Hotelchefin im Hause *Hoferer*.

Anni blickte über den See. Was war mit dem einst besten Hotel am Platz, mit seinen erlesenen Gästen und der edlen Einrichtung geschehen? Die Lage war hervorragend und das Tegernseer Tal gehört für wohlhabende Menschen zu den beliebtesten Regionen in Bayern.

Sie wagte noch einmal den Blick über den Garten. Das Hotel war nur noch auf den ersten, allerdings kurzen Blick einladend. Bei genauer Betrachtung sah man, dass es neben finanziellen Problemen einen riesigen Sanierungsstau gab. Anni erhob sich. Es machte keinen Sinn zu spekulieren, sie musste die Akte lesen.

Langsam schlenderte sie zurück zu ihrer Wohnung. Sie hatte für heute genug. Der Kopf brummte und der Magen knurrte. Mit einem Salat, den sie sich zubereitete, setzte sie sich hinaus auf den Balkon. Morgen, entschied sie, morgen musste sie eine Wanderung unternehmen, um den Kopf frei-zubekommen. Es war so vieles auf sie eingestürzt, vor allen Dingen gefühlsmäßig und das war schmerzhaft. Besonders die Erinnerungen an die Eltern.

Sie hatte schon im Büro geahnt, dass das Ganze eine sehr emotionale Angelegenheit werden würde. Nicht umsonst hatte sie Alexander gebeten, sie nicht damit zu beauftragen. Heute musste sie nun feststellen, dass zehn Jahre Abwesen-heit nicht annähernd dafür sorgen konnten, einen gewissen Abstand einnehmen zu können. Wie würde das wohl werden, wenn ihr die Menschen aus der Vergangenheit begegneten? Würde ihr Herz hüpfen, wenn Sven vor ihr stünde? Wie mochte es ihm gehen, jetzt wo das Hotel erneut in Schwie-rigkeiten steckte? War er verheiratet? Hatte er Kinder? Und seine Eltern? Sie sah seine stolze Mutter vor sich und sein

Vater, der einst mit erhobenem Haupt durch das Hotel stolziert war, ging, wie sie heute gesehen hatte, gebeugt über das Gelände.

Was wäre geworden, wenn sie mit Sven leben würde? Würden sie gemeinsam kämpfen, oder würden sie sich täglich um das Hotel streiten? Es war müßig, über das was wäre nachzudenken. Auf derartige Fragen gab es niemals eine gesicherte Antwort.

Am nächsten Morgen packte Anni ihren kleinen Rucksack. Viel musste nicht hinein. Wasser, ein paar Käsewürfel, ein Brötchen, etwas Obst, Sonnenschutz.

Sie hatte sich entschieden, mit der Seilbahn auf den *Wallberg* zu fahren, um am Nachmittag den Abstieg zu Fuß zu meistern.

Kurze Zeit später parkte sie ihr Auto auf dem Parkplatz der Talstation Rottach-Egern. Schon in der Gondel begann das Vergnügen. Die Vorfreude stieg von Minute zu Minute. Oben angekommen, waren es nur wenige Schritte, bis Anni vor dem bekannten und beliebten Postkartenidyll stand. Sie wusste, dass der Blick hinunter auf das Tal und auf den See noch viel schöner war als auf Fotos. Und so war es auch jetzt. Mit halb offenem Mund genoss sie den grandiosen Blick auf den See und über das Tal, auf den sie so lange verzichtet und den sie tief in ihrem Inneren oft vermisst hatte. Es war und es blieb ihre Heimat, die sie, trotz allem, immer noch sehr liebte.

Weiter oben glitzerte die Wallbergkapelle *Heilig-Kreuz* im Sonnenlicht und hinter der Kapelle reckten die Berge ihre Spitzen gen Himmel. Ein kleiner Weg führte Anni nach oben. Auf der Rückseite der Kapelle, das wusste sie, standen mehrere Bänke, die zum Sitzen einluden. Zum Glück war eine

Bank für sie frei. Sie nahm ihre Köstlichkeiten aus dem Rucksack, um sie hungrig zu verzehren. Dabei genoss sie den großartigen Panoramablick auf die bayrischen Voralpen. Ein Seufzer kam aus ihrem tiefen Inneren. Es könnte gerade alles so schön sein, wenn sie als Urlauberin hierhergekommen wäre. Aber dem war leider nicht so.

Die Gedanken rund um das Erbe drehten sich Kreis. Mal dachte sie: *Die* Seeperle *wäre was für mich. Ich könnte mich beweisen und wäre wieder daheim.* Dann wieder kam sie zu einem ganz deutlichen: *Ich will das nicht. Ich bin keine Gastronomin mehr. Mein Leben ist in München, wo ich gut verdiene und einen Partner habe.*

Aber, überlegte sie nun, während sie ein Stückchen Käse in den Mund schob. Der Kreis könnte sich auch schließen, wenn sie zurückkäme, und ihre Seele könnte heilen. Ihr Vater, der sich sein ganzes Leben verpflichtet fühlte und seine Heimat so sehr geliebt hatte, dass er blieb, würde das mit großer Freude sehen, wenn er noch könnte. Vielleicht konnte er sie von da oben sehen. Wer wusste das schon? Sie erinnerte sich: Eines Tages, als er bereits im Heim bei ihr in München gewesen war, hatte er ihr erzählt, warum er bis zum Schluss bei Grete ausgehalten hatte. Er hatte damals seiner Mutter am Sterbebett unter dem Kreuz Jesu das Versprechen gegeben, immer an der Seite seiner Schwester zu bleiben, weil diese einen schweren Schicksalsschlag hatte hinnehmen müssen. Sie hatte als junge Frau ihre große Liebe Andreas kurz vor der Hochzeit bei einem Unfall verloren. Und nur einige Monate später starb ihr kleines Mädchen den Kindstod. Von diesem Tag an war Grete eine boshafte verbitterte Frau, die mit dem Schicksal haderte und nur noch für das Hotel lebte. Und ihrem Bruder verübelte sie, dass er seine Familie, vor allen Dingen sein Mädchen, hatte. Vom Versprechen ihres Bruders wusste sie nichts. Josef und vor allem Anni waren für

Grete das Ventil, um den Schmerz zu betäuben. Anni respektierte jetzt im Nachhinein das fromme Verhalten des Vaters. Sie wusste, im Tegernseer Tal wurde in vielen Familien bis heute mit der Tradition und stark im Glauben gelebt. Es war deshalb der einzige Weg, um damit Frieden zu schließen.

2011
Anni, ihre Familie und Freunde
Bad Wiessee

Anni hatte gerade ihre Prüfungen mit Bravour hinter sich gebracht. Große Erleichterung stand ihr ins Gesicht geschrieben, als sie die Ergebnisse hörte. Vor lauter Freude fiel sie Fritzi um die Hals. „Ich bin so glücklich", flüsterte sie und lehnte ihren Kopf an die Schulter der Freundin.

„Wir lassen es heute krachen, Annilein!", sagte Fritzi.

Anni aber stöhnte. „Wie soll ich das machen? Ich habe Spätdienst."

Fritzi schob ihre Freundin etwas zurück, damit sie ihr in die Augen schauen konnte. Sie erhob den Zeigefinger zur Verstärkung ihrer Worte. „Wie, du hast Spätdienst? Das kommt nicht infrage. Du weißt schon die ganze Zeit, dass heute eine Abschlussfeier im Klubhaus organisiert ist."

„Ja, ich weiß, aber was kann ich machen?"

„Du kannst dich wehren. Du wirst in wenigen Monaten volljährig."

„Ja, ich … Aber mein Vater ist auch noch da. Ich muss auf ihn Rücksicht nehmen." Anni senkte den Kopf. Es war ihr peinlich, zugeben zu müssen, dass sie sich völlig machtlos fühlte, in ihrer Sorge um den Vater. „Er ist viel schlimmer dran als ich. Er kann sich nicht auf die Zukunft freuen, er will in der Heimat bleiben", erklärte sie ihrer Freundin.

Fritzi drehte sich um, tigerte durch den Raum und schüttelte den Kopf, ehe sie sich wieder vor Anni hinstellte.

„Du gehst nach Hause und anstatt zum Spätdienst zu gehen, wirst du dich hübsch machen und um genau sieben Uhr im Klubhaus vor der Tür stehen. Haben wir uns verstanden?"

Anni nickte, hatte aber noch keinerlei Vorstellung, wie sie das bewerkstelligen sollte. Zu Hause angekommen, schlich sie die Treppe hoch und schloss leise die Wohnungstür auf. Ihr Vater war bestimmt im Hotel, um Vorbereitungen zu treffen, und Tante Grete hörte sie nicht. Vielleicht war sie auch auf dem Weg in die *Seeperle*.

Schnell legte sie in ihrem Zimmer ihre Schultasche ab, schob sich die Schuhe von den Füßen, lief zum Bad und entkleidete sich. Dann drehte die Dusche auf und stellte sich unter das angenehm warme Wasser. Anstatt Freude zu empfinden, dass nun nach der Ausbildung ein neuer Lebensabschnitt beginnen konnte, galt das für sie leider nicht. Sie war gefangen im Haus und im Hotel von Tante Grete und blieb noch eine ganze Zeit das Zimmermädchen, die Servicekraft, die Küchenhilfe und wenn es nötig war auch die Büglerin. Und die anderen aus ihrer Klasse? Die strebten fast alle eine Karriere an.

Mit dem Wasser aus der Duschbrause vermischten sich für einen Moment ihre aus ihren Augen fließenden Tränen.

Abrupt drehte Anni den Wasserhahn zu, straffte den Rücken, griff nach ihrem Badetuch und schlang es um ihren Körper. Wenn sie schon beim Vater bleiben musste, dann wollte sie wenigstens heute feiern. Sie würde auf Fritzi hören, sich jetzt aufhübschen und dann zur Party gehen, ganz egal, welcher Wutanfall morgen über sie hereinbrechen würde.

Als Anni im Klubhaus des Golfklubs Bad Wiessee in der Sanktjohanserstraße ankam und die Tür öffnete, hatte sie das Gefühl, dass alle Augen auf sie gerichtet waren. Natürlich war das nicht so. Die vielen Gesprächsfetzen, zahlreiches Lachen, die Musik, das Klirren der Gläser beim Anstoßen, das alles dröhnte in ihren Ohren. Aber einer, der kam jetzt ganz langsam auf sie zu. Sven Hoferer, ausgerechnet er, der Schönling, mit seinen goldblonden Haaren, die er länger und mit einem Mittelscheitel trug, was ihn verwegen aussehen ließ. Die schwarze, modern geschnittene Hose und das weiße Hemd sorgten für das elegante Aussehen. Seine stahlblauen Augen strahlten sie an, während er mit ausgestreckten Armen auf sie zuging.

„Wow, Anni", rief er.

Sie schaute sich verlegen um und ärgerte sich, dass sie fühlte, wie ihr Gesicht von einer leichten Röte überzogen wurde. Ja, auch sie selbst fand sich heute hübsch. Sie hatte ein kurzes, türkisfarbenes Rüschenkleidchen an. Die Rüschen waren in mehreren Bahnen abwechselnd aus Spitzen und Satin übereinandergelegt, sodass sich der kurze Rock aufbauschte. Das Oberteil war eng anliegend und hatte in der Mitte eine kleine Schleife, so auch die schmalen Träger an ihrem jeweiligen Ende. Ein schmaler glänzender Kunststoffgürtel vervollständigte das Outfit auf elegante Art. Anni war stolz auf sich. Sie hatte das Kleid selbst nachgenäht, nachdem sie es so ähnlich bei Paris Hilton im Fernsehen gesehen hatte. Dazu trug sie weiße Ballerinas. Ihre braunen langen Haare lagen in Naturwellen um ihren Kopf und ihre rehbraunen Augen leuchteten.

„Komm, lass dich anschauen", sagte Sven mit einem Lächeln im Gesicht. „Wie eine Prinzessin. Du siehst bezaubernd aus", fügte er an, griff nach ihrer rechten Hand, hob ihren Arm hoch und drehte sie im Kreis.

Auch Fritzi kam auf sie zu und umarmte sie. „Ich freue mich so, dass du gekommen bist, Annilein. Komm an unseren Tisch, den Sven reserviert hat."

Es wurde ein traumhafter Abend, viel getanzt und gelacht und sich gegenseitig versprochen, die Freundschaften aufrechtzuerhalten. Anni war sich sicher, dass sie es tief bereut hätte, wäre sie nicht hingegangen und sie war sich bewusst, dass die Strafe auf dem Fuß folgen würde. Aber nicht heute Abend. Sie würde die Stunden auskosten bis zum Schluss.

„He, träumst du?"

Anni erschrak. Sie war für einen Moment mit ihren Gedanken abgeschweift und hob nun abwehrend die Hand. „Nein, Sven, ich träume nicht. Ich habe nur kurz an morgen gedacht."

„Ach so." Sven schüttelte den Kopf und sagte mit einem Augenzwinkern. „Bin ich so uninteressant, dass du eher an morgen, als an hier und heute denkst?"

Anni war peinlich berührt und senkte den Blick.

„Ach, Sven", rief Fritzi. „Du hast ja keine Ahnung. Anni hat Angst vor Grete, die ihr mit Sicherheit morgen die Leviten lesen wird. Sie dürfte nämlich gar nicht hier sein."

„Das kann ich verstehen", meine Sven. „Die Frau ist dafür im ganzen Ort bekannt, Haare auf den Zähnen zu haben. Ich frage mich, wie du das aushältst?"

Anni wischte sich mit der rechten Hand über die Augen. „Ich muss mich um meinen Vater kümmern. Ich kann ihn nicht im Stich lassen. Seine Schwester beutet ihn aus."

Fritzi legte ihrer Freundin den Arm um die Schulter. „Leute, Schluss jetzt. Themawechsel und nur noch Freude haben. Morgen kommt ein neuer Tag, und vielleicht auch endlich eine Glückssträhne für Anni."

Als sie sich am frühen Morgen gegen zwei Uhr ins Haus schlich, öffnete Tante Grete mit einem Ruck ihre Wohnungstür. Wie ein Blitz schoss sie in ihrem langen Nachtgewand hervor, schnappte Anni an den Haaren und zog sie ganz nah zu sich heran. Ihr unangenehmer Atem streifte Annis Nase und mit jedem Wort, das sie ausspie, prasselte der Speichel wie aus einer Sprühflasche in Annis Gesicht. „Das machst du nicht noch einmal, meine Liebe. Merke dir das! Und – was hast du überhaupt für einen Fetzen an? Wo kommt der her? Hast du ihn gestohlen? Wo warst du die ganze Nacht? Hier wird nicht rumgehurt, du Flittchen!" Sie machte keine Pause, um auf Antworten zu warten.

Anni ekelte sich nur noch.

Ihr Vater kam die Treppe herunter. Er griff schweigend nach seiner Tochter und entfernte sie zart aus den Klauen seiner Schwester. „Mit meiner Tochter rede ich", sagte er ganz leise, drehte sich um, umarmte Anni und zog sie die Treppe hoch.

Grete stieß die Luft aus und keifte: „Morgen werden die Stunden nachgeholt." Dann schlug sie die Tür hinter sich zu.

Josef setzte sich mit Anni ins Wohnzimmer auf das Sofa. Beide waren so aufgewühlt, dass sie nicht schlafen gehen konnten.

„Das war nicht richtig", sagte er nach einer Weile.

„Was, Papa, sag mir bitte, was ist für dieses Monster richtig?"

Anni drehte sich ihrem Vater zu. „Papa, ich habe mit Bravour meine Prüfung bestanden, wie so viele meiner Freunde auch. Deren Familien haben sich mit ihnen gefreut. Meine nicht, aber egal. Wir alle haben heute ein wenig den Erfolg gefeiert und ja, ich habe nicht gefragt. Aber es wäre keine Zustimmung von dieser Frau gekommen. Und mein Kleid, das habe ich selbst genäht, den Stoff von meinem Taschengeld gekauft und es ist nur ein modisches Kleid, das von allen jungen Mädchen jetzt so getragen wird."

„Ich weiß, dass die Grete viel zu streng ist, aber der Betrieb, der fordert viele Hände."

Anni stand abrupt auf. „Was redest du da, Papa? Deine Schwester verdient ihr Geld auf unserem Rücken, diese Frau hat dich um dein Erbe gebracht. Sie hätte dir deinen Hausanteil nicht abkaufen dürfen. Sie hätte Verständnis für unsere Situation mit Mama zeigen müssen. Sie hätte dich, ihren Bruder, unterstützen können. Dass sie dir, für viel zu wenig Geld, deinen Erbteil genommen hat, war unanständig. Hör auf, dir das schönzureden, nur damit du das Gefühl hast, damit leben zu können. Wir beide können nicht dauerhaft mit ihr zusammen, und von unserer Hände Arbeit, in ihrem Hotel leben. Wir brauchen eine sichere Zukunft. Vor allen Dingen eine Zukunft, die uns unsere Würde lässt."

Josef seufzte. „Für mich ist es zu spät. Ich bleibe hier, aber dir werde ich helfen, eine andere Zukunft zu finden. Hab bitte Geduld, das alles geht nicht so schnell."

Sprachlos schaute sie ihren Vater an und schüttelte den Kopf, dann strich sie ihm zart über den Arm und verließ das Wohnzimmer. Ihr Vater war ein Träumer, ein ewiger Optimist, der in allem noch etwas Gutes sieht, auch wenn schon lange nichts mehr zu sehen war, das in die Zukunft weisen würde.

Am nächsten Morgen stand Tante Grete vor ihrem Bett und weckte sie mit ihrer lauten und schrillen Stimme. „Aufstehen und runter ins Hotel! Wir haben Saison", schrie sie.

Anni sauste aus ihren süßen Träumen hoch, die sie irgendwo hingezaubert hatten, wo es schön war, wo sie lächelnd hinter einen Empfang stand und die Gäste begrüßte.

Mit weit aufgerissenen Augen sah sie eine boshafte, ältere Frau, stattlich gebaut mit einigen Speckreifen um den ausladenden Körper. Ihre grauen Haare hatte sie zu einem strengen Dutt am Hinterkopf zusammengebunden. Die Falten in ihrem Gesicht und der weit aufgerissene Mund unterstrichen ihre Gehässigkeit, anstatt von Lebensweisheit zu erzählen. Die fast schwarzen Augen schossen Blitze.

„Ich habe heute frei, Tante Grete, wie immer am Mittwoch. Und das ist mein Schlafzimmer, in der Wohnung meines Vaters. Wie kommt es, dass du an meinem Bett stehst?"

„Das ist mein Haus und meine Wohnung. Um hier wohnen zu können, musst auch du arbeiten." Grete stemmte die Arme in die Hüften. „Das mit dem freien Tag könnte dir so passen. Du holst heute die Schicht von gestern nach, und zwar sofort."

Mit zusammengebissenen Zähnen fügte sich Anni in das Unvermeidliche, denn sie sah im Hintergrund ihren Vater stehen, der die Hände ineinanderschlang vor lauter Sorge um den nächsten Disput.

Am Nachmittag nach dem Ende der Schicht traf sich Anni zum ersten Mal mit Sven am Bootshaus, das zum Hotel *Hoferer* gehörte. Er hatte schon ein kleines Elektroboot fertiggemacht und lud Anni auf eine Rundfahrt ein. „Und? Wie hat deine Tante reagiert?"

Annis Blick ging über den See. Sie wollte nicht über ihre familiären Probleme plaudern und diese immer wieder kundtun. Sie lebten alle in einer kleinen überschaubaren Stadt, da nahm das Gerede schnell seinen Lauf. Sven hatte schon keine gute Meinung von ihrer Tante, wie er gestern verlauten ließ.

„Och, nicht der Rede wert. Musste heute Vormittag meine Schicht nachholen, das war es schon."

„Na, dann war es doch gar nicht so schlimm. Ich kann das nachfühlen. Mein Vater ist zwar nicht so streng wie deine Tante, aber auch er leitet das Hotel mit harter Hand. Und da wir das erste Haus am Platz sind, ist es mit den Promigästen noch ein bisschen diffiziler." Sven legte den Arm auf die Rückenlehne des Sitzes, als ob es selbstverständlich wäre, dass er eine so vertraute Geste einnahm. Er berührte die Schulter von Anni wie zufällig und seine Wärme löste bei ihr ein wohliges Gefühl aus, dass sie bisher noch nie in ihrem Leben gespürt hatte. Der Altersunterschied, den sie vor längerer Zeit noch störend fand, war wie weggewischt.

Zwei Stunden später vertäuten sie mit einem Mitarbeiter das Boot und liefen zum Eingang des Hotels. „Warst du schon einmal bei uns im Hotel?"

Anni schüttelte den Kopf. „Nein, ich habe nur gehört, dass es richtig schön und edel sein soll."

Sven lachte. „Ja, das stimmt. Komm, ich führe dich herum und zeige dir einige Bereiche."

Im Untergeschoss stand den Besuchern ein Nachtklub zur Verfügung, der keine Wünsche offenließ. An alles wurde gedacht. Für die Gäste, die Gemütlichkeit wünschten, gab es die Weinstube, wer die Unterhaltung und das Gespräch suchte, ging an die Bar. Diejenigen, die Bewegung und Kontakt brauchten, hatten in der Diskothek alle Möglichkeiten. Sie war tief beeindruckt.

Sven führte sie anschließend in die erste Etage. Sie stand ehrfürchtig am Beginn des langen Flures und bewunderte die edle Ausstattung, obwohl sie nicht mehr ganz so zeitgemäß daherkam. Anni fühlte sich in eine andere Zeit versetzt. Ein samtiger Teppichboden in Kirschrot war mit blauen

Bordüren umrandet, und hatte in der Mitte goldene Rauten. Die Türen zu den Zimmern waren aus massivem Holz, die Türrahmen von außen mit Schnitzereien geschmückt und innen in Olivgrün ausgekleidet. Vom Balkon des Zimmers aus hatten die Urlauber einen wunderbaren Blick über den See. Was für ein Luxus für die Gäste, und was für ein Aufwand für die Mitarbeiter, um allem gerecht zu werden. Das war kein Vergleich mit Tante Gretes kleinem Hotel.

„Gefällt es dir?", fragte Sven.

Anni strich sich über die Oberarme, während sie die ganzen Bilder in sich aufnahm. „Ich bin hin und weg. Wusste gar nicht, was alles möglich ist, damit die Besucher sich wohlfühlen."

Sven lachte. „Ja, aber das ist auch eine riesige Verantwortung. So verwöhnte Kurgäste bestehen darauf, dass es immer so ist und nicht nachlässt."

„Das kann ich mir vorstellen. Sie sind und werden verwöhnt." Anni nickte zustimmend.

„Komm, ich lade dich zu einem Tee auf der Terrasse ein." Kaum saßen sie an einem kleinen Tisch, unter einem Sonnenschirm, kam sofort ein Kellner und fragte nach ihren Wünschen. Sven bestellte Tee und zwei Sahnetörtchen dazu. „Was hast du jetzt nach deiner Ausbildung vor?", fragte er, nachdem der Kellner sich zurückgezogen hatte.

Anni wiegte den Kopf hin und her. „Ich bin noch nicht sicher", sagte sie nach kurzer Überlegung. „Einerseits fühle ich, dass ich Verantwortung für meinen Vater trage, weil wir im Haus meiner Tante Grete leben, und andererseits würde ich gerne irgendwo anders mein berufliches Glück suchen."

„Das verstehe ich." Sven strich mit den Fingern über die Tischdecke. „Wir haben sehr viele Kontakte zu guten Häusern rund um den See. Wenn ich dir helfen kann, dann mache ich das gerne. Es wäre für dich die Möglichkeit, in einem guten Hotel zu arbeiten und trotzdem bei deinem Vater zu bleiben."

Anni war verzückt über dieses Angebot. In diese Richtung hatte sie noch gar nicht bewusst nachgedacht. Sie könnte zwei Fliegen mit einer Klappe schlagen. Das wäre ein guter Kompromiss für den Vater. Aber wäre Tante Grete damit einverstanden, wenn sie nicht mehr das Mädchen für alles wäre?

Etwas später verabschiedete sich Anni und bedankte sich für die nette Einladung. Sie hatte den Nachmittag sehr genossen.

Kaum zurück im Hotel *Seeperle* zitierte Tante Grete sie zum Abenddienst in den Service. Die Terrasse war bis auf den letzten Stuhl besetzt und es waren nur zwei Servicekräfte im Einsatz, die das niemals schaffen konnten. Anni sah ungeduldige Blicke, Hände, die nach dem Service riefen und leere Gläser, die hochgehalten wurden. Ihr Vater Josef stand hinter dem Tresen und zapfte ein Bier nach dem anderen. Sein Blick sprach Bände. Er war völlig übermüdet und als er sich schnell an sein Herz griff, zeigte er ihr symbolisch, dass es ihm leidtat, weil sie schon zum zweiten Mal am selben Tag eine Schicht übernehmen musste. Alle bestellten auch ein Gericht oder einen Abendbrotteller. Sie konnte ahnen, wie es jetzt in der Küche zuging.

Sowohl Anni als auch ihr Vater und die weiteren Hilfen in der Küche und im Service kamen lange Zeit nicht mehr zu einer Pause. Die Einzige, die das konnte, war Tante Grete, die es sich in ihrem kleinen Büro gemütlich gemacht hatte, und mit ihrer Buchhaltung beschäftigt war.

Josef und seine Tochter schlichen sich gegen zehn Uhr am Abend mit schweren Beinen in ihre Wohnung. Sie waren so aufgeputscht von der vielen Arbeit, dass sie nicht gleich ins Bett gehen konnten. Josef holte noch eine Flasche Wasser und Gläser. Sie setzten sich und benetzten Schluck für Schluck ihre Lippen.

Es war still ihm Wohnzimmer. Sie hatten nicht einmal mehr die Kraft zu denken. Die Beine schmerzten und brannten und hätten sich über ein Fußbad gefreut.

Die Erschöpfung hatte sie aber im Griff und beiden war klar, dass die Nacht schnell vorbei sein würde.

2023
Anni
Rund um den See

Ein Windhauch strich Anni über das Gesicht und holte sie zurück aus ihren Gedanken die in der Vergangenheit unterwegs waren. Plötzlich nahm sie wieder alle Geräusche, das Geplapper und das Lachen der Menschen wahr, die sich, ebenso wie sie, an dem schönen Ausblick erfreuten. Sie ließ ihre Augen über die Wiesen und Tannen hinuntergleiten zum dunkelblauen Tegernsee, der in der Sonne glitzerte. Die zahlreichen Gleitschirme, die hier oben starteten, boten ein buntes Bild am Himmel. Hinter ihr blickte die kleine Kapelle aufs Tal. *Ja*, dachte sie, *hier hatte der liebe Gott einen sehr, sehr guten Tag, als er diese traumhafte Landschaft schuf.* Wie sehr sie sie vermisst hatte, war ihr die letzten Jahre gar nicht so bewusst gewesen.

Mit einem letzten Blick auf den See machte sie sich auf den Weg und begann mit dem Abstieg vom Wallberg. Während sie weiterlief, rief sie sich die Situation am Seeufer von Bad Wiessee ins Gedächtnis. Brachen und Bauzäune. Aber auch im Ort selbst, als sie auf dem Weg zu Anwalt Schneider gewesen war, war sie an Grundstücken vorbeigekommen, auf denen einst Hotels gestanden hatten. Baukräne taten eifrig ihre Arbeit. Neubauvorhaben waren beschildert. Und jetzt sollte sie dafür sorgen, dass ein ganz besonderes Filetstück in andere Hände kam. Was wären das für Hände, fragte sie sich.

„Alexander?", rief sie in ihr Smartphone, als sie am frühen Abend in ihrer Ferienwohnung saß und den Tag Revue passieren ließ.

„Ah, Anni, freut mich, von dir zu hören."

„Mich freut aber gar nichts. Was ist los am Tegernsee? Was ist mit dem Hotel *Hoferer*?"

„Aber, du hast doch die Unterlagen dabei."

„Willst du mich verhohnepipeln? Das solltest du mit mir nicht machen!"

„Entschuldige, das wollte ich natürlich nicht. Aber aus der Akte geht wirklich alles hervor."

„Tut es nicht, Alexander – und das weißt du auch. Wenn das nur an der Liquidität liegen würde, dann könnte ich der Familie Hoferer das Konzept erarbeiten und die Investoren suchen. Aber ihr wollt das Hotel, vielleicht auch nur das Grundstück, oder nicht? Die Hintergründe, die bräuchte ich von dir und keine Geheimniskrämerei. Offenheit zwischen uns beiden."

„Ja, du hast recht. Wie schon vor Tagen gesagt. Die wollen das Hotel, wozu auch immer. Ich konnte nicht mehr erfahren. Das ist ein Wespennest, in dieses möchte ich nicht hineingeraten. Es geht um unser Geld für diesen Auftrag. Fakt ist, die Interessenten gehören zu unseren besten Kunden, und sie sind auf der ganzen Welt tätig. Warum es sich gerade jetzt so am Tegernsee bündelt, weiß ich nicht, aber ist für uns reiner Zufall." Alexander machte eine kurze Sprechpause. „Anni, ich möchte und kann die Leute als Auftraggeber nicht verlieren. Sie wollen zugreifen, haben das bereits bei einigen Objekten auf dieser ersten Seereihe schon getan, und ich werde mich nicht dagegenstellen."

„Und wieso glaubst du immer noch, dass ich die Richtige bin? Es tut mir alles weh, was ich sehe."

„Ich weiß, dass du loyal zu mir und meiner Firma bist."

„Wenn du dich da mal nicht irrst, mein Lieber. Ich bin eine Gerechtigkeitsfanatikerin. Ich kenne die Menschen und es ist meine Heimat. Du hörst wieder von mir."

Schnell legte sie auf. Sie war wütend. Extrem wütend. Egal, um welches Hotel es gerade ging. Ungerechtigkeit hatte nichts mit Loyalität, Sympathie und sonstigen Gefühlen zu tun. Sie würde der Sache auf den Grund gehen.

Am nächsten Tag war sie mit Rechtsanwalt Lukas Schneider verabredet. Sie trafen sich im Schlosscafé Tegernsee-Stadt. Anni war mit einem Linienschiff auf die andere Seite zur Haltestelle am Rathaus gefahren und hatte nur wenige Fußminuten zum Café. Herr Schneider hatte es ihr empfohlen. Als sie eintrat, sah sie ihn an einem Zweiertisch an der Fensterfront mit Blick auf den See sitzen. Die Fenster waren alle wie eine Ziehharmonika zusammengeschoben, sodass die ganze Front offen war und man das Gefühl hatte, auf einer Terrasse am See zu sitzen. Traumhaft! Einfach nur traumhaft.

„Guten Morgen, Herr Schneider. Ich freue mich, Sie zu sehen."

„Hallo, Frau Obermaier, nehmen Sie bitte Platz."

„Danke, das Café ist sehr einladend. Das merke ich mir."

„Ja, ich bin ganz gerne hier. Hier kann ich entspannen, einen guten Kaffee trinken, und einen grandiosen Ausblick genießen." Lukas Schneiders Augen strahlten sie freundlich an. Dann senkte er leicht den Kopf und blickte zuerst über den See und dann wandte er sich Anni zu.

„Ich weiß jetzt nicht genau, wie ich anfangen soll. Es ist mir auch unsagbar peinlich, aber ich habe nicht so gute Nachrichten." Er rührte unnötigerweise seinen Kaffee um.

„Was ist los? Habe ich Abertausende Schulden, wenn ich annehme?" Anni schaute ihn fragend an und zog die rechte Augenbraue hoch.

„Nein, das ist es nicht. Ich habe gestern einen unerwarteten Anruf bekommen." Lukas holte tief Luft und umarmte mit den Händen die Kaffeetasse. „Benjamin Köster hieß der junge Mann. Er sagte, er sei der Sohn von Paul Obermaier."

Anni war einen Moment sprachlos. „Aber wenn er Pauls Sohn wäre, dann müsste ich doch schon früher von ihm gehört haben. Bestenfalls würde er auch Obermaier heißen, oder nicht?"

„Ja, das waren auch meine ersten Einwände. Er aber sagte, dass seine Eltern nie verheiratet gewesen wären. Sein Vater verstarb, als er sehr klein war. Er kannte ihn nicht."

„Ja, dann. Was soll ich sagen, dann muss ich teilen, aber nur wenn ich annehme."

„Sie nehmen es aber schnell als gottgegeben hin."

Anni schüttelte den Kopf. „Ganz und gar nicht. Jetzt, wo das langsam sackt, stimmt es mich eher traurig. Vor zwei Tagen wäre es mir leichter gefallen."

„Wieso das?"

„Wie soll ich es nachvollziehbar erklären?" Anni nahm einen Schluck Kaffee, um die richtigen Worte zu finden.

„Als ich ankam, waren mein innerer Abstand und die alte Abneigung meiner Tante gegenüber relativ groß. Immerhin bin ich wegen ihr weg und sie war auch schuld, dass es meinen Eltern emotional und wirtschaftlich sehr schlecht ging. Alles in allem hätte ich vor einigen Tagen lieber verzichtet."

Der Anwalt nickte. Er verstand, was sie meinte. „Das kann ich nachvollziehen. Ein bisschen was davon war auch in meiner Familie, allerdings unter uns Geschwistern."

„Das tut mir leid. Das ist sicher schmerzhaft, mit den Geschwistern Differenzen zu haben."

„Geht schon. Aber ich habe Sie jetzt abgelenkt." Lukas Schneider winkte mit der Hand ab. „Was ist ein paar Tage später anders?"

„Was ist anders?" Anni rieb sich über die rechte Wange.

„Anders ist, dass ich einen gewissen Abstand habe. Auch dass ich wieder Heimatluft schnupperte und eigentlich den Umständen dankbar sein kann, dass ich damals wegging. Ohne mein schwieriges Leben hier, das mich zur Freiheit, zum beruflichen Erfolg antrieb, hätte ich nicht meine Karriere in München starten können. Hätte ich damals Sven Hoferer geheiratet, müsste ich jetzt unter Umständen um meine Zukunft bangen. Denn das Hotel *Hoferer* … ach, lassen wir das Thema. Ich fühle gerade Traurigkeit darüber, dass ich nun etwas teilen muss, was ich gerade ganz langsam begonnen habe, zu mögen, obwohl ich gar nicht damit gerechnet hatte."

„Hm, wir müssen abwarten, welche Unterlagen – Geburtsurkunde und so weiter – er mitbringt. Dann sehen wir, ob er mit Ihnen als gleichberechtigter Erbe teilen muss, oder vielleicht ein gültiges Testament hat, das ihn als Alleinerbe einsetzt. Ihnen würde demnach nur ein Pflichtteil aus dem Erbe ihres Vaters bleiben. Das Erbrecht ist an manchen Stellen erklärungsbedürftig. Grete vererbt ihr Vermögen ihren Geschwistern Josef und Paul. Die beiden leben nicht mehr, also sind die Kinder die Erben. Würde jetzt ein Testament für einen Alleinerben vorliegen, dann bliebe dem anderen nur ein Pflichtteil. Ich sage das nur, weil es durchaus sein kann, dass ihre Tante möglicherweise nicht ohne Hintergedanken agiert hat."

„Das wäre ja noch eine ganz andere Perspektive", stelle Anni fest.

„Ja, aber ich schlage vor, dass wir uns nicht so schnell ins Bockshorn jagen lassen. Ich traue ihm nicht so richtig über den Weg und deshalb sollten wir die Fühler ausstrecken."

Zum ersten Mal schaute sie Lukas Schneider richtig an. Er saß lässig an dem kleinen runden Tisch, die Beine in der dunkelblauen Jeans hatte er übereinandergeschlagen, den muskulösen Oberkörper in ein zartgelbes Poloshirt gehüllt. Sie schaute in sein Gesicht. Die nachtschwarzen Haare waren modisch geschnitten und die dunkelblauen Augen strahlten Zuversicht aus. Dazu hatte er einen schönen Mund, den sie in diesem Moment, warum auch immer, gerne küssen würde. Er sah höchst attraktiv aus. Anni erschrak vor ihren abwegigen Gedanken. Schnell seufzte sie. „Was haben Sie vor?"

„Na ja. Ich glaube nur, was ich definitiv weiß oder nur, was ich geprüft sehe. Diese Geburtsurkunde, die er angekündigt hat, kann gefälscht sein. Außerdem frage ich mich, woher er plötzlich wissen will, dass Grete Obermaier verstorben ist. Und ob das so stimmt, dass er der uneheliche Sohn von Paul Obermaier ist. Auch das ist noch nicht bewiesen. Wir hatten akribisch versucht, alles über Paul Obermaier ausfindig zu machen, und wir wissen inzwischen, er ist schon vor vielen Jahren auf Usedom verstorben. Er hatte laut Einwohnermeldeamt nur eine kleine Wohnung und keine eigenen Kinder. Benjamin Köster kommt in Kürze in mein Büro. Ich werde sehen, wie er sich gibt, und ich werde ihm auf den Zahn fühlen."

„Ich danke Ihnen für die Unterstützung." Anni lächelte ihn dankbar an und nickte zustimmend.

„Aber was ist mit Ihnen? Haben sie schon entschieden, ob sie das Erbe annehmen wollen?"

Anni blickte über den See. Ihre Augen verfolgten das kleine Ausflugsschiff. Dann schaute sie ihn an. „Ich bin mir nicht sicher. Ich bin erst vor wenigen Tagen angekommen und schon springen mich die Baulücken und leer stehenden Traditionshäuser an, die zum Tegernsee gehörten wie der Wallberg und die Aueralm. Und nun habe ich vielleicht auch eine halbe Ruine, von der ich nicht weiß, ob sich Investitionen lohnen würden oder ob nicht auch irgendwo einer mit den Hufen scharrt, weil er das Seegrundstück haben möchte."

Lukas Schneider nickte. „Sie haben recht. Das alles sind keine leichten Entscheidungen. Ich weiß, dass rund um den See einiges im Argen liegt, und manchmal frage ich mich, wo das alles hinführen soll. Einerseits wollen viele die Natur und das Flair von See bewahren und anderseits kommen Großinvestoren, teils berühmte Persönlichkeiten der Öffentlichkeit, und wollen investieren. Dabei geht einiges verloren, was einst das Bild der Städte und Orte über lange Zeit geprägt hat. Aber man kann auch nicht in der Vergangenheit stehen bleiben. Es muss erneuert werden. Die Welt dreht sich weiter. Eine schwierige Gemengelage."

„Wie das Hotel *Hoferer*", fügte Anni leise an.

„Ja, da ist auch einiges im Gange. Die Spatzen pfeifen munter von den Dächern. Sind Sie an der Sache dran?", wollte Lukas Schneider wissen.

Anni überlegte kurz, was sie preisgeben konnte.

„Ja, ich muss mich darum kümmern. Aber Hoferer senior hat mich mit so traurigen Augen angeschaut, dass mich sein Blick nicht mehr loslässt. Ich muss mich schlaumachen, herausfinden, was da los ist."

„Ein bisschen was weiß ich auch. Einiges konnte man der Presse entnehmen und anderes unter vorgehaltener Hand. Wenn Sie was wissen wollen, einfach anrufen. Ansonsten hören wir in ein paar Tagen voneinander."

Der Anwalt zahlte und beide verließen das Schlosscafé. Anni gönnte sich noch einen Spaziergang und fuhr mit dem Schiff auf die andere Seite nach Bad Wiessee. Lukas Schneider hatte sie nicht nur beruflich beeindruckt. Er hatte auch ihre weibliche Seite angesprochen. Wenn sie nicht so viel um die Ohren hätte, würde sie ihn gerne privat kennenlernen. *Aufgeschoben ist aber nicht aufgehoben*, dachte sie. Er hatte das gewisse Etwas, was bei ihr eine Saite zum Klingen brachte. Für einen Augenblick sah sie Fabians Gesicht vor sich. Dann schüttelte sie den Kopf. Sie hatten momentan so wenig Kontakt, dass es fraglich war, wie es mit ihnen weitergehen würde.

Am nächsten Vormittag setzte sich Anni an einen abseitsstehenden Tisch auf der Sonnenterrasse der *Linde*. Sie bestellte sich ein Frühstück und legte sich die Akte des Hotels *Hoferer* auf den Stuhl neben sich. Aber Lust hatte sie keine. Sie ahnte schon, dass es nicht das übliche Prozedere werden würde. Ein paar Tische weiter saßen mehrere Männer beisammen und diskutierten. Als Anni genüsslich in ihr Brötchen biss, schaute sie zufällig hin und blickte direkt in Svens Augen, dem der Mund offenblieb, als er sie sah.

Wie in Zeitlupe erhob er sich, sagte etwas zu seinen Begleitern und kam auf sie zu. Vor ihrem Tisch blieb er stehen. Anni schaute zu ihm hoch, registrierte seine bemerkenswerte

Größe, den immer noch blonden Lockenkopf und seine stahlblauen Augen.

„Anni? Du hier?"

„Ja, ich bin hier. Tante Grete ist gestorben."

Beiden fehlten die Worte für eine flüssige Unterhaltung. Annis Gedanken wirbelten durcheinander im Gestern und Heute und sie spürte an Svens unruhigen Augen, dass auch er damit zu kämpfen hatte. Einen erklärten Abschied gab es damals nicht. „Wie geht es dir? Und wo lebst du jetzt? Was machst du beruflich?"

Anni hob abwehrend die Hände. „Halt ein, Sven. Fragen über Fragen und da drüben sitzen Leute, die vielleicht auf dich warten."

Er drehte sich um und nickte zustimmend. Ein Lächeln huschte über sein Gesicht. „Ja, du hast recht. Das sind potenzielle Geschäftspartner."

„Dann aber nichts wie hin. Wir sehen uns bestimmt noch."

Als er weg war, zog Anni die Luft ein. *Wenn du wüstest, mein Lieber, weswegen ich noch hier bin, würdest du nicht so freundlich mit mir plaudern,* dachte sie. Wie unter Zwang griff sie mit spitzen Fingern zur Akte. Sie hatte das Gefühl, sich daran verbrennen zu müssen.

Der Akte entnahm sie, dass ein Konsortium das Gelände mit dem Hotel übernehmen wollte. Diese Gruppe hatte bereits ein Angebot abgegeben, das die Familie aber ablehnte. Sie wusste, dass sie nun dafür sorgen musste, dass alles in die richtigen Bahnen gelenkt wurde. Sie würde Sven und seiner Familie klar machen müssen, dass sie keinerlei Chancen mehr haben würden. Um das sagen zu können, musste sie hinter die Kulissen der Gruppe schauen, was schwer genug war. Was, so fragte sie sich im selben Moment, was ist aus den beiden weiteren Hotels und dem Casino geworden, die danebengestanden hatten, und auf deren Grundstück nun eine Brache durch den Bauzaun lugte? Alexander war nicht neutral, er stand grundsätzlich auf der Seite des Geldes. Ihr aber lag an den Menschen die sie kannte, auch daran, weiter in den Spiegel schauen zu können.

Damit hatte Alexander nicht kalkuliert. Es war schon viel zu spät, um das Schiff in eine andere Richtung fahren zu lassen. Alexander zählte auf ihre Loyalität, was die Sache erschwerte, denn es ging dabei auch um ihren Job. Es war in jedem Fall eine harte Nuss zu knacken, und Sven wusste noch gar nichts davon, der suchte gerade Partner und Investoren.

Sie sah den Garten des Hotels vor sich. Das alles war so vernachlässigt. Außerdem waren kaum Gäste anwesend, die bei ihm wohnten. Was da wohl Investoren dachten, die die Zahlen sahen? Und dann sein Vater, der nichts mehr mit dem stolzen Hotelbesitzer zu tun hatte, den sie von früher kannte. Sie würde sich auf jeden Fall bald entscheiden müssen, um entweder Sven und seiner Familie ihre Existenz wegzunehmen oder selbst ihren Job zu verlieren. Ob sie Sven mit einer Unterstützung zur Rettung einen Gefallen tun würde, das sei noch dahingestellt. Sie glaubte das eher nicht. Immerhin versuchte die Familie Hoferer seit mehr als zehn Jahren, das Hotel auf sichere Füße zu stellen.

Aber auch bei ihr selbst lief privat nicht alles rund. Da gab es nun einen Menschen, der, ebenso wie sie, glaubte, das Hotel *Seeperle* erben zu dürfen. Und sie wusste noch nicht einmal, ob sie das Erbe überhaupt haben wollte. Mein Gott, fragte sie sich, was sind das für Berge, auf die ich da klettern muss? Sie klappte den Aktendeckel zu, zahlte und ging ihres Weges.

2011
Hotel Seeperle und Hotel Hoferer
Bad Wiessee

Anni hatte heute, wie so oft, Frühstücksdienst, und anschließend war sie das Zimmermädchen. Total übermüdet quälte sie sich aus ihrem Bett, schleppte sich ins Bad, machte eine Katzenwäsche und band sich die Haare zusammen. Dann setzte sie sich auf ihr Rad und fuhr zum Hotel. Ihr Vater fegte bereits die Terrasse, als sie ankam. Schnell rannte sie ins Haus.

„Schaff dich in die Küche und bereite das Frühstück für die Gäste vor", keifte Tante Grete aus ihrem Büro. Anni verdrehte die Augen, ignorierte sie aber. Sie konzentrierte sich auf die Vorbereitungen, richtete Platten mit Wurst und Käse. Kochte Eier, schnippelte Gemüse und Obst. Füllte Quark und Müsli in die Schüsseln und deckte die Tische ein. Den Service übernahm eine Mitarbeiterin, die gerade ihren Dienst angetreten hatte.

Anni bestückte den Wagen für die Zimmerreinigung. Während sie Handtücher aus dem Schrank nahm, hingen ihre Gedanken dem Angebot von Sven hinterher, ihr einen Arbeitsplatz in einem Hotel zu vermitteln. Sie fand die Idee so gut, dass sie beim Nachdenken ungewollt vergaß, ihrer Arbeit nachzugehen. Endlich könnte sie frei sein und doch dem Vater helfen. Sie stand vor dem Wagen und hielt die Handtücher in der Hand, als ob sie auf jemanden warten würde.

Tante Gretes Anschleichen hörte sie nicht. Der Schreck fuhr ihr allerdings mit Macht in die Glieder, als sie von hinten mit so viel Kraft geschupst wurde, dass sie den Wagen weg-schob und stolpernd auf die Knie fiel. Dabei schlug sie mit dem Kopf gegen die linke Metallstange des Wagens.

„Du wirst hier nicht rumstehen", schrie Grete. „Ihr habt eine schöne große Wohnung, die ich vermieten könnte. Beeil dich, damit du fertig wirst! Du bist danach noch in der Waschküche eingeteilt. Waschen und Mangeln! Haben wir uns verstanden?" Dann drehte sich Grete um und stapfte die Treppe hinunter, ohne auf eine Antwort zu warten.

Anni zog sich langsam hoch auf die Füße. Sie rückte ihren Rock und ihre Schürze zurecht. Neben ihrem Rücken schmerzte ihr linkes Knie und in ihrem Mund schmeckte sie Blut. Als sie an ihren Mund fasste, bemerkte sie, dass sie sich die Lippen aufgebissen hatte. Schnell nahm sie ein Taschen-tuch und wischte sich das Blut ab. Das Anschwellen der Un-terlippe konnte sie nicht verhindern, aber innerlich war sie so wütend, dass sie gern alles hingeworfen hätte. Ihr Vater kam die Treppe hoch. Er schleppte zwei Kisten Wasser, die in den Zimmern gebraucht wurden. Nach Luft ringend, setzte er die Getränkekisten ab und musste sich am Geländer abstützen, um wieder zu einer normalen Atmung zu kommen. Er schaute seine Tochter an, die ihm den Rücken zudrehte und den Wischmopp richtete.

„Anni?", flüsterte er. „Warum schaust du mich nicht an?"

Langsam drehte sie sich um, hob ihren Rock hoch und schob ihr lädiertes Knie mit dem zerrissenen Strumpf nach vorne, damit er es sehen konnte. Dann raffte sie ihr Shirt und präsentierte ihm ihren Rücken und zu guter Letzt zeigte sie ihm ihr Gesicht, mit einem Bluterguss auf der Stirn und der angeschwollenen Lippe.

Mit traurigem Blick und Tränen in den Augen sagte sie: „Deswegen, Papa. Genau deswegen."

Josef vergaß für einen Moment das Atmen. Sein Mund stand offen und Schmerz blickte aus seinen Augen.

„Warum, Anni?"

„Ich war nur einen Moment in Gedanken versunken und habe gestanden, anstatt zu arbeiten."

„Und dann?"

„Dann kam sie angeschlichen und schubst mich mit großen Krafteinsatz. Ich konnte mich nicht mehr auf den Beinen halten."

„Ich werde mit ihr reden, Anni."

Anni stieß ein lautes Lachen aus. „Vergiss es, Papa." Sie schüttelte den Kopf, um ihre Worte zu unterstreichen.

„Ich werde mir einen anderen Arbeitgeber hier am See suchen und von meinem Geld, das ich dann verdiene, einen Teil der Miete bezahlen. Nur so kann ich dir helfen. Du bist nicht allein, aber ich kann und will an meiner Karriere arbeiten."

Abwartend blickte sie ihren Vater an.

Dieser senkte den Kopf. „Sie wird das nicht erlauben."

„Das ist mir egal, Papa. Ich muss hier raus. Ich kann mich doch nicht ständig schlagen lassen", rief sie.

„Ich rede mit ihr", antwortete Josef und schob einen Seufzer hinterher. „Mach bitte die Zimmer und deine Schicht fertig." Dann drehte er sich um und lief die Treppe hinunter.

Am Nachmittag schlenderte Anni die Promenade lang. Sie war am Bootssteg des Hotels *Hoferer* mit Sven verabredet. Er war schon da, als sie ankam, sprang auf und begrüßte sie herzlich. Schnell registrierte er, dass sie das Bein nicht richtig bewegte, und natürlich sah er ihr Gesicht.

„Was ist denn mit dir passiert? Bist du vom Rad gestürzt?"

„Nein, vergiss es. Das geht wieder weg. Ich möchte gar nicht darüber reden."

Sven konnte sich einiges zusammenreimen, lächelte und legte ihr den Arm um die Schulter. Man wusste im Ort über ihre Tante Bescheid.

Anni fand die Berührung angenehm, lehnte sich an ihn und genoss das Kribbeln, das ihren Körper überzog.

„Sie hat dir wieder einmal wehgetan, oder?"

Anni antwortete nicht.

Sven legte ihr die Hand unter das Kinn und drückte ihr einen vorsichtigen und zarten Kuss auf die angeschwollene Lippe. „Ich habe mich in dich verliebt, weißt du das?", flüsterte Sven. „Und ich möchte, dass das aufhört bei deiner Tante."

Anni nickte zustimmend. „Ich auch, Sven. Ich auch."

„Wie kann ich dir helfen?"

„Kannst du schon mal deine Fühler ausstrecken und versuchen, einen Job für mich zu finden? Vielleicht in Rottach?"

„Ja klar, aber ich habe möglicherweise noch eine andere Idee."

„Lass dir Zeit, Sven. Papa muss erst mit der Tante reden und ich fürchte, dass ich nicht so einfach aus diesem Gefängnis rauskomme. Sie hat uns mit der Wohnung in der Hand."

„Das ist natürlich sehr unschön. Komm, wir setzen den vor ein paar Tagen begonnenen Rundgang durch unser Hotel fort. Ich denke, dass, wenn es dir gefällt, ich fragen werde, ob du bei uns arbeiten kannst."

„Oh ja. Das wäre schön."

Gemeinsam liefen sie erneut in den ersten Stock.

„So, hier müssen wir weitermachen." Sven zeigte ihr eines der frisch renovierten Badezimmer. Es war weiß gefliest, wobei die hellen Fliesen von einer ockerfarbenen Bordüre ringsherum unterbrochen waren. Die Waschbecken waren in Beige gehalten, Wasserhähne und Handtuchhalter in Gold.

Hingucker war eine großzügige Duschkabine. Die Suite, die sie gerade bestaunte, war traumhaft, denn ein Erker mit Blick auf den See zog sie magisch an. Für einen Moment setzte sie sich auf die einladende Eckbank und strich über den ovalen Tisch.

„Wir sind gerade dabei, ein Zimmer nach dem anderen zu sanieren und zu modernisieren", erklärte Sven.

Anni nickte und betrat aufmerksam das nächste Zimmer. Es hatte ebenfalls einen Erker, aber mit einer kleinen Couch, einem Couchtisch und einem Sessel. Hier war das Bad in Grau und Grün gehalten, passend zu den Räumlichkeiten.

„In diesem Zimmer wurde 1934 Ernst Röhm verhaftet", erklärte er ihr.

„Wer war das?", wollte Anni wissen.

„Er war einst ein enger Vertrauter des Führers. Der aber ließ ihn hier, in der ehemaligen Pension *Hanselbauer* so hieß unser Hotel früher einmal, verhaften. Es ist aber eine lange und unschöne Zeitgeschichte. Wenn du willst, erzähle ich sie dir später einmal."

„Ja, vielleicht später. Jetzt habe ich viele andere Sorgen. Da ist die große Weltgeschichte nicht an erster Stelle."

Sven fasste sie an der Hand und dann zeigte er ihr den Speisesaal. Dieser war mit einem taubenblauen Teppich ausgelegt. Farblich identisch und passend waren die Gardinen. Rote Polsterbänke, rustikale Tische und schöne Tischlampen vervollständigten das Ambiente. Die Gäste hatten auch hier einen fantastischen Ausblick auf den See.

„Das Hotel ist wunderschön. Ich würde mich freuen, wenn ich für euch arbeiten dürfte. Aber wie schon gesagt, jetzt noch nicht." Annis Augen strahlten ihn an und ihr leicht geöffneter und lächelnder Mund lud ihn ein, sie zu küssen. Aber er traute sich nicht.

„Ich muss jetzt reingehen." Sven deutete mit dem Kopf in Richtung des Hotelgebäudes. „Meine Schicht beginnt gleich und mein Vater kann streng sein." Mit einem Augenzwinkern und einer freundschaftlichen Umarmung verabschiedete er sich von Anni, die langsam über die Promenade den Heimweg antrat. Ihre Gedanken kreisten um das notwendige Gespräch mit Tante Grete. Ob ihr Vater heute den Mut aufbringen konnte, mit ihr zu reden?

„Wer war die junge Frau, die du auf den Hoteletagen herumgeführt hast?", fragte Max seinen Sohn Sven.

„Das war Anni von der *Seeperle*. Wir haben zusammen unsere Lehre beendet."

Max schaute ihn weiter fragend an. „Ja und? Das ist doch kein Grund durch unser Hotel zu flanieren und der Konkurrenz zu zeigen, was man machen kann."

Sven musste lachen. „Papa, du leidest unter Verfolgungswahn. Was glaubst du, was die Anni dazu bewegen, könnte, uns auszuspionieren?"

„Das kann man nicht wissen. Der Beschiss lauert überall."

„Was ist los? Du sagst das doch nicht nur so? Was lauert sonst noch an Unannehmlichkeiten?"

Max zog tief die Luft in die Lungen. „Wir haben im Moment einen finanziellen Engpass. Es kann mit der Sanierung nicht so schnell weitergehen, wie ich das möchte und dann zwitschern die Vögelchen, dass so einiges hier am See an Änderungen kommen soll. Aber nix Genaues weiß man nicht. Was ich aber weiß, ist, dass ich etwas unternehmen muss. Wir müssen neue Gäste an den See locken. Unsere Besucher sind mit uns älter geworden und werden langsam weniger. Ich weiß nur noch nicht wie."

„Und was zwitschern die Vögelchen sonst noch?"

„Das ist vage, so hintenherum, dass ich mir noch nicht sicher bin, ob es stimmt. Lass uns an die Arbeit gehen. Kommt Zeit, kommt Rat."

Das alles gefiel Sven gar nicht. So nachdenklich hatte er seinen Vater noch nie erlebt. Er würde die Augen offenhalten. Jetzt nach einem Arbeitsplatz für Anni zu fragen, schien ihm nicht klug. Er musste warten.

Als er an der Rezeption vorbeilief, sah er im Büro, dessen Tür offenstand, seine Mutter Agnes am Schreibtisch sitzen. Rasch entschied er sich, sie zu fragen. Vielleicht war sie gesprächiger.

„Mama, darf ich dich was fragen?" Er ließ sich auf den Sessel ihr gegenüber fallen.

„Aber ja doch, um was geht es?"

„Was ist los? Was haben wir für Probleme?"

Ihre Augen verdunkelten sich. Ihre Stirn zog sich sorgenvoll zusammen. „Ach, das ist alles sehr komplex und schwierig." Gedankenverloren blickte sie aus dem Fenster. Ihre blondierten und akkurat frisierten Haare reflektierten das Sonnenlicht. Das hellblaue Dirndl saß perfekt um ihren immer noch schlanken Körper.

„Aber, Mama, warum redet ihr so nebulös? Ich soll mich auf die Übernahme vorbereiten und mich einarbeiten, aber ihr teilt nicht die Verantwortung. Wie soll das gehen?"

Sven war jetzt verärgert, weil man ihm nicht das notwendige Vertrauen entgegenbrachte.

„Es liegt daran, dass wir glauben, dass hinter unserem Rücken Dinge geschehen könnten, die uns schaden. Es ist aber alles nur eine Vermutung. Dein Vater hat die nächsten Tage einen Termin bei der Bank und dann werden wir sehen. Aber, dass wir finanziell nicht mehr so flüssig sind und etwas geschehen muss, das stimmt. Wir reden, wenn wir klarer sehen."

Sven erhob sich und wechselte wortlos das Büro.

Den Nachmittag mit Sven hatte Anni sehr genossen und ihr Herz klopfte, wenn sie an die zärtlichen kleinen Berührungen dachte. Auch die Hoffnung, bald eine andere Arbeit zu bekommen, stieg, sodass sie erleichtert zum Spätdienst ins Hotel *Seeperle* lief.

Tante Grete erhob sich von ihrem Stuhl an der Rezeption.

„Du bist heute im Service eingeteilt. Deck die Tische ein", zeterte sie ohne Begrüßung.

Josef, der gerade mit einer Kiste Wein hereinkam und in Richtung des Restaurants lief, zwinkerte seiner Tochter beruhigend zu.

Papa hat wieder nicht mit ihr gesprochen, registrierte sie schnell. Er war zu feige. Das muss ich selbst übernehmen. Innerlich stöhnte Anni. Sorge um den Vater, der immer schlechter aussah, mit seinem müden Schritt, den eingefallenen Wangenknochen und den traurigen Augen. Und jetzt auch noch der Kampf mit Tante Grete um ihren Arbeitsplatz.

Schnell zog sie sich um, nahm ihre Geldtasche und das digitale Bestellterminal, welches sie in die Tasche steckte. Das Kassensystem und der Computer für die Zimmerbuchungen waren die einzigen Zugeständnisse an die moderne Zukunft und das nur, weil der Gesetzgeber bestimmte Kassen vorschrieb und der Computer für die Sicherheit in der Belegung der Zimmer sorgte.

Zwei Stunden dauerte der erste Ansturm am Abend. Die Terrasse war an diesem lauen Sommerabend voll besetzt, sodass die Gäste schon in die Innenräume ausweichen mussten.

Anni stand gerade in der Küche und wollte Luft holen, kurz sitzen und einen Schluck Wasser trinken, da stob die Tür auf.

„Habe ich's mir doch gedacht, dass du, kaum ist es etwas ruhiger, den nächsten Stuhl ansteuerst", schrie sie.

Anni ließ sich aber nicht einschüchtern. Sie setzte ihr Glas ab, drehte sich weg und blieb sitzen.

Tante Grete stand mit wenigen Schritten neben Anni, griff nach ihrem Pferdeschwanz, umschloss ihn mit der Hand und zog ruckartig ihren Kopf so weit nach hinten, dass Anni senkrecht zur Decke schauen musste. Von oben herab schob sich Gretes Gesicht immer näher, sodass beide Gesichter nur wenige Zentimeter voneinander entfernt waren. Anni hatte schon Sorge, dass ihr Stuhl kippen könnte.

„Schaff dich sofort raus ins Restaurant. Dein Dienst geht bis um halb elf und endet keine Minute früher." Dann klatschte völlig unvorbereitet die flache Hand Gretes in ihr Gesicht und ihr Stuhl schwankte wieder in die Waagerechte, um dann stehen zu bleiben. Grete schlürfte hinaus.

Anni rieb sich die schmerzende Nase und die Wange, dabei senkte sie den Kopf nach unten. Sie war peinlich berührt und schämte sich. Das Küchenpersonal stand wie versteinert und schaute zu ihr hin. Wie konnte die eigene Tante sie derart vorführen und so schlecht behandeln, fragte sich Anni. Das tat keine anständige Chefin, nicht mit der Familie, und auch nicht mit dem Personal. Das war nicht richtig, resümierte sie in ihren Gedanken.

Josef kam in die Küche und brachte schmutziges Geschirr. Sofort sah er, dass wieder etwas vorgefallen sein musste. Als er dann die roten Spuren, die sich über das Gesicht seiner Tochter zogen, sah, musste er schlucken. Schweigsam lud er das Geschirr in den Geschirrspüler.

Anni stand auf, schaute ihren Vater mit einem Tränenschleier in den Augen an, und verließ wortlos die Küche. Sie hatte es aufgegeben, auf ihn zu hoffen.

Am Ende der Schicht half Anni ihrem Vater, die ganzen leeren Flaschen hinter dem Tresen in Kisten zu packen, und in das Lager zu tragen. Dort sah sie, dass über den Tag alles durcheinander hineingestellt worden war. Ein Chaos!

„Papa, kommt nicht morgen die neue Lieferung?"

Josef nickte. „Ja, mein Kind. Die nehmen alle keine Rücksicht. Sie wissen, dass ich dafür verantwortlich bin, und kümmern sich einen Dreck darum, ihr Leergut ordentlich hinzustellen." Er schüttelte den Kopf.

„Das kann doch nicht sein, dass alle so respektlos waren und ihre Flaschen nicht einsortiert haben. Warum sagte Grete nichts?" Anni drehte sich im Kreis und schaute zu ihrem Vater, der weiß wie eine Wand und hängenden Schultern vor ihr stand. Sie griff nach seinem Arm und führte ihn zu einer leeren Kiste. „Du setzt dich jetzt erst einmal hier hin."

Als er den Kopf schüttelte und das Angebot nicht annehmen wollte, drückte sie ihn an der Schulter runter auf die Kiste. „Sitzen bleiben, Papa." Sie verstärkte ihre Worte mit erhobenem Zeigefinger. Dann hörte sie Schritte vor der Tür. Sie sah den Kellner, der mit ihr heute gearbeitet hatte. Er wollte gerade gehen. „Komm sofort hier rein, Franz, rief sie. Hilf mir, die heutige Sauerei zu beseitigen. Morgen kommt Lieferung und mein Vater hat das nicht verdient, dass alle jungen Kerle und Mädchen ihm die Flaschen buchstäblich vor die Füße werfen. Du kannst den anderen morgen gerne die Leviten lesen, damit wir abends nicht für alle nacharbeiten müssen."

Franz nickte, als er das sah. „Das stimmt, Anni. Ich kümmere mich morgen darum." Schnell räumten sie auf.

2023
Anni
Bad Wiessee

Anni war auf dem Balkon eingenickt. Rasch kippte sie den Sessel aus der Liegestellung und setzte sich hin. Es war mittlerweile dunkel und die Lichter spiegelten sich auf dem See. Sie erhob sich und streckte ihre steifen Glieder. Der Hunger und der Durst meldeten sich. Sie richtete sich in der kleinen Küche ihrer Ferienwohnung ein bisschen Käse, Tomaten, Oliven und Weißbrot. Dazu gönnte sie sich ein Glas Rotwein. Was für ein anstrengender Tag. Die Begegnungen mit den Menschen ihrer Vergangenheit hatten mehr Kraft gekostet, als sie vorher gedacht hatte. Dabei war sie schon so lange weg vom Tal und die damaligen Liebesgefühle waren verschüttet. Das Herz bummerte nicht mehr so doll gegen die Rippen, wenn sie Sven sah. Obwohl, das sollte sie nicht so leichtfertig vermuten. Sie hatte ihn nur kurz gesehen. Aber was sie sah, war immer noch äußerst attraktiv. Die Haare noch ohne grauen Schimmer. Seine Augen strahlten in gewohnt leuchtendem Blau. So ein wenig Herzklopfen war noch da.

Aber wäre es, aus heutiger Sicht, ein großes Glück für sie, wenn sie wieder zusammenkämen? Sie schüttelte den Kopf. Sie könnte mit Sven auch nicht mehr glücklich werden. Jetzt, wo die Familie Hoferer um ihre Existenz und um ihre Heimat kämpfen musste, wäre eine neue Liebe eher eine große Belastung. Aber das redete ihr gerade ihr Verstand ein. Ob das

Herz da nicht auch noch ein Wörtchen mitreden wollte, das wusste sie noch nicht.

Anni seufzte. Aber gut aussehen tat er immer noch. *Anni, hör auf,* sagte sie sich. *Hör auf, die ganze Zeit so zu denken,* ermahnte sie sich selbst in ihren Gedanken. Er ist bestimmt nicht mehr allein. So ein Mann, auch noch mit einem großen Hotel, hat bestimmt eine Frau und vielleicht auch Kinder.

Sie erhob sich vom Esstisch und setzte sich zusammen mit ihrem Laptop und ihrem Smartphone auf die Couch. Ihr war gerade eine Idee gekommen. Sie würde auf Facebook oder Instagram nachschauen, ob sie ihre gute Freundin Fritzi finden konnte. Sicher nicht einfach, denn sie dürfte auch geheiratet haben. Notfalls konnte sie bei ihren Eltern, oder den Nachbarn nach ihr fragen.

Nach intensiver Suche wurde sie fündig. Interessiert las sie die Posts und schaute ihre Bilder an. Fritzi war mit einem Hotelier verheiratet und lebte in Kreuth. Das passte zu ihr. Rasch tippte sie ihr eine kurze private Nachricht.

Am nächsten Vormittag, noch während sie am Frühstückstisch saß, brummte das Smartphone. Schnell legte sie das Brötchen auf dem Teller ab.

Kaum hatte sie ihren Namen gesagt, hörte sie Fritzis Stimme. „Annilein, na sage mal! Ich glaub, ich träume! Wo hast du all die Jahre gesteckt? Wo bist du jetzt? Wie lange bleibst du? Wann sehen wir uns?"

„Stopp, Fritzi", rief Anni lachend. „Ich kann ja gar nicht antworten. Wie geht es dir, meine Liebe?"

Fritzi musste laut loslachen. „Wir müssen uns sehen. Das können wir nicht am Telefon besprechen. Mehr als zehn Jahre brauchen Zeit. Wann darf ich dich in die Arme schließen?" Fritzis Lachen drang durch den Lautsprecher.

„Wann hast du Zeit für mich? Ich habe freie Zeiteinteilung", antwortete Anni.

Fritzi schien einen Moment nachzudenken.

„Dann komm bitte morgen gehen zehn Uhr zu uns ins Hotel. Wir nehmen im Garten ein Frühstück. Das Wetter soll sehr schön sein. Und wenn wir noch mehr Zeit brauchen, dann auch das Mittag- und das Abendessen. Ich schicke dir die Adresse durch."

Anni bedankte und verabschiedete sich.

Am Nachmittag schlenderte sie mit der Akte ihres Chefs zur *Linde*. Sie wollte und musste sich weiter einlesen, denn es war Zeit, sich mit ihrer Arbeit auseinanderzusetzen, ob sie das wollte oder nicht.

Der See hatte heute einen leichten Wellengang. Zahlreiche Graugänse sowie die beiden Schwäne, die immer zu sehen waren, tummelten sich auf dem grünleuchtenden See und zogen ihre Bahnen. Der Wind strich den Spaziergängern durch die Haare. Die Sonne wusste am heutigen Tag nicht so richtig, was sie wollte. Mal strahlte sie vom Himmel und dann versteckte sie sich hinter den Wolken. Anni sah einen freien Tisch am Rande des Biergartens, den sie sogleich ansteuerte.

Sie bestellte eine große Tasse Kaffee, ein Stück Kirschkuchen, und ein Wasser. Während sie sich ihren Kuchen schmecken ließ, schweiften ihre Gedanken zu ihrem Freund Fabian nach München. Sie hatten in den letzten Tagen nicht ein einziges Mal telefoniert. Er hatte nicht nachgefragt, ob sie gut angekommen sei, und sie hatte ihm nicht geschrieben, dass es so war. Ist das dann noch Liebe, oder war es überhaupt je Liebe? Anni schluckte den letzten Bissen ihres Kuchens hinunter.

Mit einem Seufzer griff sie zur Akte und öffnete sie. Mehr als zwei Stunden vertiefte sie sich in Zahlen und Unterlagen.

Es bestätigte sich, was sie schon vermutet hatte. Mit dem Hotel der Familie Hoferer ging es schon viele Jahre stets ein bisschen weiter bergab, und das bereits zu einer Zeit, als sie selbst noch bei ihrer Tante gewohnt hatte. Zaghafte Versuche, das Hotel zu modernisieren, hatten demnach nicht gegriffen.

Dann kam auch noch Pech dazu. Der Nachtklub war beim Hochwasser im Jahre 2013 stark beschädigt und anschließend nur oberflächlich instandgesetzt worden. Der Flur vor den Schaukästen, an die sie sich noch gut erinnerte, war auch vollgelaufen. Die dort ausgestellten Dirndl in den Vitrinen waren aber trocken geblieben.

Die zahlreichen Baustellen in den Folgejahren, mit intensiven Abrissarbeiten in unmittelbarer Nähe, waren für die Attraktivität eher ein Hindernis, sodass die Buchungen und die Umsätze erneut zurückgingen. Weitere Kredite wurden in solchen Situationen grundsätzlich problematisch, aber einen hatte er noch bekommen, wie sie sehen konnte, und dennoch reihten sich die Probleme weiter aneinander. Sven hatte bisher noch nicht aufgegeben, sondern ein Angebot der Übernahme gar abgelehnt. Erstaunlich, bei der Situation. Sie verglich Hotels in solchen Situationen immer mit einem Schiff, das langsam unterging, aber die Besitzer unentwegt mit einem kleinen Wassereimer versuchten, das Endgültige zu verhindern.

Die ausländische Finanzgruppe, die jetzt das Anwesen seit geraumer Zeit haben wollte, war weltweit vernetzt und bestand aus einem Geflecht zahlreicher Unternehmen. Insgesamt so verworren, dass es fast unmöglich war, herauszufinden, wer zu wem gehörte. Selbst Alexander wusste das nicht in Gänze. Auf der Strecke blieben am Ende die betroffenen Menschen und unter Umständen auch die jeweiligen Gemeinden vor Ort. Verluste wurden von solchen

Unternehmen gerne zurückgelassen. Die Gewinne selbstverständlich wurden international, möglichst steuerfrei, gestreut. Traditionen und das, was eine Region einst ausgemacht hatte, spielten dann keine Rolle mehr. Es würde in der Zukunft mehr denn je das Geld die Regie führen. Dabei war unwichtig, ob man das gut fand, oder nicht.

Und wem die Grundstücke der bereits entfernten Hotels gehörten, die jetzt unmittelbar daneben hinter dem Bauzaun waren, das wusste Anni auch noch nicht.

Sie klappte den Deckel der Akte zu. Ihr war flau im Magen. Es war etwas anderes, in einer fremden Gegend, bei fremden Menschen unterwegs zu sein, oder in der Heimat aufzutauchen, um lieben Bekannten die Existenz zu vernichten. Selbst wenn Sven einen Investor finden würde, würden die Banken in München und Frankfurt ablehnen. Die Gruppe hatte schon länger ihre Fühler ausgestreckt und alles in die Wege geleitet. Was Anni jetzt noch blieb, war die Familie Hoferer zu überzeugen, ihr geliebtes Hotel zu verkaufen, um eine wirtschaftliche Zukunft zu haben. Andernfalls müsste sie Sven zwingen, aufzugeben. Sie war sich ganz sicher, dass das Hotel nicht saniert werden würde. Es würde in naher Zukunft der Abrissbirne zum Opfer fallen, um für ein modernes Luxushotel Platz zu schaffen.

Anni hob den Blick. Jetzt erst sah sie, dass der Biergarten sich mittlerweile gefüllt hatte. Die Menschen lachten und unterhielten sich und auf fast jedem Tisch standen Teller mit Speisen, die ihr das Wasser im Mund zusammenlaufen ließen. Sie gab dem Kellner ein Zeichen, und der stand schnell an ihrem Tisch.

„Bringen Sie mir bitte einen Wurstsalat, eine Brezn und ein Bier." Sie lächelte ihn dabei an.

„Gerne."

Der Service ging schnell und freundlich.

Es war lecker und schmeckte nach Heimat. Das hatte sie schon so lange nicht mehr gegessen und schon gar nicht so ein großes Bier getrunken. Sie musste schmunzeln, als sie sich den Bierschaum von der Oberlippe wischte.

In der Ferienwohnung schickte sie Fabian noch eine kurze WhatsApp und ging schlafen.

2023
Kanzlei Lukas Schneider
Bad Wiessee

Rechtsanwalt Lukas Schneider hatte heute einen Termin, auf den er sehr gespannt war. Gegen vierzehn Uhr erwartete er Benjamin Köster, den Sohn von Paul Obermaier. Den Mann, der Ansprüche an das Hotel *Seeperle* und an das Wohnhaus von Grete Obermaier stellte. Pünktlich meldete seine Sekretärin die Ankunft des jungen Mannes und bat ihn hinein. Lukas erhob sich und reichte ihm zur Begrüßung die Hand.

„Guten Tag, Herr Köster, nehmen Sie bitte Platz." Benjamin Köster setzte sich auf dem Stuhl vor dem Schreibtisch, Lukas glitt in seinen Chefsessel hinter dem Schreibtisch. Während er sich die Unterlagen bereitlegte, betrachtete er den anderen aus dem Augenwinkel. Er sah einen jungen Mann mit braunen Augen und modisch gestylten mittelbraunen Haaren. Sein Outfit zeugte von gutem Geschmack. „Hatten Sie eine gute Anreise?", fragte er ihn lächelnd.

„Danke, ja. Ich bin gestern schon gekommen und habe mich ein wenig umgesehen."

Lukas' Antennen fuhren aus. „Und – was haben sie alles entdeckt?" Nebenbei nahm er das erste Blatt aus der Akte.

„Nichts Besonderes. Es ist sehr schön hier am Tegernsee. Das Hotel meiner Tante hat eine gute Lage und das Haus ist auch stattlich, steht fast direkt am See. Sehr beeindruckend."

„Lassen Sie uns anfangen. Ich habe nachher noch Termine", bat Lukas kurz angebunden. Er hatte kein gutes Gefühl. „Ehe wir aber ins Detail gehen, müssen wir über ihre Identität reden. Wir haben recherchiert und eine kleine Wohnung in Zinnowitz, aber keine Familie gefunden. Paul Obermaier hatte sie unter seinem Namen angemietet und war dort auch bis zu seinem Tod gemeldet, und zwar allein. Die Wohnung wurde nach seinem Ableben von der Stadt geräumt und übergeben. Wieso nicht von ihrer Mutter, als seine Angehörige? Sie wohnen in Bansin, oder?"

„Ja", antwortete Benjamin Köster schlicht.

Lukas störte irgendetwas an diesen Ausführungen. Er hatte das Gefühl, dass nicht alles passte. Aber was? Er musste sich jedoch zunächst einmal damit zufriedengeben. „Gut, das nehme ich so zur Kenntnis. Sie müssen aber wissen, dass ich jetzt neue Ansätze suchen muss. Tatsache ist, dass hier ein Mann vor mir sitzt, der mir eine Geburtsurkunde vorlegt, die einen völlig anderen Namen und außerdem keine Angaben über den Vater aufweist, weil unbekannt. Was trotzdem seine Richtigkeit haben kann. Ich kann derzeit keinen Gentest machen lassen, denn ich habe kein Material vom Vater. Wo ist er überhaupt beerdigt?"

„Das weiß ich nicht. Ich habe das nie hinterfragt." Benjamin fuhr sich mit der Hand über das Kinn, als er sich der Peinlichkeit bewusst wurde, nicht das Grab des Vaters zu kennen.

„Dann bitte ich um Verständnis, dass wir nun nicht über das Erbe sprechen können. Ich benötige definitiv eine Klärung." Lukas erhob sich. Er betrachtete das Gespräch als beendet. „Ich melde mich bei Ihnen, wenn sich eine Änderung ergibt. Vielleicht können Sie bei Ihrer Mutter nachfragen, ob sie uns die Unterlagen und weitere Details geben kann, die Ihre Zugehörigkeit zur Familie Obermaier bestätigen. Das würde die Angelegenheit beschleunigen. Vielleicht finden Sie sogar noch Kleidungsstücke von ihm für einen Gentest, oder es gibt die Grabstelle noch."

Benjamin Köster zuckte mit der Schulter. „Das geht leider nicht mehr. Meine Mutter verstarb vor zwei Jahren."

„Oh. Das tut mir leid."

„Sie hatte mir neben meiner Geburtsurkunde lediglich einige neuere Ausgaben der Tegernseer Zeitung und die Adresse der *Seeperle* übergeben. Dazu die mündliche Aufforderung ausgesprochen, Nachrichten und mögliche Anzeigen, rund um die *Seeperle* zu verfolgen. Und genau das habe ich getan. Wenn Grete stirbt, so erklärte sie mir, soll ich mein Erbe anmelden. Mit erhobenem Zeigefinder sagte sie: „Du bist ein Obermaier, das steht dir zu. Dein Vater ist viel zu kurz gekommen bei der Familie."

Benjamin Köster erhob sich. „Haben Sie als Anwalt aus der Recherche gar nichts, was uns weiterhilft bei Ihren Unterlagen?"

Lukas schüttelte den Kopf.

„Ich bleibe einige Tage hier am See und wohne im Hotel *Bergblick*. Gibt es noch weitere Erben?", wollte er wissen und öffnete schon die Bürotür.

„Ja, eine junge Frau. Anni Obermaier, die Tochter von Gretes zweitem Bruder Josef."

„Können Sie mir ihre Adresse geben?"

„Wir machen das so, dass ich ihr die Telefonnummer von Ihnen gebe, dann kann sie sich melden, wenn Sie einverstanden sind."

Benjamin Köster nickte und verließ die Kanzlei.

Lukas griff zu seinem Smartphone und rief Anni an.

„Grüß Gott, Frau Obermaier. Schneider hier. Wie geht es Ihnen?", fragte er und blickte aus dem Fenster.

„Servus, Herr Schneider. Es geht so. Ist alles sehr belastend, was jetzt beruflich ansteht. Und wie es privat weitergeht, das müssen Sie mir sagen."

„Ja, das wird wohl noch dauern." Rasch berichtete er von seinem Gespräch mit Benjamin Köster. Er erklärte, so gut er konnte, seine Bedenken und auch, dass er eine neue Recherche bezüglich dessen Identität in die Wege leiten musste. „Ich kann den jungen Mann, bis zu einer Klärung, nicht als Erben betrachten und auch keine Details über das Erbe erläutern."

„Oje. Das wird dauern. Was machen wir dann mit dem geschlossenen Hotel?" Anni schüttelte den Kopf. „Nur Probleme." Sie stieß einen Seufzer aus.

Lukas hatte das Bedürfnis, sie zu trösten. „Grämen Sie sich bitte nicht. Ich gebe mir alle Mühe, zu schnellen Lösungen zu kommen. Übrigens hat mich Benjamin Köster um Ihre Kontaktdaten gebeten. Ich schicke Ihnen seine Telefonnummer auf Ihr Handy. Entscheiden Sie selbst."

„Gut, ich weiß zwar nicht, was ich mit ihm bereden sollte, aber ein bisschen neugierig bin schon. Es ist einerseits ein komisches Gefühl, plötzlich so etwas wie Familie zu haben, wo ich doch dachte, dass ich jetzt ganz allein bin, und anderseits ist da jemand, der teilhaben möchte am Hotel und am Haus. Ich überlege mir das."

„Das kann ich verstehen, dass Sie jetzt vor einer ungewohnten Situation stehen. Aber noch wissen wir gar nichts.

Noch hat er keinen Anspruch. Falls Sie sich mit ihm treffen, könnte es sein, dass er Ihnen etwas erzählt, das uns nützlich sein könnte bei unserer Recherche. Ich halte Sie in jedem Fall auf dem Laufenden."

2012
Hotel *Hoferer*
Bad Wiessee

Max saß mit seiner Frau Agnes noch am Frühstückstisch und versteckte sich hinter seiner Zeitung.

„Was ist los, Max?", fragte sie leise.

Er antwortete nicht gleich. Behutsam legte er die Zeitung zur Seite und schaute seine Frau lange an. Sie war immer noch hübsch anzusehen, obwohl ihr das Leben schon einige feine Falten ins Gesicht gezeichnet hatte. Ihre Haare saßen so akkurat, als wäre jede einzelne Strähne kunstvoll hingelegt worden.

„Ich habe heute einen Termin bei der Bank in München."

„Warum nicht hier in Bad Wiessee? Du kennst hier alle Geschäftsführer persönlich. Die verstehen dich mit ihrer Ortskenntnis viel besser, als welche, die nicht vor Ort sind."

„Wenn das alles so einfach wäre. Die Abgeordneten aus der Region haben ihre Drähte zur Staatskanzlei. Von dort knüpfen sich Kontakte zu den Münchner Banken und zu Geldgebern der Wirtschaft, auch zu den Verbänden. Sie sind aber ebenso gut vernetzt mit den Herrschaften der Landkreise und den regionalen Banken. Ich möchte zweigleisig fahren, denn wir brauchen Zeit und Geld, um wieder auf die Beine zu kommen."

Agnes griff über den Tisch und legte ihre Hand auf seine. „Es wird schon funktionieren. Ich drück dir die Daumen, dass du ein gutes Angebot bekommst."

Max nickte.

Zwei Stunden später saß er in der Münchener Filiale der global agierenden Privatbank, von der er wusste, dass sie sich mit einer eigenen Sparte auf die Finanzierung von Hotels spezialisiert hatte. Mit Unterstützung seines Steuerberaters hatte er in den letzten Tagen einen neuen Sanierungsplan und eine Expertise für die Zukunft erstellt. Ein etwas bescheideneres Renovierungskonzept könnte zusätzliche Klientel ansprechen. Sparen und mehr Umsatz generieren, das war der Kern des neuen Konzeptes. Aber es würde dennoch Kapital verschlingen. Der Bedarf an Krediten war nicht unerheblich.

Anschließend saß Max in seinem Auto. Er konnte nicht gleich losfahren, er war völlig erschöpft. Müde schlang er die Arme um das Lenkrad und legte den Kopf darauf ab.

Die Gespräche waren hart gewesen, dauerten weit mehr als eine Stunde und waren sehr ermüdend. Richtig viel rausgesprungen war allerdings nicht. Zweihundertfünfzigtausend und die auch noch mit einer Grundschuld auf das Hotel abgesichert. Das war etwas, was er im Normalfall strikt abgelehnt hätte. Es war risikobehaftet und jagte ihm den Angstschweiß über den Rücken. Sein Vater hatte die Pension *Haselbauer* übernommen und viel Geld investiert. Aus der Pension war das erste Haus am Platz geworden, ein wunderbares, ein stolzes Hotel. Das Hotel *Hoferer* am See. Und dann, dann war der Vater früh verstorben und er, Max, musste bereits als junger Mann, die Verantwortung übernehmen. Damals dachte er, dass er das mit seinem guten Willen schon schaffen würde. Aber heute? Heute musste er feststellen, dass es wohl nicht genug war, nicht gut genug auf Dauer, nicht über die Jahrzehnte hinweg.

Und nun? Nun hatte er einen viel zu kleinen Kredit. Einen Tropfen auf den heißen Stein. Es reichte nur für Tapeten und Farbe. Die Vögelchen hatten außerdem gezwitschert, dass das Casino abgerissen werden sollte. Dann käme zum zweiten Mal direkt neben ihm eine Baustelle auf ihn zu. Die würde erneut seine Gäste belästigen. Was konnte er tun? Er musste das Erbe seines Vaters retten. Er musste es schaffen. Auf Biegen und Brechen.

Er hob den Kopf und straffte die Schultern, steckte den Schlüssel in das Zündschloss und startete den Wagen. Die Fahrt an den Tegernsee war kurz, die Autobahn war frei und so kreisten seine Gedanken lediglich um das Gespräch, das er in München geführt hatte.

Zu Hause zog er sich für einige Zeit in sein Büro zurück. Er brauchte Ruhe, musste nachdenken, wenn möglich erste Gedanken in die Zukunft lenken, aber die Ideen sprudelten nicht.

Nach dem Mittagessen saß die Familie noch bei einem Kaffee im privaten Esszimmer zusammen. Agnes und Sven schauten Max an. Sie warteten auf seinen Bericht, wie es heute in München gelaufen war.

„Nun spann uns doch nicht so lange auf die Folter. Konntest du was erreichen?", drängelte Agnes.

Nur langsam hob Max den Blick und fuhr sich mit der Hand über die Stirn. Seine rechte Augenbraue hob sich leicht an. „Was soll ich sagen? Ich habe was mitgebracht, aber es ist so, als wollte ich mit einem Eimer den Pool mit Wasser füllen."

„Geht das auch ohne symbolhafte Darstellung?", wollte Sven wissen. „So dass wir verstehen, was auf uns zukommt?"

Max holte tief Luft. „Zweihundertfünfzigtausend und eine Grundschuld auf dem Hotel, wesentlich höher als der Kredit. Und jetzt müssen wir die Wende zum Erfolg schaffen, sonst gute Nacht."

Agnes hatte es für einen Moment die Sprache verschlagen. „Wie soll denn das gehen? Damit können wir nicht das Hotel umgestalten und Werbung für neue Kunden starten."

„Papa, Papa, das ist heikel." Sven beugte sich näher an Max. „Und sonst? Du hast doch erwähnt, dass auch die Vögelchen aus dem Busch zwitschern." Er hob den rechten Zeigefinger. „Raus mit der Sprache. Alles auf den Tisch. Es ist zu ernst, um zu schweigen."

„Das Casino soll abgerissen werden. Wisst ihr, was das bedeutet? Erinnert ihr euch an die Zeit, als es gebaut wurde?"

„Oh nein", rief Agnes. Sie schüttelte den Kopf. „Uns sind damals die Kunden weggelaufen, bei dem Baulärm. Und wenn jetzt noch die Abrissbirnen und die Bagger kommen, dann ist es diesmal, neben dem Radau, auch noch der Schmutz. Wir werden zusehen können, wie die Kunden das Weite suchen." Nun konnte sie die Tränen nicht mehr zurückhalten.

„Mama, beruhige dich doch. Uns fällt schon das Richtige ein. Wir haben immer einen Weg gefunden, wenn es mal schwierig wurde."

„Du hast recht, Sven", sagte Max, stand auf und legte den Arm um die Schulter seiner Frau.

„Ich übernehme jetzt Verantwortung, Papa, rate uns, dass wir die Renovierungen nur da vornehmen, wo es ganz arg nötig ist. Ansonsten werde ich mir eine schlagkräftige Werbekampagne einfallen lassen, die neue Kunden mit Nostalgie gepaart mit unserer Qualität an den See lockt. Das wäre gelacht, wenn wir das nicht schaffen würden."

„So machen wir das, mein Sohn. Ich bin dabei." Max war erleichtert, dass er jetzt nicht mehr die ganzen Probleme allein schultern musste.

2012
Anni und Sven
Bad Wiessee zur selben Zeit

Die letzten Wochen, Monate und Tage waren für Anni mehr als nur bescheiden. Voller Stress und Arbeit, fast ohne Pausen. Ihre Schichten wurden immer länger und immer intensiver. Sie hatte das Gefühl, dass Tante Grete immer dreister, härter und fordernder vorging. Selbst sie, als junge Frau, würde den Anforderungen nicht ungebremst standhalten können. Und die Sorge um den Vater wuchs. Mal abgesehen davon, dass sie, als einfache Hotelhilfe, keinerlei Ambitionen für eine Karriere hegen konnte. Sie würde sich heute nicht zwingen lassen, zu bleiben, sie würde zu Sven gehen und ihn bitten, ihr zu helfen. Sie konnte nicht mehr. Es musste nach einer baldigen Lösung gesucht werden.

Am Nachmittag wanderte sie über die Seepromenade. Sie war viel zu müde, um schneller zu gehen. In der Nähe des Bootsstegs stand ihre liebste Bank. Anni setzte sich, um auf Sven zu warten. Sie wusste, dass er in Kürze seine Schicht beenden würde. So hatte sie noch ein wenig Zeit, um auszuspannen, den Stress abzubauen und ruhiger zu werden. Sie steckte in einer Zwickmühle. Ihr Vater weigerte sich, mit ihr wegzugehen, und mit Tante Grete suchte er auch keine

Aussprache. Sollte sie gehen und ihn zurücklassen? Sie sah ihn vor sich, sah seine müden, traurigen Augen, die hohen Wangenknochen, den gebeugten Rücken und den schlürfenden Schritt. Immer die gleichen auffälligen Merkmale, die seine Erschöpfung zeigten. Konnte sie gehen, obwohl sie das alles wusste? Musste sie nicht dafür sorgen, dass er in eine andere Umgebung kam, wo er sich erholen konnte und in eine neue Zukunft blicken durfte? Hatte er nicht genug durchgemacht? Auch die jahrelange Pflege der Mutter hatte ihre Spuren hinterlassen. Was konnte, was sollte sie tun?

„Hallo, Anni, träumst du?"

„Oh, ich habe dich gar nicht kommen hören. Entschuldige, ich war in Gedanken."

„Das macht doch nichts." Sven strahlte sie an, kam näher, und nahm sie kurz in die Arme. Rasch drückte er ihr einen Kuss auf die Wange. „Komm, wir nehmen das Boot."

Er half ihr beim Einsteigen, setzte sich gegenüber, und paddelte über den See. Auf der anderen Seeseite wusste er von einer kleinen, winzigen Bucht hinter einem Busch versteckt, die meistens leer war, so auch heute. Er band das Boot an den Baum, nahm den kleinen Korb, den er zuvor schon reingestellt hatte, und die Decke. Beide legten sich nebeneinander, schwiegen und schauten in den Wipfel des Baumes, der ihnen den Schatten spendete.

„Es sieht so aus, als ob wir beide gerade einen kleinen Rucksack tragen müssten, der uns daran hindert, fröhlich im See zu planschen", flüsterte Sven.

„Ich auf jeden Fall", antwortete Anni, setzte sich auf und wischte sich ein paar Tränen von den Wangen. „Aber du? Als angehender Hotelchef von einem Traditionshaus, das in der ganzen Republik und darüber hinaus bekannt ist? Was solltest du für einen Rucksack tragen müssen?"

Jetzt setzte sich auch Sven auf. Als er sah, dass sie feuchte Augen hatte, rutschte er ganz nah an sie heran und umfasste sie mit beiden Armen, sodass sie ihren Kopf an seine Brust betten konnte. Anni fühlte sich beschützt und getröstet. Diese Geborgenheit weckte in ihr längst vergessene Gefühle. Wann war sie zuletzt von ihren Eltern umarmt worden? Es waren Jahre vergangen, und in diesem Moment spürte sie, wie sehr sie es vermisste.

„Erzähl, was ist drin in deinem Rucksack", bat Anni.

„Nein, du zuerst. Bestimmt deine Tante Grete, oder?"

Anni seufzte und drehte den Kopf so, dass sie ihm ins Gesicht schauen konnte. „Ja, meine Tante Grete. Ich kann nicht mehr, Sven." Mit leiser Stimme erzählte sie ihm, wie die letzten Tage verlaufen waren, vollgepackt mit unendlich viel Arbeit. Auch von ihren Sorgen um den Vater und die gelegentlichen Schläge, die hinzukamen. „Ich muss da raus, unbedingt und bald. Wenn mein Vater nicht will, dann kann ich das leider nicht ändern. Aber ich, ich muss weg."

„Das verstehe ich", sagte Sven in einer Gesprächspause.

„Kannst du mir Kontakte zu anderen Hotels herstellen? Ich brauche dringend einen Job und ein Zimmer. Hilfst du mir?"

Hinter Svens Stirn arbeitete es mächtig.

Fest zog er Anni an sich, fasste sie mit der rechten Hand zart unter dem Kinn an und näherte sich ihrem Gesicht. Ganz behutsam küsste er sie. Er wollte sie nicht überrumpeln und erschrecken. „Ich werde dir helfen. Lass mir aber bitte noch etwas Zeit. Ich will dich bei mir haben und nicht in ein fremdes Haus lassen, von dem wir wieder nicht wissen, wie der Umgang gepflegt wird."

Anni wiegte den Kopf. „Ich will das nicht mehr aushalten, Sven. Schlimmer wird es nirgendwo."

Beide schwiegen.

„Was ist eigentlich in deinem Rucksack?", fragte sie ihn, und strich ihm über die Wange.

„Was soll ich sagen? Eigentlich muss ich schweigen wie ein Grab. Schließlich bleibt im Tal nichts lange verborgen. Hier kennt jeder jeden."

„Vertraust du mir nicht?"

„Doch, Anni. Doch! Es ist heikel und diffizil. Kannst du auch schweigen wie ein Grab? Kann ich mich auf dich verlassen?"

Jetzt war es an ihr, ihn zu umarmen und eng an sich zu ziehen. „Ich vermute, dein Rucksack ist noch ein bisschen schwerer als meiner? Du kannst dich auf mich verlassen. Wie kann ich dir helfen?"

„Lass uns nachher darüber reden. Ich möchte dir jetzt ganz nah sein. Komm in meine Arme. Ich will dich fühlen und spüren. Das bringt mir innere Ruhe, Zuversicht und Stärke für die schwierigen Aufgaben."

Schnell zog er noch das Körbchen heran und packte einige Köstlichkeiten wie Baguette, Käse, Salami, Gürkchen, Tomate und ein paar Weintrauben aus. Dazu eine Flasche Limonade. Beiden knurrte der Magen, sie mussten lachen und speisten voller Genuss.

„Wirst du mir jetzt sagen, was dich bedrückt?", fragte sie eine ganze Zeit später. Abwartend schaute sie ihn an und sah, dass er kurz überlegte. Augenscheinlich viel es ihm sehr schwer darüber zu sprechen.

„Ja, klar. – Unserem Hotel geht es im Moment finanziell nicht gut. Mein Vater konnte zwar einen Kredit bekommen, aber unter Bedingungen, die keinen Misserfolg gestatten, sonst ist unser Eigentum weg." Sven drückte ihre Hand, als müsste er sich daran festhalten.

Anni schlug die Hand vor den Mund, ihre Augen flackerten. „Puh, das hätte ich jetzt nicht gedacht. Und was willst du tun, um die Finanzen zu stabilisieren?"

„Ein bisschen renovieren und dann die Nostalgie des Hauses mit einer Werbung als schönen Urlaub verkaufen." Sven sammelte die übrigen Speisen ein und legte alles sorgfältig in den Korb. „Du verstehst, dass ich im Moment nicht nach einer Einstellung für dich fragen kann? Gib mir bitte noch ein oder zwei Monate. Wenn das Geschäft wieder anzieht, dann kann ich den Job für dich gut argumentieren." Er sah sie bittend an.

„Aber ich kann auch in einem anderen Hotel in Rottach, Tegernsee Stadt, oder in Kreuth arbeiten. Dann können wir uns trotzdem sehen, und du musst nicht deinen Vater bitten." Anni drückte ihm die Hand. „Ich traue mich nicht, eine Bewerbung mit der Post loszuschicken. Alle Gastronomen rund um den See kennen die *Seeperle*. Sie würden sich fragen, warum ich vom eigenen Familienhotel weg möchte. Jede Erklärung würde wie eine Ausrede wirken. Mit persönlicher Empfehlung macht sich das besser."

Sven dachte nach. „Du hast recht. Schlimmer kann es in keinem der Hotels werden. Ich höre mich gerne für dich um."

„Wenn möglich eben nicht in Bad Wiessee, so nah an der *Seeperle*. Da würde sie vorbeikommen und mich bei meinem neuen Chef schlechtmachen. Ich traue der Frau mittlerweile alles zu."

„Ja, es ist wohl besser, wenn du etwas Abstand bekommst. Ich könnte auch in einem der Berghotels für dich fragen."

„Das ginge auch. Aber ich brauche in jedem Fall ein Zimmer, wo ich wohnen kann. In ihrem Haus würde sie mich sicher nicht mehr dulden." Anni lehnte sich an seine Schulter. Sie hatte das Gefühl, dass sie, mit dem Wissen nicht mehr allein sein zu müssen, die Kraft finden würde durchzuhalten, bis sie einen neuen Arbeitsplatz gefunden hatte. Wichtig war nur, dass sie wusste, dass bald eine andere, eine bessere Zukunft auf sie warten würde.

„Danke, Sven, für deine Unterstützung. Jetzt geht es mir besser und wenn du mich zum Reden für deinen Rucksack brauchst, gerne. Ich bin für dich da, auch wenn ich nicht mithelfen kann, deine Probleme zu lösen."

Sven küsste sie voller Dankbarkeit. „Ich muss jetzt leider wieder zurück. Wir sehen uns dann wie immer?"

2023
Anni und Fritzi
Kreuth

In aller Ruhe hatte sich Anni fertiggemacht und auf dem Balkon eine Tasse Kaffee getrunken. Sie würde gleich nach Kreuth fahren. Google Maps sagte ihr, dass das Hotel *Sonnenhof* an der Hauptstraße lag. Sie war sehr gespannt auf ihre liebe Freundin Fritzi.

Ihr Navi führte sie problemlos zum Ziel. Als sie geparkt hatte, stand sie vor einem traditionellen Landhotel mit Restaurant, Terrasse und großzügiger Liegewiese nach hinten raus. *Sehr stimmig*, dachte sie. So ähnlich könnte sie sich das Hotel *Seeperle* in Bad Wiessee vorstellen.

Rasch betrat sie die Halle, und da sah sie schon Fritzi um die Ecke sausen. „Annilein", rief diese. „Ich freue mich, dass du da bist." Sie umarmte und herzte sie. „Du siehst vielleicht gut aus, du Großstädterin."

„Aber du auch! Deine schicke Kurzhaarfrisur steht dir und bringt deine rot leuchtenden Haare so richtig zur Geltung. Und deine strahlenden grünen Augen erst. Oh, là, là." Anni musste lachen. „Wir beide, wir sind schon zwei Herzchen, was?"

„Ja, das sind wir." Fritzi nickte, hakte sich unter und zog ihre Freundin mit in den Garten. Im hinteren Teil stand ein einzelnes Haus, mit einer in Rosenbögen gehüllten Terrasse davor. „Das ist unser Privathaus, ein bisschen abseits vom täglichen Hotel- und Restaurantbetrieb, damit man die Arbeit nicht immer mit nach Hause nimmt", erklärte Fritzi. „Komm, ich habe eindecken lassen."

Anni stand mit offenem Mund am Eingang zur Terrasse. „Das ist so wunderschön. Diese Farben, sie streicheln die Augen, und wie die Rosen duften, einfach ein Traum." Anni drehte sich im Kreis. „Fritzi, meine liebste Freundin. Du scheinst einen Sechser im Lotto gefunden zu haben. Erzähl mehr über dein Leben."

Fritzi musste laut lachen. „Komm, setz dich. Ich hole unser Frühstück und bin gleich wieder da."

Anni schaute sich inzwischen um. Die Sitzgruppe war was ganz Besonderes. Alles war farblich aufeinander abgestimmt. Weiche Polster machten das Sitzen sehr angenehm.

Fritzi und eine Haushälterin brachten das Frühstück. Der Tisch war reich gedeckt. Es fehlte ihnen an wirklich gar nichts. Es gab Wurst, Käse, Ei, Quark, Früchte, Müsli, Saft, Obst, Brötchen, Kaffee und Sekt.

„Das können wir beide doch gar nicht alles essen", rief Anni. „Das ist ein Frühstücksbuffet der Extraklasse."

„Lass nur, mein Rüdiger kommt nachher auf einen Sprung rüber, der hat bestimmt auch Hunger. Und nun berichte. Wie erging es dir in den vergangenen zehn Jahren? Du bist so plötzlich verschwunden damals."

„Was soll ich sagen? Eigentlich rede ich nicht gerne über meine Vergangenheit." Anni mache eine Pause. Sie musste kurz überlegen, wie sie das zusammenfassen konnte, ohne sich selbst den Tag zu verderben. „Über mir stürzte damals meine ohnehin nicht einfache Welt an einem einzigen Tag zusammen. Svens Vater gab mir zu verstehen, dass sein Sohn mich nicht haben könne. Und weil das nicht reichte, tobte meine liebe Tante Grete am Abend. In der darauffolgenden Nacht habe ich meinen Rucksack und einen Koffer gepackt und bin am Morgen mit dem ersten Zug nach München gefahren."

„Nein, das muss ja furchtbar für dich gewesen sein. Du Arme. Wie schrecklich. Das wusste ich nicht."

„Und wie ist es dir ergangen, nachdem ich weg war?"

Fritzi goss Sekt ein, reichte Anni das Glas und prostete ihr zu. „Lass uns erst einmal anstoßen. Anstoßen darauf, dass es uns heute gut geht, dass wir uns endlich wiedersehen können, wann immer wir das wollen. Du bist und bleibst meine beste Freundin. Auf uns!"

„Auf uns beide", wiederholte Anni und nahm einen Schluck. „Und jetzt erzähl, wie es dir ergangen ist."

„Zuvor möchte ich dir sagen, dass ich dich damals in der *Seeperle* gesucht habe, nachdem du dich nicht mehr gemeldet hattest. Grete zuckte lediglich mit der Schulter und dein Vater senkte ganz traurig den Kopf. Danach bin ich zu Sven ins Büro. Aber er, so hieß es im Hotel, wäre geschäftlich in der Schweiz und dass er keinen Kontakt mehr zu dir hätte. Ich auch in Zukunft nicht wieder fragen müsse. Ich fand das komisch, dass alle nichts sagten. Du warst wie vom Erdboden verschluckt."

„Die waren alle verschwiegen, Fritzi. Unglaublich. Von meinem Vater hatte ich mich verabschiedet. Er wusste, dass ich in München war, und Tante Grete dann sicher irgendwann auch. Aber jetzt du, Fritzi."

„Ich war, wie du weißt, noch im *Hoferer*, als du weggingst, aber dem Hotel ging es in dieser Zeit nicht sehr gut. Es wurde in der Folge an allen Ecken und Enden gespart. Dann wechselte ich zum Hotel *Sonnenhof*, hierher. Rüdigers Vater stellte mich ein und rasch arbeitete ich mich nach oben. Später leitete ich das Büro, mit der Reservierung und der Verwaltung."

Sie nahm einen Schluck Wasser. „Zum Glück lief mir Rüdiger über den beruflichen Weg. Er arbeitete sich gerade für die Übernahme ein. Ich hatte beruflich viel mit ihm zu tun, weil er die Finanzen als Schwerpunkt hatte und dazu brauchte er meine Zuarbeit mit der Belegung. Auch die Zahlen der Auslastung des Restaurants. Und so wurde ganz unspektakulär und ohne großes Zutun ganz langsam die große Liebe daraus. Nur Kinder blieben uns bisher versagt, aber wir haben uns damit arrangiert. Unsere Geschwister haben Kinder, die wir gerne um uns haben, und auch unser Hotel, das jetzt Rüdiger verantwortet, ist unser Kind."

„Was für eine schöne Geschichte. Ich freue mich so für euch." Anni umarmte die Freundin.

„Hallo", rief jemand. Und schon kam ein fröhlich dreinblickender Mann um die Ecke.

„Rüdiger, komm, ich möchte dich meiner besten Freundin Anni vorstellen, die ich so lange vermisst habe", rief Fritzi.

Rüdiger streckte die Hand aus und Anni erhob sich.

„Herzlich willkommen, Anni. Viel von dir gehört, umso mehr freue ich mich, dich kennenzulernen."

„Danke für den netten Empfang."

„Komm, setzt dich. Rüdiger, greif zu und lass es dir schmecken. Ich hatte gerade erzählt, wie wir beide uns kennenlernten." Sie wandte sich wieder Anni zu. „Und du? Wo bist du hingegangen und wie erging es dir dann?"

„Ich bin, wie schon gesagt, mit dem Zug nach München gefahren, wusste nicht, wo ich hingehen sollte. Hatte aber Glück, fand zwei Hotels in der Nähe des Bahnhofs, die Personalbedarf hatten, darunter auch das *Stadthotel*. Dort wurde ich eingestellt. Es war für mich hart weiterzukommen, hat lange gedauert und sehr viel Kraft gekostet. Eines Tages, kam mir der Zufall zur Hilfe, nicht in Form der großen Liebe wie bei dir. Bei mir war es ein guter Freund meines Chefs. Er hat mich als Sachbearbeiterin in seine Unternehmensberatung geholt."

„Wow, und warum bist du hier? Du machst doch keinen Urlaub, oder?"

Anni schüttelte den Kopf und schwieg. Dann griff sie zu ihrem Sektglas und trank es mit einem Zug leer. „Nein, in meinen Gedanken habe ich mir vor ein paar Tagen gesagt, dass sich ein emotionaler Schlund auftun wird, wenn ich hier ankomme. Und genau so wird es jetzt kommen. Du wirst sehen."

„Erzähl." Fritzi gab Rüdiger ein Zeichen, sie allein zu lassen. Sie wollte in Ruhe und ohne Zuhörer für Anni da sein. Er verstand sofort und erhob sich. „Sorry, ich muss rüber ins Büro. Wir sehen uns bald. Entschuldige die Unterbrechung, Anni. Sprich weiter."

„Tante Grete ist verstorben, aber das weißt du ja sicher. Ich sollte die *Seeperle* und das Haus erben, was mich sehr gewundert hat. Jetzt tauchte aber auch noch ein angeblicher Sohn von Papas jüngstem Bruder auf, der Ansprüche stellt.

Die Betonung liegt auf angeblich. Wissen tut man im Moment gar nichts."

„Ach herrje." Fritzi schüttelte den Kopf.

„Ja, und dann, dann bin ich auch noch beruflich hier. Dazu aber heute noch keine Informationen. Das ist noch nicht öffentlich."

„Und wie steht es in Anbetracht der ganzen Umstände mit deinen Gefühlen, wieder nach Hause zu kommen?"

„Die Gefühlswelt spielt ein bisschen verrückt. Schafft ein völliges Durcheinander. Es geht mir gut, beruflich und wirtschaftlich und der Tegernsee ist und bleibt für mich der schönste Ort der Welt. Aber in Sachen Liebe, da könnte sich irgendwann noch etwas Besseres ergeben, als das, was ich derzeit in München habe. Hätte zumindest nichts dagegen. Darüber auch ein anderes Mal mehr. Du siehst, wir haben noch reichlich Gesprächsstoff."

Fritzi musste lachen. „Uns ist noch nie der Gesprächsstoff ausgegangen. Ich freue mich so mit dir, dass du ein gutes Leben hast – und das mit der Liebe, das wäre ja gelacht. Notfalls helfe ich nach. Männer gibt es am Tegernsee."

Anni musste in das Lachen einstimmen. Fritzis sonniges Gemüt war ansteckend. Es war genau das, was sie jetzt brauchte, was ihr guttat und half, die nächsten Schritte anzugehen. „Lass uns die nächsten Tage, wenn du Zeit hast, den Höhenweg wandern. Ich liebe ihn so sehr und es lässt sich wunderbar plaudern."

„Das ist eine gute Idee", rief Fritzi. „Klar doch. Das machen wir. Wo wohnst du eigentlich? Willst du nicht zu uns kommen? Ich lasse dir gerne ein Zimmer richten."

„Ich habe eine kleine Ferienwohnung in Bad Wiessee. Ganz in der Nähe der *Seeperle*. Das ist gut so. Danke, für dein Angebot."

2013
Hotel *Hoferer*
Bad Wiessee

Sven hatte die letzten Monate viel gearbeitet. Seine Werbekampagne begann Früchte zu tragen. Siebzig Prozent Auslastung, das schien ihm richtig gut. Nach dem Mittagessen informierte er seine Eltern über die zufriedenstellende Entwicklung. „Wenn wir so weitermachen", sagte er mit einer kleinen Pause. „Dann können wir im Herbst nächstes Jahr den Kredit ablösen und die Grundschuld löschen lassen."

„Ja, mein Sohn. Das war eine reife Leistung von dir, aber die Probleme werden nicht aufhören und bis ins nächste Jahr mag ich noch gar nicht blicken. Der Abriss des Casinos steht bald an und alle mühselig erworbenen Kunden werden wieder wegbleiben. Unsere Sanierung kann auch nicht weitergehen." Max strich sich über die Oberarme. Ihm war kalt.

„Warum bist du so pessimistisch, Papa?"

„Ich bin nicht pessimistisch, sondern realistisch."

Max nahm seine Brille ab und legte sie vorsichtig auf den Tisch. „Selbst wenn wir es schaffen sollten, bis zum Herbst nächsten Jahres den Kredit ordnungsgemäß zurückzuzahlen, sind bis dahin weit weniger Gäste da. Die Baustelle wird uns schaden. Auch dass wir nicht weiter an der Umstrukturierung arbeiten können, raubt mir heute schon den Schlaf. Überlege doch, wir haben eine Viertelmillion Euro für eine vorübergehende Neukundengewinnung ausgegeben, die allerdings nicht nachhaltig sein wird, nicht nachhaltig sein kann. Um es klar zu sagen: Wir haben eine Menge Geld verbrannt."

Sven lief rot an. „Bin ich jetzt schuld, wenn das so eintreten sollte, wie du das vorhersiehst?"

„Nein, das sicher nicht. Wir haben das gemeinsam entschieden und was von außen an Problemen herangetragen wird, liegt ja auch nicht gänzlich in unserer Macht."

„Wird noch mehr an uns herangetragen?", wollte Sven wissen. Er kannte das versteckte Vokabular des Vaters.

Max seufzte. „Wie immer alles hinter diversen vorgehaltenen Händen. Man flüstert, dass ein ausländisches Unternehmen Interesse am Grundstück des ehemaligen Casinos zeigt. Und was mich auch nachdenklich stimmt, ist, dass zwei weitere Kollegen hier in unserer Nähe aufgeben, oder verkaufen wollen. Oder soll ich sagen, verkaufen sollen?"

Sven blies die Backen auf und pustete die Luft wieder aus, als er das hörte.

Agnes hatte bisher noch keine Silbe zu diesem Gespräch beigetragen. Sie hörte nur zu, wollte sich auch gar nicht einmischen. Es wurde ihr alles zu viel.

„Gut, dann beenden wir die Mittagspause und gehen unseren Aufgaben nach. Wir haben keine andere Wahl, als weiterzukämpfen", sagte Sven, erhob sich, und nickte den Eltern zu, als er das Zimmer verließ.

In seinem Büro stützte er seinen Kopf mit den Händen, während er die Ellenbogen auf dem Schreibtisch abstellte. Er dachte, es ginge aufwärts, dabei hatte sein Vater das richtigerweise mit mehr Weitsicht betrachtet als er selbst. Er musste sich zurückziehen und abwägen. Es ging um nicht weniger als um sein Erbe und seine Zukunft.

Zwei Tage später, am ersten Juniwochenende, kam die nächste Katastrophe für das Hotel *Hoferer*. Das Jahrhunderthochwasser rüttelte alles durcheinander. Der Regen war zwar vorhergesagt, aber niemand ging davon aus, dass es so schlimm werden würde.

Innerhalb von vier Tagen fiel so viel Regen wie sonst in zwei Monaten und sorgte dafür, dass der See anschwoll und überlief. Die Uferpromenade wurde überflutet und das Wasser richtete in den Gemeinden rund um den See immense Schäden an.

So auch im Hotel *Hoferer*.

Bis in die Halle zu den Schaukästen, in denen Dirndl ausgestellt waren, lief das Wasser hinein. Alle Teppichböden im Erd- und Untergeschoss standen unter Wasser und auch die Keller liefen voll. Ein Schaden, den die Familie noch nicht beziffern konnte.

Beim Abendbrot herrschte das große Schweigen. Würde ihnen das Hochwasser nun das Licht des Hotels ausschalten?

„Ich muss mit dir reden", sagte einige Tage später Max zu seinem Sohn Sven. „Komm doch bitte gleich in mein Büro."

Als sie beide Platz genommen hatten, schlang Max seine Hände ineinander. Es fiel ihm schwer, seinen Sohn unter Druck setzen zu müssen. Er hatte das nicht gewollt, aber das, was er jetzt sagen musste, war für das Hotel sehr wichtig. „Wir sind fast am Ende. In spätestens drei Monaten können wir die Raten nicht mehr bezahlen. Dann ist das Hotel weg und die Abrissbirne kann hier gleich vorbeikommen."

„Du dramatisierst, Vater. Bleib bitte auf dem Teppich. Wir haben noch keine Angebote von den Handwerkern und mit dem Umsatz fällt uns auch noch eine neue Strategie ein."

Max schüttelte den Kopf. „Nein, es reicht nicht mehr aus. Der Einzige, der uns jetzt retten kann, bist du."

„Ich? Ich versuche das schon die ganze Zeit und werde das auch weiter tun."

„Das meine ich nicht. Wir brauchen einen starken Partner und ich habe mit Alois Schwarz gesprochen. Wir kennen uns schon lange und sein *Berghotel* ist und bleibt eine Goldgrube." Max schaute seinen Sohn an und wartete auf eine Regung in seinem Gesicht.

„Ja, ich kenne ihn. Wenn er stiller Teilhaber werden will, dann verhandeln wir mit ihm."

Hinter der Stirn von Max überschlugen sich die Gedanken wie durcheinandergewürfelte Buchstaben in einer Kiste. Wie sollte er jetzt die richtigen Worte finden?

„Stiller Partner ist bei dem nicht."

„Ist bei dem nicht? Will er unser Hotel kaufen?"

„Nein, das nicht gerade. Also nicht so."

„Rede schon und schwafle nicht rum, Papa!"

„Also gut. Du kennst seine Tochter, die Laura?"

Sven raste aus seinem Sessel hoch und stellte sich mit verschränkten Armen vor seinen Vater. „Was willst du von mir? Ich hoffe nicht, dass es das ist, was ich jetzt denke."

Max holte tief Luft. „Alois Schwarz ist keiner, der sich schweigend im Hintergrund aufhält. Schon gar nicht bei einer Investition in ein Hotel, das schon geraume Zeit am Rande des Untergangs steht, wie er mir sagte." Er erhob sich und stellte sich ans Fenster. Dabei drehte er Sven den Rücken zu. Es tat ihm weh. Er liebte seinen Sohn.

Doch Sven kam ihm zuvor. „Er will, dass ich seine Tochter heirate, und die bekommt die geschäftlichen Befugnisse. Er will das, weil seine Tochter aller Wahrscheinlichkeit nach nur durch Zufall einen Ehemann finden würde."

Er begann im Büro auf und abzulaufen. „Laura wurde von der Natur schrecklich benachteiligt. Ihr Gesicht ist hart und kantig. Ihre Nase auffällig zu groß. Ihre schwarzen, langen Haare hängen strähnig und stumpf über den Rücken. Ihr

Mund ist zu schmal und ihr Outfit lässt jeglichen guten Geschmack vermissen. Ich finde sie nicht sympathisch, auch wenn ich nicht alles wortwörtlich aufzählen kann. Es ist die ganze Persönlichkeit." Dann blieb er vor seinem Vater stehen. „Die hellblauen Augen sind das Einzige, das hübsch aussieht. Ich will das nicht verurteilen, jeder Mensch ist anders und jeder Topf findet seinen Deckel. Aber ich möchte nicht Lauras Ehemann und auch nicht ihr Angestellter im einst eigenen Hotel *Hoferer* sein."

Völlig entsetzt ließ er sich wieder in seinen Sessel fallen, und legte die Arme auf die Lehne. Mit allem hätte er gerechnet, aber nicht damit. Nie hätte er gedacht, dass sein Vater ihn verkaufen wollte, um das Hotel zu retten. Er verstand gerade die Welt nicht mehr. Da schob sich ihm ein lächelndes Gesicht vor das innere Auge. „Anni", flüsterte er leise.

„Wer ist Anni?", fragte Max gleich.

„Anni ist die junge Frau aus der *Seeperle*. Du hast sie hier schon gesehen. Ich liebe sie und ich möchte sie heiraten. Mit ihr zusammen kann ich das Hotel *Hoferer* wieder flott machen. Mit ihr und nicht mit einer Frau, die mir mein Vater ausgesucht hat."

„Im Interesse deines Erbes, und aus Verantwortung für das Hotel *Hoferer*, musst du dir die junge Frau aus dem Kopf schlagen. Sie kann dir nicht helfen. Du musst Laura heiraten. Was ist schon Liebe, mein Sohn? Liebe ist nur ein Wort, ein Gefühl, das noch nicht einmal so richtig beschrieben werden kann. Aber Vertrauen und Freundschaft, das ist eine gute Basis."

„Und in diesem Fall in der Hauptsache das Geld, Vater. Was für ein trauriges Spiel spielt ihr mit zwei Menschen, die sich nur oberflächlich kennen? Wir haben uns ganz selten gesehen, aber nie kennengelernt."

„Ja, mein Sohn. In diesem Fall spielt auch das Geld eine große Rolle. Es tut mir leid. Aber Eigentum verpflichtet auch im umgekehrten Sinn. Es ist ein Opfer, ich weiß."

„Schön, dass du weißt, dass es ein Opfer ist."

2013
Gretes Privathaus Seestraße
Bad Wiessee am gleichen Tag

Josef saß auf seiner Bettkante. Vor einigen Minuten hatte er den Wecker ausgestellt. Mit seinen Armen stützte er sich auf der Matratze ab, denn sein Körper verhinderte, dass er zügig aufstehen konnte. Er spürte, dass es ihm nicht gut ging, er völlig überarbeitet war. Sämtliche Knochen taten ihm von der vielen und schweren Arbeit weh. Er hob den Kopf. Auf seinen Nachtkästchen stand das Foto seiner lieben Hiltrud. Eine Träne stahl sich aus dem Augenwinkel. „Ach, Hiltrud, jetzt bist du schon fünf Jahre nicht mehr bei uns und ich habe es nicht geschafft, die *Seeperle* und das Haus in der Seestraße zu verlassen, um unserer Tochter ein schönes Zuhause zu bieten. Mein vor dem Herrgott gegebenes Versprechen war stärker", flüsterte er.

Mit viel Mühe drückte er sich mit seinen Armen von der Matratze ab und stand auf. Das tägliche Ritual im Badezimmer dauerte immer länger und der Gedanke, dass er gleich hinunter zur *Seeperle* musste, verursachte ein morgendliches Übelkeitsgefühl wie bei einer Schwangeren. Im Badezimmerspiegel sah er einen alten Mann, mit dicken schwarzen Augenrändern, mit zahlreichen Falten, die sich wie Furchen durch sein Gesicht zogen, eine Halbglatze, wobei die restlichen Haare mittlerweile einen hellen Grauton angenommen hatten. Langsam schleppte er sich in sein Schlafzimmer, zog sich seine braune Hose und sein kariertes Hemd an. In der Küche schaltete er die Kaffeemaschine ein. Anni schien noch zu schlafen. Er wusste nicht, wann sie heute arbeiten musste. Eine halbe Stunde später verließ er das Haus.

Annis Wecker klingelte gegen neun Uhr. Rasch machte sie sich fertig, um pünktlich gegen zehn in der *Seeperle* zu sein. Sie arbeitete heute über die Mittagszeit im Service, und anschließend bis um vier in der Küche. Im Nachhinein war sie froh, dass das Hochwasser die *Seeperle* nicht so stark beschädigt hatte wie viele andere Hotels, denn das Haus stand etwas höher zur rückwärtigen Straße hin. Grundwasser drückte allerdings hinein und sie mussten zwei Tage lang im Keller den Boden säubern und trocknen. Das war anstrengend genug.

Die Terrasse war heute brechend voll. Ein ständiges Kommen und Gehen. Anni und ihr Kollege schleppten die Tabletts mit vollen Gläsern und Tellern zu den Tischen und trugen dieselben Tabletts mit leerem Geschirr wieder zurück an den Tresen und die Küche. Kleine Schweißperlen standen ihr bei diesem feuchtwarmen Wetter auf ihrer Stirn, um dann über den Hals und das Schlüsselbein langsam auf den Blusenkragen zu tropfen. Ihren Pony hatte sie schon längst mit dem Handrücken zur Seite geschoben. Sie musste dringend ein Glas Wasser trinken, wenn sie ohne Probleme weiterarbeiten wollte. Denn der Körper brauchte mehr Flüssigkeit, bei der Anstrengung. Also nahm sie sich am Tresen ein Glas und schenkte sich aus der Personalflasche ein. Schnell trank sie das Glas leer.

Sofort stand Grete neben ihr. „Schon wieder ein Päuschen?", fragte sie in zynischer Tonlage.

„Nein", antwortete Anni und lief an ihr vorbei in die Küche. Sie hatte es so satt. Sie musste heute Sven an sein Versprechen erinnern, freute sich sehr auf das Wiedersehen. In den letzten zwei Wochen gab es durch das Hochwasser so viel zu tun. Jeder war bei sich im Hotel im Einsatz. Noch eine Stunde im Service und dann meldete sie sich in der Küche zum Dienst. Mehr als eine weitere Stunde stand sie an der Geschirrspülmaschine und am Spülbecken, um die Töpfe und Pfannen zu reinigen. Zum Schluss wurde die Küche gewischt und beim Blick auf die Uhr war es schon fast halb vier. *Gleich Feierabend*, dachte sie, als Grete die Küche betrat. „Unten in der Waschküche stehen ein paar Körbe mit Wäsche. Sie ist zusammenzulegen oder zu mangeln. Mach das noch, ehe du gehst." Und weg war sie.

Anni stand da, als hätte sie der Schlag getroffen. Das konnte nicht wahr sein, oder doch?

Sie drehte sich um und fragte den Koch, der ebenso sprachlos dastand: „Hast du das auch gehört?"

Er nickte nur.

Mit müden Schritten schleppte sie sich in den Keller. Sie legte zwei Körbe gefüllt mit Handtüchern zusammen. Daneben standen vier Körbe mit Bettwäsche, die allerdings gemangelt werden musste. Sie schaute zur Uhr und stöhnte. Vier Uhr! Sie war verabredet. Wenn sie jetzt die Mangel einschalten würde, benötigte sie mindestens eine weitere Stunde, eher mehr. Sven würde umsonst warten.

Nein, dachte sie, *und nochmals nein. Ich habe Feierabend und wenn sie morgen tobt, dann ist das eben so.* Schnell lief sie in den Personalraum, zog sich ein frisches Shirt an, welches sie immer in ihrem Spind hatte, und verließ über den Nebeneingang das Haus.

Sven saß noch nicht auf der Bank neben dem Bootshaus. Sie setzte sich hin und hoffte, dass er bald kommen möge. Immer wieder schaute sie in den Hotelgarten, aber sie konnte ihn nicht sehen. Dabei wäre es ihr gerade heute so wichtig. Sie musste ihn sprechen. Sie wollte wissen, ob er sich schon umgehört hatte. Sie wollte und musste von der *Seeperle* weg. Als er nach einer Stunde immer noch nicht da war, entschloss sie sich, reinzugehen.

Mit Herzklopfen betrat sie die Hotelhalle und schaute sich suchend um. Aus der Bürotür kam gerade Herr Hoferer senior und als er sie sah, kam er umgehend mit schnellem Schritt auf sie zu. „Du bist doch Anni, die schon mit Sven hier war?"

„Ja, die bin ich. Grüß Gott, Herr Hoferer. Ich war vor einer Stunde mit Sven verabredet, weil ich ihn was fragen wollte, aber er ist anscheinend beschäftigt. Können Sie ihn kurz rufen?"

Max Hoferer musste laut lachen, dann aber wurde sein Gesicht ernst, hatte gar verärgerte Züge, um dann mit eiskaltem Blick auf sie zuzugehen. „Er hat für dich keine Zeit mehr. Du bist das Dienstmädchen deiner Tante Grete in ihrer kleinen Klitsche. Mit diesem Hintergrund kannst du keine Frau an der Seite eines Hotelchefs sein. Was glaubst du, wer du bist, und wer möchtest du sein? Eine Frau Hoferer bestimmt nicht. Es gibt keine Hochzeit und das bisschen Verliebtheit vergeht wieder. Also, geh bitte deiner eigenen Wege und lass dich hier nicht mehr blicken."

Dann drehte er sich weg, um in den Garten zu gehen.

Anni stand wie versteinert in der Hotelhalle. Sie konnte keinen klaren Gedanken fassen. Was war das denn? Sie wollten doch jetzt gar nicht heiraten. Kein Wort war zwischen ihnen je darüber gesprochen worden. Aber ja, Sven wollte sie bei sich haben und ja, sie waren beide verliebt bis über beide Ohren. Sie waren sich in letzter Zeit immer nähergekommen. Vielleicht, vielleicht hätten sie … Aber sie haben nicht. Warum beleidigte sie Max Hoferer derart? Was hatten Tante Grete und die *Seeperle* damit zu tun? Er konnte doch nicht so abwertend über andere Hotels sprechen und seien sie noch so klein. Es war, als ob ihr jemand einen Dolch ins Herz gestochen hätte.

Mit schlotterigen Knien verließ sie das Hotel *Hoferer* und schlurfte die Seepromenade lang. Sie schaute nicht rechts und nicht links, sah heute keine Schiffe, keine Schwäne, keine Menschen, die flanierten. Etwas abseits zwischen zwei Bäumen stand direkt am See eine Bank, die gerade frei war. Anni setzte sich und ließ ihren Tränen freien Lauf. Tief aus ihrem Inneren kamen die Schluchzer, die sie in den Brustkorb drückte, um nicht laut zu heulen. Sie wollte nicht, dass andere Passanten sahen, wie schlecht es ihr ging.

Warum, fragte sie sich. Warum? Wieso immer ich? Die Mama nicht mehr. Papa litt und sie konnte nicht helfen. Und sie selbst wurde von Tante Grete ausgenutzt, geschlagen, und daran gehindert, beruflich weiterzukommen. Von der schlechten Bezahlung ganz zu schweigen. Und nun auch noch Sven. Zum ersten Mal hatte sie sich getraut, einem Mann ihr Herz zu schenken und nun? Dessen Vater glaubte, sie wolle sich ins gemachte Nest setzen, anstatt Kapital mit in die Ehe zu bringen.

Anni hob den Kopf, sie konnte nicht mehr weinen. Sie fühlte nur noch den Schmerz, ihre Augen brannten. Ihr Blick war getrübt und dennoch spürte sie, dass sie eine falsche Herangehensweise hatte. Die Frage: Warum ich? Die durfte sie sich nicht stellen, weil es nie eine Antwort darauf geben

konnte. Der Verlust von Sven würde eine Zeit lang sehr wehtun. Sie hatte sich nicht nur in ihn verliebt, sie liebte ihn, und
er war neben Fritzi der Mensch, dem sie ihr Herz ausschütten
konnte, wenn es wieder schwierig wurde.

Sie musste nun ihren eigenen Weg finden, so viel war klar.
Sie und nur sie, war für ihr Leben verantwortlich. Anni
straffte den Rücken, wische sich über die Augen, zwinkerte
die letzten Tränen weg und stand auf. Mit festen Schritten lief
sie zurück zur *Seeperle*. Sie hatte zwar keinen Dienst mehr,
wollte aber sehen, ob ihr Papa noch da war, und vielleicht mit
ihr zusammen nach Hause ging. Sie hatte Redebedarf.

Kaum hatte sie die Eingangstür geöffnet, kam Tante
Grete um die Ecke. „Du hast die Bettwäsche nicht gemangelt", schrie sie und stemmte wie so oft die Hände in die Hüften.

Anni erschrak. Sie hatte in ihren Trubel der letzten Stunden völlig vergessen, dass sie am Nachmittag einfach Feierabend gemacht hatte. „Ich habe bis Dienstschluss gearbeitet,
Tante Grete. Der Rest muss bis morgen warten. Ich bin jetzt
nur gekommen, um mit Papa zu sprechen."

„Den Teufel wirst du tun. Du machst jetzt deine Arbeit
zu Ende und zur Strafe übernimmst du noch den Abendser-
vice." Dann drehte sie sich weg und wollte in ihr Büro laufen.

„Das tue ich nicht. Ich habe Feierabend. Morgen kannst
du mich wieder rumkommandieren."

Trotz ihrer Fülle war Grete blitzschnell die zwei Schritte
zurückgekommen, hatte mit der rechten Hand ausgeholt und
Anni mit der flachen Hand ins Gesicht geschlagen. „Schaff
dich in den Keller und wage es nicht hochzukommen, ehe du
nicht mit der Bettwäsche fertig bist!" Dann wartete sie, ob
Anni ihre Anweisung befolgte.

Anni hatte nicht damit gerechnet. Sie hatte noch nicht einmal mehr Zeit sich wegzudrehen, oder mit den Händen das Gesicht zu schützen. Wieder einmal fühlte sie Blut im Mund. Sie hatte sich auf die Wange gebissen. Ihre Nase schmerzte und die rechte Wange wurde heiß. Wortlos drehte sie sich um und lief in den Keller.

Dort ließ sie sich auf einen Stuhl fallen. „Hört denn das heute gar nicht auf?", flüsterte sie. Dann zog sie sich hoch und lief in die Toilette, um im Spiegel nachzusehen, wie lädiert ihr Gesicht war. Kaum stand sie da, tauchte Grete hinter ihr auf.

Sie sagte keinen Ton, sondern griff hinter sich nach dem Handbesen, der auf einem Schemel lag und drosch auf Anni ein wie eine Furie, die außer Rand und Band geraten war. Anni versuchte, mit den Armen ihren Kopf zu schützen, und ging in die Hocke. Ihren Rücken schlug Grete allerdings grün und blau. Dann warf sie den Besen in die Ecke und verließ den Keller.

Anni blieb noch eine ganze Zeit reglos sitzen, bis sie den Versuch startete aufzustehen. Ihr Rücken brannte, als wäre er zu einer Feuerstelle umfunktioniert worden. Das Atmen fiel ihr schwer, sie hatte sicher einige Blutergüsse. Ihr tat alles weh. Und doch zog sie sich auf die Füße. Dann schleppte sie sich die Treppe hoch und trippelte mit schmerzendem Körper nach Hause. Das Fass war nicht nur voll, sondern übergelaufen, der Bogen überspannt. Das wusste sie jetzt. Sie würde morgen in der Früh Bad Wiessee verlassen. Wohin sie gehen würde, das würde sich zeigen. Irgendwo gab es auch für sie ein Plätzchen.

Josef lag schon auf dem Sofa im Wohnzimmer.

„Papa, du bist ja schon da. Ich habe dich in der *Seeperle* gesucht. Geht es dir nicht gut?"

„Doch, doch. Mir war heute nur den ganzen Tag schwindelig und deshalb bin ich zum Arzt."

„Und, was hat er gesagt?" Anni machte sich nun Sorgen. Musste sie ihren Plan wegen der Gesundheit ihres Vaters fallen lassen?

„Alles gut, meine Tochter. Ich hatte nur in letzter Zeit zu wenig getrunken und mein Blutdruck ist zu hoch. Der wird nun neu eingestellt. Ich müsste auch ein wenig kürzertreten, und meine Freizeit besser nutzen." Lächelnd schaute er sie an. Er wollte nicht, dass sie sich Sorgen machte. Sie hatte es schon schwer genug.

Anni fasst sich ans Herz. Sie war so was von erleichtert, dass ihr Vater nicht ernsthaft erkrankt war. Sie wusste, er würde eben nicht kürzertreten, aber sie musste jetzt sofort mit ihm reden, sonst setzte ihr Kopfkino wieder ein, und die Zweifel nahmen überhand. So schnell ihre Schmerzen es zuließen, setzte sie sich neben Josef. „Papa, ich muss mit dir reden, und zwar jetzt. Es ist wichtig."

„Aber ja. Natürlich können wir reden. Was hast du auf dem Herzen."

„Ich werde noch heute meinen Koffer packen und morgen früh das Haus und auch Bad Wiessee verlassen."

Josef setzte sich auf und sah seine Tochter schweigend an. Ihr Gesicht, ihre verweinten Augen und wie steif sie auf dem Sofa saß. Er ahnte Schlimmes: „Was ist passiert, Anni? Du hattest doch schon längst Feierabend."

Anni schob wortlos ihr Shirt am Rücken hoch und drehte ihm ihre Rückseite zu. „Das ist passiert, Papa. Diesmal war es der Handfeger, der meinen Rücken malträtiert hat. Ob sie mich noch an anderer Stelle verletzt hat, weiß ich noch nicht. Ich weiß aber, dass sie mittlerweile zügellos auf mich einschlägt. Ihr Hass auf mich muss grenzenlos sein."

Josef nahm ihre Hand zwischen seine Hände. „Ich habe es schon die ganze Zeit befürchtet. Habe aber gehofft, dass es noch nicht so schnell geschehen würde, denn kein Vater lässt sein Kind gern ziehen. Ich weiß, dass du gehen musst, und verstehe dich. Jetzt erst recht. Du musst dich nun schützen, damit du nicht noch mehr körperlichen und seelischen Schaden nimmst. Gestatte mir aber, dass ich traurig bin. Ich werde dich vermissen. Wo gehst du hin, wo hast du eine Arbeit und Wohnung gefunden?"

Anni wollte ihren Vater nicht anlügen, aber die Wahrheit konnte und wollte sie ihm auch nicht sagen. Er würde umkommen vor Sorge. „Ich fahre nach München, Papa. Da sind viele Hotels, wo ich arbeiten kann. Eine ehemalige Schulfreundin arbeitet jetzt auch in München, die kann mich unterstützen. Wohnung suche ich mir erst, wenn ich weiß, in welchem Stadtteil ich arbeite. Auch die Hotels haben Zimmer für die Mitarbeiter. Das ergibt sich. Wir machen das so, dass ich dir umgehend schreibe, wenn ich alles geregelt habe."

Josef ahnte, dass sie ihn schützen und nicht sorgenvoll zurücklassen wollte. Er spürte, dass sie noch nicht wusste, wo ihr Weg sie hinführen würde. Aber er wollte ihr auch nicht den Mut nehmen und hoffte inständig, dass alles gut werden würde. „So machen wir das, mein Liebe."

„Soll ich nicht doch in nächster Zeit zusehen, dass ich für uns beide eine kleine Wohnung finde? Wenn du willst, frage ich auch für dich in einem Hotel um eine Arbeit. Es wird überall leichter sein als hier, Papa."

„Nein, mein Mädchen. Das ist gut gemeint, aber ich will hier nicht weg. Nicht, solange ich körperlich noch selbst für mich sorgen kann. Sie kann mir zwar Arbeit aufladen, aber schlagen kann sie mich nicht." Josef lächelte und zwinkerte verschmitzt mit dem rechten Auge.

Am nächsten Morgen zur frühen Stunde umarmte Anni ihren Vater. Er steckte ihr noch unbemerkt einen Briefumschlag in die Jackentasche. Beide wischten sich eine Träne ab. Sie wussten, dass es ein Abschied für lange Zeit war.

Als sie im Regionalzug nach München saß, wurde ihr das Herz schwer. Wo sollte sie hingehen? Wo gab es für sie Arbeit, und wo würde sie heute Nacht schlafen?

Fragen, auf die sie noch keine Antwort hatte.

2023
Kanzlei Lukas Schneider
Bad Wiessee

Lukas' Sekretärin stellte einen Anruf durch. „Herr Köster möchte Sie sprechen", sagte sie.

„Grüße Sie, Herr Köster. Gibt es bei Ihnen etwas Neues?"

„Nein. Das wollte ich auch gerade fragen."

„Leider noch nicht. Wir haben einen Spezialisten eingeschaltet, der nichts anderes tut, als Erben zu ermitteln. Aber da müssen wir wohl noch etwas Geduld haben."

„Schade, ich hätte gerne gewusst, wie es weitergeht", meinte Benjamin Köster.

„Wollen Sie, wenn möglich, als Hotelier einsteigen?", fragte Lukas.

„Das weiß ich nicht. Ich weiß noch nicht einmal, ob ich überhaupt etwas erbe. Da nützen Zukunftsgedanken nichts."

„Was machen Sie eigentlich beruflich, Herr Köster?"

„Ich bin Meteorologe und arbeite für den Deutschen Wetterdienst in Hamburg. Meine Kollegen und ich beobachten speziell das Wetter für die Seefahrt."

„Oh, das hört sich interessant an. Dann wohnen Sie auch in Hamburg?"

„Nein. Immer noch auf Usedom. In Hamburg haben wir zum Glück kleine Mitarbeiterappartements. Immer eine Woche Dienst und eine Woche frei."

„Das klingt gut. Wie gesagt, müssen wir noch warten. Aber ich melde mich umgehend, wenn ich etwas höre. Frau Obermaier wartet auch auf Antworten."

„Das denke ich mir. Ach, ehe ich's vergesse, ich komme am Wochenende für einige Tage nach Bad Wiessee und würde ganz gerne Anni Obermaier kennenlernen. Schließlich sollen wir verwandt sein", fügte er noch an.

„Ja, also, ich hatte an Frau Obermaier ihre Telefonnummer weitergegeben. Hat sie sich nicht gemeldet?"

„Nein, sonst würde ich nicht fragen. Aber es wäre wichtig, sie zu sprechen. Ich habe keine bösen Absichten, abgesehen vom halben Erbe. Sagen sie ihr, ich wohne wie immer im Hotel *Bergblick*. Sie möchte mich bitte anrufen."

Lukas drehte nach dem Auflegen gedankenverloren seinen Kugelschreiber mit der Hand. Was war das gerade? In ihm regte sich die Ungezogenheit namens Eifersucht. Ein Gefühl, das er lange nicht mehr gespürt hatte. Dabei stand es ihm in diesem Fall gar nicht zu. Anni Obermaier hatte er bisher nur zweimal gesehen, und doch ging sie ihm nicht mehr aus dem Kopf. Die ganze Zeit überlegte er bereits, ob er sie zu einem Abendessen einladen könnte. Und immer wieder zweifelte er, ob er das wirklich tun sollte, weil es nicht dienlich war, dass sich Anwalt und Klientin privat trafen, solange die Akte nicht geschlossen wurde.

Von Benjamin Köster hatte er nichts zu befürchten, da er wahrscheinlich der Sohn von Paul Obermaier war, dachte er mit Galgenhumor. Und dann hielt er kurz die Luft an. Was, wenn in München ein Mann auf sie wartete? Oder wenn sie und Sven Hoferer wieder zusammenkamen, obwohl dieser verheiratet war? Sein Bauchgrummeln nahm zu. Er würde jetzt über seinen Schatten springen und sie ganz unverfänglich einladen.

„Obermaier", meldete sie sich. Anni war gerade dabei, die Akte *Hoferer* weiterzuverfolgen. Dazu hatte sie sich auf dem Balkon den Stuhl ausgeklappt, einen Krug Tee hingestellt und eine Tafel Schokolade dazugelegt. Eigentlich eine Sünde, so viel Schokolade aus ihrer Sicht. Aber Nervennahrung in diesem speziellen Fall musste sein.

„Lukas Schneider hier. Grüß Gott, Frau Obermaier."

„Servus, Herr Schneider. Haben Sie Neuigkeiten?"

„Leider nichts, was uns weiterhelfen würde, außer, dass Benjamin Köster angerufen hat und seinen Besuch ankündigte. Er möchte Sie kennenlernen, Frau Obermaier. Meint, dass sie ja schließlich verwandt wären, und bittet darum, dass Sie sich melden."

Anni stieß einen kleinen Lacher aus. „Was ist denn das für ein komischer Vogel. Die Zeiten, dass mir einer schräg kommt, sind lange vorbei und ich sehe auch keine Veranlassung auf Familie zu machen, solange unklar ist, wer er überhaupt ist. Also ich habe kein Bedürfnis, ihn zu sehen."

„Das verstehe ich und trotzdem rate ich Ihnen dazu, ihn anzurufen und sich auch mit ihm auf einen Kaffee zu treffen. Vielleicht kommen wir über ihn weiter. Es sind Kleinigkeiten, die die Erhellung bringen können. Zum Beispiel die Frage: Hat er Ähnlichkeiten im Aussehen, im Verhalten? Hat er Gesten, die bekannt sind, oder sonstige Gewohnheiten, die helfen könnten?"

„Ich verstehe. Sie haben recht. Das hatte ich nicht bedacht."

„Das freut mich. Ich aber würde sie gerne zum Essen einladen. Ganz ungezwungen und zur allgemeinen Entspan-
nung, damit die Gedanken und Probleme für einen Abend
nicht im Vordergrund stehen."

Anni überlegt kurz. „Ja, gerne. Sie haben mich überzeugt.
Ich mache Pause. Wann haben Sie gedacht?"

„Wenn es recht ist, dann hole ich Sie heute um sieben Uhr
ab?"

„Passt", sagte Anni. „Ich freue mich."

Lukas Schneider hatte einen Tisch im Restaurant von *Gut
Kaltenbrunn* reserviert. Anni schaute sich um und war sehr angetan. „Gefällt mir hier. Ich kenne es noch nicht. Hatte noch
nie die Möglichkeit und außerdem war es damals auch lange
geschlossen. Erst das Café in Tegernsee Stadt, jetzt hier das
Gut mit seinem schönen Restaurant. Ich gestehe, die kulina-
rische Reise mit Ihnen kann sich fortsetzen."

Lukas musste lachen, seine weißen Zähne blitzten und
seine dunkelblauen Augen funkelten spitzbübisch. Anni
spürte ein angenehmes Kribbeln in der Bauchgegend. Für einen Moment sah sie Fabian und dann Sven vor sich, um die
Bilder gleich wieder zur Seite zu schieben, wobei Fabian ganz
nach hinten gerutscht war. Ihre Gedanken drehten sich momentan nicht sehr oft um ihn, was gelegentlich ein klein wenig schlechtes Gewissen hervorzauberte.

„Das können wir gerne wiederholen. Ich habe noch ein
paar Perlen schöner Restaurants, die wir aufsuchen können.
Nicht zu vergessen, auch die wunderbaren Hütten, die es mit
ihrer heimischen Kulinarik verdient haben, besucht zu werden, und eine schöne Wanderung ist immer ein Highlight für
Körper, Geist und Seele."

„Das hört sich gut an." Anni lächelte und nickte.

Es war ein rundum schöner Abend, mit einem großartigen Essen und einem Gegenüber, der es verstand, unterhaltsame Gespräche zu führen. Gespräche, die klug waren und viele Bereiche streiften. Ein Mann, der charmant und aufmerksam war, ein Mann der gut aussah und sie auch noch Tage danach sehr beeindruckte. Er könnte ihr sehr gefallen, zumindest kribbelte es im Bauchraum, wenn sie ihn sah.

2023
Sven
Bad Wiessee

„Sven", rief Max Hoferer laut durch die Lobby.

„Was ist, Vater? Ich bin hier im Büro. Du musst nicht so laut rufen, und die Gäste stören."

„Welche Gäste?", flüsterte Max und schlürfte ins Büro.

„Was gibt es, Vater?", fragte Sven, als er eintrat.

Max ließ sich in den Sessel vor dem Schreibtisch gleiten. Dabei schlich sich ein mulmiges Gefühl bei ihm ein. Immerhin saß sein Sohn auf der Seite des Schreibtisches, die er stets eingenommen hatte. Und er, er musste mit dem Gästestuhl vorliebnehmen. Ein Gefühl, welches ihm immer noch zeigte, dass er nichts mehr zu sagen hatte, obwohl er schon längst an Sven abgegeben hatte. „Ich wollte nur mal hören, ob du schon Nachrichten von den möglichen Geschäftspartnern hast?"

Sven strich sich über die Stirn. „Ja, schon. Ich weiß nur nicht, ob wir das Geschäft machen sollten."

„Warum? Ist das so unseriös?"

„Ich weiß nicht. – Ein Kredit, der viel zu teuer und kaum zu bedienen wäre, also ein Angebot, das zum Himmel stinkt. Vielleicht auch nicht ernst gemeint ist."

„Du wirst keine andere Wahl mehr haben, wenn du nicht willst, dass das Hotel unter den Hammer kommt." Max erhob sich, er hatte genug gehört und schlürfte aus dem Büro. Im Garten blieb er stehen und schaute sich um. Aus den Ritzen zwischen den Bodenfliesen rund um den Pool drückte langsam das Unkraut. Die Hecken ringsherum ließen auch zu wünschen übrig. Es müsste dringend so viel gemacht werden, aber er wusste nicht, wie es ohne Kapital gehen sollte. Was hatten sie bei ihren Entscheidungen falsch gemacht? Er dachte damals, dass mithilfe von Alois und seiner Expertise alles gut werden würde. Nun waren erneut einige Jahre ins Land gezogen und wieder war der Kampf um die Existenz zugange. Zum wievielten Mal eigentlich? Er konnte es nicht mehr sagen. Auch sein Vater hatte schon gekämpft.

Sven beschäftigte sich indes immer noch mit den Zahlen. Er stellte das Angebot der Herren in ein Konzept, schüttelte den Kopf und versuchte erneut, mit seinen eigenen Zahlen und Ideen einen Businessplan zu erarbeiten, der künftig Früchte tragen könnte. Aber irgendwie fand nichts seine Begeisterung. Sein Vater hatte gerade deutlich ausgesprochen, was er selbst auch befürchtete. Er musste den Kredit unterschreiben, sonst war es das Ende. Aber war das Ende nicht sowieso vorgezeichnet? Um ihn herum fühlte er nur Fangarme und Krallen, die darauf warteten, zuzugreifen. Sven raufte sich bei dem Gedanken nicht nur im übertragenen Sinne die Haare, als er sie mit zehn Fingern nach hinten streifte, um sie dann wieder zu verwuscheln. Schnell stand er auf. Er musste für ein oder zwei Stunden raus, musste frische

Luft atmen, die grauen Zellen lüften und den Kreislauf durch einen Spaziergang in Schwung bringen.

Während er die Seepromenade entlangflanierte, dachte er plötzlich an die unbeschwerte, hoffnungsvolle Zeit mit Anni vor mehr als zehn Jahren. Was hatte er für Träume gehabt. Er war verliebt und wollte Anni heiraten, mit ihr das Hotel führen. Dann kam sein Vater mit seiner Forderung, Laura zu heiraten, und er hatte sich still und leise entschieden, dem Wunsch des Vaters nicht zu folgen. Er wollte Anni heiraten, auch ohne seine Einwilligung. Notfalls wollte er auch an einen fremden Ort ziehen und in einem anderen Hotel arbeiten. Doch dann, dann kam Anni nicht mehr. Er hatte sich am verabredeten Tag um mehr als eine Stunde verspätet und erinnerte sich heute, wie nervös er war. Es gab keine Gelegenheit, sie zu verständigen, und als er am nächsten Tag in der *Seeperle* nach ihr fragte, maulte Grete in ihren Bart, dass Anni das Tal fluchtartig verlassen hätte, und er schuld sei. Er hatte nie wieder etwas von ihr gehört.

Als er jemanden anrempelte, schrak er aus seinen Gedanken. Er schaute hoch, entschuldigte sich und sah, dass er vor dem Biergarten der *Linde* stand. *Gute Idee*, dachte er. *Jetzt trinke ich ein großes Bier, genieße die Sonne und gehe ich wieder zurück, in mein finanzielles Elend.* Er ließ die Augen schweifen, um einen freien Tisch zu suchen, und als er einen entdeckt hatte, und darauf zusteuerte, sah er Anni sitzen. Sie hatte ihren Laptop vor sich zu stehen und war vertieft. *Komisch*, dachte er, *als ob ich sie in meinen Gedanken hierhergezaubert hätte.* „Hallo, Anni, du wieder hier? Darf ich mich zu dir setzen, oder störe ich?"

Schnell klappte sie den Laptop zu, lächelte ihn an, und zeigte auf den Stuhl gegenüber. „Na klar, setz dich. Wie geht es dir?" Ihre Verlegenheit kompensierte sie, indem sie mit der Hand zu ihrem Wasserglas griff und trank.

Er schob den Stuhl zurück, setzte sich und bestellte beim Kellner, der gerade an den Tisch kam, ein Bier. „Oh, danke, es geht so einigermaßen." Er trank einen großen Schluck, um den Durst zu löschen. „Wenn man mal von den täglichen Kämpfen rund um das Hotel absieht."

„Hattest du dich nicht vor ein paar Tagen hier mit Investoren getroffen?"

„Ja, das stimmt. Das Angebot liegt mir auch vor. Gefällt mir aber nicht so richtig. Ich weiß nicht, was ich tun soll."

„Das verstehe ich. Solche Entscheidungen sind nie leicht." Aufmerksam schaute sie ihn an. Er sah immer noch so gut aus, wie damals, stellte sie auch heute wieder fest. Seine goldblonden, lockigen Haare, die jetzt modisch gekürzt und ohne Mittelscheitel waren, leuchteten in der Sonne. Seine blauen Augen blickten sie unruhig an. Sie spürte, dass ihn etwas bedrückte.

„Ich bin, als wir uns vor ein paar Tagen hier gesehen haben, gar nicht dazugekommen, deine vielen Fragen zu beantworten. Was wolltest du noch mal alles wissen?"

Sven schaute sie bewundernd an. „Du bist so anders geworden, so schön und so selbstbewusst. Gar nicht mehr die verschüchterte junge Frau, die manchmal mit einem blauen Auge und anderen Blutergüsse vor mir stand."

„Danke für das Komplement. Aber dich haben die Zeit und das Leben in den vergangenen zehn Jahren auch so beeinflusst, dass du heute als erfahrener Mann daherkommst."

Er musste lächeln. „Sag, wo lebst du und was machst du beruflich?"

Anni zeigte dem Kellner an, dass sie noch einen Kaffee haben wollte. „Ich lebe in München und arbeite im Büro einer Unternehmensberatung."

„Oh, das ist ganz anders als das, was wir gelernt haben."

„Ja, das stimmt. Wir hatten zwar die gleiche Ausbildung, aber du wurdest weitergebildet, um irgendwann euer Hotel zu übernehmen. Ich aber war eine einfache Hotelfachfrau, die man schikanieren und schlagen konnte."

Sven rieb sich die Augen. „Und dann bist du einfach gegangen. Warum hast du dich nicht verabschiedet, wenn du schon nicht bei mir bleiben wolltest?"

„Das, mein lieber Sven, das ist eine lange Geschichte und die erzähle ich dir ein anderes Mal."

„Sagst du mir wenigstens, wie es dir in München ergangen ist?"

„Das verschieben wir auch."

„Na gut. Wie lange bleibst du?"

„Noch eine Weile. Ich muss abwarten, wie es mit Gretes Hotel und dem Haus weitergeht. Da ist nämlich noch ein vermeintlicher Sohn von Papas kleinem Bruder Paul aus Mecklenburg-Vorpommern aufgetaucht." Ein kleines Lächeln stahl sich in ihr Gesicht.

„Ich verstehe, und der will jetzt erben. Deine Tante Grete gibt anscheinend immer noch keine Ruhe, obwohl sie gestorben ist." Sven schüttelte den Kopf.

Anni zuckte mit den Schultern. Sie fand es müßig, darüber nachzudenken, ob Grete von da oben, oder vielleicht auch da unten weiterkeifte. Für sie war es Benjamin Köster. „Sag, Sven. Wie geht es dir und deinen Eltern? Deinen Vater habe ich kürzlich gesehen und er ging gebeugt über den Park. Ist er krank?"

„Nein, es sind die üblichen Altersbeschwerden und vielleicht auch ein bisschen die Sorgen um die Zukunft des Hotels. Ich bin auch immer am Grübeln. Das belastet ungemein."

„Und du, hast du eine Familie?"

Sven musste laut lachen und nahm seinen letzten Schluck Bier. „Ich musste damals die Tochter von Alois Schwarz, die Laura, heiraten. Gezwungenermaßen, um das Hotel zu retten. Alois bürgte mit uns für drei Millionen.

Anni drehte den Stift hin und her. Sollte sie ihm sagen, weswegen sie noch hier im Tal war? Konnte sie verantworten, dass er wusste, was geschehen sollte, oder war ihre notwendige Verschwiegenheit unerlässlich? Alexander würde das auf jeden Fall von ihr verlangen, wenn sie ihn jetzt fragen würde. Durfte sie einen Menschen, den sie einst geliebt hatte und der seine Heimat und die Tradition schützen wollte, im Stich lassen, oder musste sie ihm nicht behilflich sein? „Hast du auch Kinder", fragte sie stattdessen.

„Ja, zwei. Sie sind noch klein. Es war einige Jahre schwierig mit uns. Laura habe ich zu Beginn der Ehe reinen Wein eingeschenkt darüber, warum ich einer Ehe zugestimmt hatte, und habe ihr damit sehr wehgetan. In der Folge veränderte sie ihre ganze Persönlichkeit, sodass wir uns näher gekommen sind. Bisher hatte ich immer das Gefühl, dass sie hinter mir stand, obwohl ich ihr wehgetan hatte. Aber nun? Ich bin gerade viel zu emotional aufgewühlt, besonders jetzt, wo du mir wieder gegenübersitzt. Ich könnte dich … Ich glaube, es ist besser, wenn ich gehe. Wir sehen uns noch die nächsten Tage und dann setzen wir unser Gespräch fort."

Sven stand auf, legte einen Schein auf den Tisch, hob grüßend die Hand und verließ den Biergarten.

2013
Anni
Stadthotel München

In München stiegt Anni aus dem Zug, sah sich auf dem Bahnsteig um, und folgte den Hinweisschildern zur Bahnhofshalle. Dort wimmelte es nur so von Menschen, die Taschen trugen und Koffer hinter sich herzogen, wild durcheinanderredeten, lachten, weil sie angekommen waren und weinten, weil der Abschiedsschmerz so weh tat. Und sie? Sie stand mutterseelenallein in der Halle und wusste nicht, wo sie hingehen sollte.

Eine Zeitung, sie brauchte zuerst eine Zeitung. Sie musste ein Zimmer und Arbeit finden, oder war es eher andersherum, erst eine Arbeit und dann ein Zimmer?

Im Zeitungskiosk kaufte sie zwei Münchener Zeitungen.

„Können Sie mir bitte sagen, wo hier ein Internetcafé ist?", fragte sie die Verkäuferin.

„Ja, wenn Sie rauskommen, dann rechts die kleine Straße rein, und dann die erste wieder links, das dritte Haus."

„Danke." Schnell machte sich Anni auf den Weg.

Mehr als eine Stunde blätterte sie im Internet die Jobangebote durch. Am Ende suchte sie sich zwei Hotels aus, von denen sie dachte, dass sie anrufen, oder gleich vorbeigehen sollte.

Sie schaute nach den Adressen, auf dem kleinen Stadtplan der Innenstadt, den ihr freundlicherweise die Verkäuferin vom Kiosk mitgegeben hatte. Das *Stadthotel* war ganz in der Nähe und suchte eine Hilfe für das Frühstücksbuffet, und als

Zimmermädchen. „Na, da bin ich doch goldrichtig, perfekt ausgebildet von Tante Grete", flüsterte sie.

Ein paar Minuten später fragte sie an der Rezeption nach Herrn Loibl. Er stand als Ansprechpartner in der Anzeige.

Die nette Dame hinter dem Tresen telefonierte kurz und bat Anni um einen Moment Geduld. Es dauerte nur wenige Minuten, dann kam ein schlanker, großer Mann, mit braunen Haaren und einer Kurzhaarfrisur, die mit reichlich Gel in Form gebracht worden war, die Treppe herunter. Er hatte freundliche, braune Augen und ein sympathisches Lächeln auf den Lippen.

„Guten Tag, Frau …"

„Obermaier. Ich bin Anni Obermaier, eine gelernte Hotelfachfrau." Sie reichte ihm die Hand. „Am Tegernsee, im Hotel *Seeperle*, bei meiner Tante Grete habe ich während meiner Ausbildung und danach gearbeitet. Ich kann überall eingesetzt werden, wo immer sie mich brauchen."

„Das hört sich gut an. Kommen Sie mit in mein Büro." Er ging voraus und bat sie, vor seinem Schreibtisch Platz zu nehmen.

„Sie sind aber nicht weggelaufen, weil es Streit gab? Ihre Tante steht auch nicht morgen mit dem Wellholz vor der Tür?"

Anni musste lächeln. „Nein, ich bin nicht weggelaufen. Ich habe mich von meinem Vater verabschiedet und bin gegangen. Ich darf selbst entscheiden, bin volljährig."

„Es war eher ein Spaß. Ich wundere mich, dass Sie den schönen Tegernsee mit seinen zahlreichen Hotels verlassen, um in München bei ihrer Qualifikation als Zimmermädchen zu arbeiten. Wollen Sie mir sagen, warum?"

Anni schaute ihn an. Hinter ihrer Stirn arbeitete es, als wären Ameisen drin. Er war sympathisch und nett. Sie würde sehr gerne für ihn arbeiten. Daher strafte sie den Rücken und genau deswegen würde sie jetzt ehrlich sein.

„Ja, ich erzähle es gerne in einer Kurzversion, denn es ist sehr privat. Meiner Tante gehört das Hotel. Das Wohnhaus inzwischen auch. Mein Vater hatte ihr seine Hälfte verkauft, weil er für die Krebserkrankung meiner Mutter seinen Arbeitsplatz in der Brauerei aufgegeben hatte. Für die Miete im ehemaligen eigenen Teil des Hauses mussten wir in der *Seeperle* mitarbeiten. Nach dem Tod meiner Mutter wurde es immer schlimmer. Gestern schlug sie mir dann zum letzten Mal mit dem Handbesen den Rücken grün und blau. Mein Vater blieb, er wollte nicht mit mir weggehen. Damit aber nicht genug. Der Vater meines Freundes hat mir auch gestern, also am gleichen Tag gesagt, dass ich nicht als Frau für seinen Sohn infrage komme." Anni schwieg und schaute ihn abwartend an.

„Das tut mir sehr leid, was ihnen da alles widerfahren ist und ich kann gut verstehen, dass sie neu anfangen wollen. Ich stelle sie gerne ein. Sie haben bei mir alle Chancen sich weiterzuentwickeln. Das Gehalt in diesem Bereich ist allerdings nicht sehr üppig. Dafür kann ich aber ein Personalzimmer im Seitentrakt zur Verfügung stellen, wenn sie Bedarf haben. Wir haben mehrere Mitarbeiter, die auch darauf angewiesen sind."

„Das Zimmer würde ich gerne nehmen. Darf ich heute gleich einziehen? Ich kann auch morgen früh sofort anfangen, wenn ich gebraucht werde."

Ludwig Loibl stand auf und streckte ihr die Hand hin. „Herzlich willkommen im *Stadthotel*. Wir freuen uns. Ich rufe Antonia. Sie arbeitet auch an den gleichen Positionen und wird mit Rat und Tat zur Seite stehen. Der Vertrag ist morgen fertig."

„Vielen Dank." Anni fiel ein Stein vom Herzen. Der Job war nicht das, was ihr vorschwebte. Aber jetzt erst einmal hatte sie ein Dach über dem Kopf, eine Arbeit, ein kleines Gehalt und bestimmt das Essen. Das war schon mehr, als sie sich am ersten Tag in München erhoffen konnte.

Eine junge Frau kam um die Ecke. Sie war gut bepackt, stämmig, im Dirndl mit hellblonden Haaren, die zu einem Zopf geflochten über die Schulter hingen. Typisch Bayerisch eben. „Ich bin Antonia und du?"

„Die Anni. Freu mich." Anni seufzte innerlich auf. Die Kollegin schien nett zu sein. Auf den ersten Blick zumindest.

„Dann komm!" Antonia drehte sich um und lief mit schnellen Schritten voraus. „Wir wohnen auf der anderen Seite, im Hauswirtschaftsgebäude, im ersten Obergeschoss. Im Erdgeschoss sind die Werkstätten und Büros, wo die Handwerker und Hausmeister zugange sind. Daneben ist die Wäscherei. Auch die Pausenräume, sowie die Kantine und die Personalküche sind in diesem Gebäude."

Anni hörte aufmerksam zu und nickte. Zusammen stiegen sie die Treppe hoch in den ersten Stock. Links und rechts ging jeweils ein langer Flur ab. Alles roch ein bisschen alt, so ähnlich wie bei Tante Grete. Die Tapeten in ihrer altdeutschen Musterung waren in Dunkelgrün gehalten und der Teppichboden war abgenutzt und ausgebleicht. Die Holzdielen darunter schienen ausgetreten, denn sie quietschten bei jedem Schritt. Antonia schloss die zweitletzte Tür auf, während sie mit der anderen Hand auf die letzte Tür zeigte. „Das ist mein Zimmer, direkt neben dir." Sie schob die Tür zu Annis Zimmer auf. „Komm rein. Und das ist dein Zimmer. Die Toiletten und das Bad sind gegenüber, steht an den Türen dran. Wir sehen uns morgen früh um sechs. Ich hole dich ab."

Und dann war sie weg, noch ehe sie die Kollegin hätte fragen können, ob die Kantine offen hatte, oder ob sie sich woanders etwas zu essen holen musste. Anni stellte ihr Gepäck ab und schaute sich in ihrem neuen Zuhause um. Gemütlich und schön war das nicht. Ein altes Bettgestell, zum Glück wenigstens aus Holz und nicht aus Metall. Ein einfaches Kopfkissen und eine dünne Zudecke. An der anderen Wand ein ebenso alter Schrank mit zwei Türen. Eine kleine Kommode gleich daneben. Am Fenster stand ein Tisch mit zwei Stühlen. Kein Bildchen an der Wand, noch nicht einmal eine künstliche Blume auf dem Tisch. Die Deckenlampe war bestimmt aus den Fünfzigerjahren. Die Gardine zeigte sich in Grau, ebenso wie der Teppichboden aus Filz. Sie seufzte, ob dieser Umstände, die nicht gerade den Mut und das Selbstbewusstsein stärkten. Schnell packte sie ihre wenigen Sachen aus und dann überlegte sie, wie sie den Abend verbringen wollte. Sie hatte weder einen Fernseher noch ein Radio. Zu essen und zu trinken musste sie auch noch etwas besorgen. Sie würde daher jetzt die nähere Umgebung erkunden und hoffentlich einen Supermarkt finden, denn sie musste sparsam sein und sollte nicht gleich am ersten Tag ins Restaurant gehen. Just im gleichen Moment dachte sie an ihren Vater. Er fehlte ihr so sehr. Schnell griff sie in die Jackentasche, um ein Taschentuch hervorzuholen. Sie spürte, wie sich ihre Augen mit Tränen füllten. Heimweh und die Gedanken an Svens Abgang machten ihr zu schaffen. Hinter dem Päckchen mit Taschentüchern raschelte es. Papier? Was war das? Sie zog einen Briefumschlag hervor und dachte, dass ihr Papa einen Abschiedsgruß geschrieben hatte, und wollte ihn jetzt nicht gleich lesen. Sie hatte ohnehin im Moment nah am Wasser gebaut. Also legte sie den Brief auf den Tisch und machte sich auf den Weg.

Gemütlich schlenderte sie über die Straßen in unmittelbarer Nähe und war angetan. Kleine erlesene Geschäfte, weitere zwei Hotels, ein Buchladen, eine Reinigung und auch ein Supermarkt. Daneben noch ein bayrisches Gasthaus, ein Imbiss und ein Bistro. *Alles da, was ich brauche*, stellte sie fest. Sie betrat den Supermarkt, nahm sich ein Körbchen und schlenderte durch die Regale. Zuerst sammelte sie die notwendigen Hygieneartikel fürs Bad, Wäsche und WC ein. Dann, dachte sie, wäre es gut, etwas Haltbares für den ganz kleinen Hunger zu haben, und griff nach Keksen. Für heute reichte ein bisschen Brot und Belag, denn sie hatte kein Geschirr und kein Besteck. Zwei Tomaten und ein bisschen Obst. Zum Schluss noch Mineralwasser. Mit ihren zwei Taschen suchte sie gleich den Weg in ihr Zimmer. Satt und in einer Jogginghose legte sie sich auf ihr Bett. Der Abschied, die Reise, die Jobsuche und alles, was sonst noch war, hatten sie sehr ermüdet. Aber den Brief von Papa, den wollte sie noch lesen. Er hatte es nicht verdient, dass er so unbeachtet auf dem Tisch liegen blieb.

Sie erhob sich, lief zum Tisch und öffnete den Briefumschlag. Heraus zog sie den Brief und die Kopie einer Banküberweisung von zweitausend Euro.

Meine liebe Tochter, es tut mir so leid, dass ich dir keine behütete Jugendzeit schenken konnte. Es ist mir auch nicht gelungen, meine Schwester zu überzeugen, dass du ihr Verhalten nicht verdient hast. Aber es ist mir mit vielen Doppelschichten gelungen, Geld zu sparen. Ich habe es dir auf dein Konto überwiesen.

Ich liebe dich meine Tochter, wünsche dir ganz viel Glück in München und freue mich, von dir zu hören. Dein Papa.

Anni liefen die Tränen über die Wangen. Das hätte sie nicht erwartet. „Mein lieber, lieber Papa. Ich vermisse dich so. Gleich morgen nach Feierabend schreibe ich, versprochen."

Dann rollte sie sich in ihrem Bett ein. Die Erschöpfung verhalf ihr zu einem tiefen Schlaf, bis ihr Reisewecker sie aus den Federn trommelte.

2013
Familie Hoferer
Privathaus Bad Wiessee

„Heute Abend haben wir Gäste, wichtige Gäste", erklärte Max am Mittagstisch seinem Sohn Sven.

„Lass mich raten, die Familie Alois Schwarz und ihre reizende Tochter Laura." Svens Stimme triefte vor Sarkasmus.

„Kannst du mir ernsthaft erläutern, wie das Kapital des kleinen *Berghotels* Schwarz, das so stolze Traditionshaus, unser Hotel *Hoferer* auf die rechte Spur bringen könnte?" Er sah seinen Vater erwartungsvoll an.

Max fuhr sich mit der Hand über die Stirn. „Du suchst ein Haar in der Suppe, mein Sohn, und ich kann das auch sehr gut verstehen. Aber Alois hat mir zugesagt, dass nicht nur er allein als Investor mit ins Boot kommt. Es wird auch Kredite und Investoren geben. Und natürlich muss er sich absichern. Da ist es doch selbstverständlich, dass er über Laura absichert, da es ja ihr Erbe ist, das er investiert."

„Sehr ehrenwert, dein Verständnis. Und was ist mit mir?"

„Du behältst, so hoffe ich, dein Erbe und kannst es eines Tages an deine Nachkommen weitergeben."

„Meine Erben? Mit einer Frau, die ich nicht liebe?"

„Das gibt sich, Sven. Du wirst schon sehen." Max erhob sich. Er wollte das Gespräch nicht mehr weiterführen. Er wusste, dass er viel von seinem Sohn verlangte.

Am Abend trafen sich die beiden Familien im kleinen Salon. Bei der Begrüßung klopfte Alois mit seiner derben Hand auf Svens Schulter, als würden sie sich schon ewig persönlich kennen.

„Grüß Gott, mein Junge. Ich bin froh, dass unsere Familien nun zusammenarbeiten."

Wenn es nur das wäre, dann wäre es gut, dachte Sven und fletschte innerlich die Zähne, ließ sich aber seinen Unmut nicht anmerken. Er schwieg und nickte nur.

Der Koch hatte das Menü zusammengestellt und ließ die einzelnen Gänge mit entsprechenden Abständen servieren. Alle widmeten sich den leichten Small Talk-Themen, damit niemand ins Fettnäpfchen treten konnte. Es schien, als hätten sie sich abgesprochen, aber dem war nicht so. Wahrscheinlich waren es eher die für die Familie Schwarz ungewohnte, gehobene Gastronomie, das besondere Geschirr und Besteck sowie die Räumlichkeiten, die mit ihren einst edlen Einrichtungen noch einen gewissen Respekt einflößten. Kannten die Gäste doch nur das bäuerliche Ambiente vom Berghof, zumal Alois auch noch seine derben Verhaltensweisen und Tischmanieren an den Tag legte, was den Hoferers unangenehm war.

Sven schaute sich dezent um. Er sah, dass ihn Laura anhimmelte. Ihre Augen ruhten auf ihm, während sie einen Bissen nach dem anderen in den Mund schob und schwieg. *Und wer fängt jetzt damit an, zu sagen, was es zu sagen gibt*, fragte er sich. Wie sollte er mit einer ihm fremden Frau glücklich werden, für die er keinerlei Sympathien hegen konnte?

Lauras Mama hatte bisher nur ganz wenig gesprochen.

Max hob, nachdem der Nachtisch verzehrt war, die Tafel auf. „Wir Herren gehen jetzt in die Bibliothek, um bei einem Cognac und einer Zigarre alles Notwendige zu besprechen und ihr Damen macht es euch bitte im Wintergarten bequem. Wir kommen später dazu."

Die drei Männer setzten sich um den Chippendale-Wohnzimmertisch, der auf Hochglanz poliert war und eine Glasplatte hatte. Er stammte von Max' Vater. Seit er ihn besaß, fuhr Max immer ehrfürchtig mit der Hand über die Tischplatte, als wollte er ihn streicheln. Ihm war danach so, als ob sein Vater mit am Tisch sitzen würde. Der Mann, der einst die Pension Hanselbauer übernommen hatte, und damit den Grundstock für das heutige Hotel *Hoferer* legte. Er war seine gefühlte Stütze, seine Zuversicht bei allen Unternehmungen, die er entscheiden musste.

Alois sah, dass Max wohl etwas sentimental unterwegs war. „Was ist los Max? Lass uns Nägel mit Köpfen machen."

„Ach, Alois, das ist nicht so einfach. Es geht hier um das Haus meiner Vorfahren, das Erbe der Familie und das ist nicht so leicht. Das Hotel *Hoferer* ist, wie du weißt, nicht irgendein Hotel. Es hat Tradition und ganz besondere Gäste."

„Mensch Max, ich kann mit dem Reichengetue nichts anfangen. Hier geht es nur ums Geld und darum, erfolgreiche Geschäfte zu machen. Also gehen wir jetzt gemeinsam die Vorhaben durch, die sind alle hier drin", er zeigte mit dem Daumen auf einen Stapel Papiere, die er aus einer Tasche gezogen und vor sich hingelegt hatte, „und dann die Hand darauf."

Max stöhnte. „Also gut, kommen wir zur Sache." Er warf einen kurzen Blick auf Sven, der bisher noch keinen Ton gesagt hatte. „Hat der Anwalt alles so umgesetzt, wie wir das vereinbart haben?", wollte Max von Alois wissen.

Dieser nickte. „Auf das i-Tüpfelchen genau. Ich bin ein Ehrenmann und ein Handschlag ist ein Handschlag." Alois unterstrich seine Aussage mit einem süffisanten Lächeln.

Bei Max schnellte die rechte Augenbraue hoch. Irgendetwas störte ihn. Aber das konnte auch nur ein subjektives Gefühl sein. „Gut, dann pack deine Papiere auf den Tisch. Sven, du liest bitte auch alles bis ins Detail durch, denn es betrifft dich, deine Arbeit und dein Leben."

Sven sagte immer noch nichts. Er nickte nur. Er fand das alles surreal, hatte das Gefühl, dass er im falschen Film unterwegs war.

Max sah, dass Sven am liebsten den Raum verlassen hätte.

Alois merkte von dieser Spannung nichts. Er war zu derb in seinem Charakter, hatte kein Feingefühl und Schwingungen von Unwohlsein konnte er deshalb nicht gut erkennen.

Während Alois an seiner Zigarre paffte, breitete er genüsslich drei Stapel Unterlagen und Verträge aus.

Max zog die Cognacflasche zu sich und goss sich einen Doppelten ein. Ob noch jemand wollte, vergaß er zu fragen. Er hatte Bauchgrummeln.

Heute würde Alois über seine Tochter Teile seines Besitzes übernehmen, was an sich schon ein ungewohntes, schwer zu ertragendes Gefühl war. Dann bekamen auch noch für ihn fremde, unbekannte Menschen Anteile seines Unternehmens, und als wäre das nicht genug, wurde ihm gleichberechtigt seine künftige Schwiegertochter ins Büro gesetzt, die alle Entscheidungen torpedieren konnte. Er hatte sich das alles viel leichter vorgestellt. Jetzt war es zu spät.

„Kann ich anfangen?", fragte Alois.

Max und Sven nickten ihm schweigend zu.

„Zum ersten Teil. Wir haben privat vereinbart, dass Sven und meine Laura den Bund der Ehe eingehen. Es wird einen Ehevertrag geben. Laura tätigt eine Einlage von zweihundertfünfzigtausend und ich als Privatperson ebenfalls. Die

Geschäftsleitung wird gleichberechtigt unter Sven und Laura aufgeteilt. Entscheidungen werden gemeinsam getroffen."

Er schob den ersten Stapel seiner Unterlagen zur Seite und griff zum Stapel in der Mitte. „Bei der Beteiligung von der XPP AG hat mir mein Bekannter, der Geschäftsführer Sebastian Lendl, bei einer weiteren Sitzung in seinem Haus folgenden Vorschlag gemacht: Anstelle der angedachten Investition von einer Million seines Unternehmens, schlägt er vor, dass wir für das Hotel einen größeren Kredit über drei Millionen aufnehmen, den wir beide unterschreiben und mit unseren Häusern absichern. Den Kontakt zur Bank stellen sie uns her. Das finde ich ein sehr anständiges Verhalten. Immerhin hätten sie sich bei uns einkaufen und mitentscheiden können. Max, ich finde inzwischen, dass es so besser wäre, denn es wäre mehr Kapital vorhanden und viele Köche verderben bekanntlich den Brei."

Max schaute Sven an. „Was meinst du dazu?"

„Was soll ich sagen? Ich war und bin nicht in eure Pläne eingebunden, mit der einen Ausnahme, dass ich zur Ehe gezwungen werden soll, für ganze Fünfhunderttausend. Was soll ich also über Kreditlinien sagen, wenn unklar ist, was damit geschehen soll? Wo ist euer Businessplan? Und warum sollte die Herstellung eines Kontaktes dafür sorgen, dass wir Kredite bekommen, die höher sind als das, was wir ohne Wagnis absichern könnten? Also lasst mich raus. Und du Alois? Setzt du dein *Berghotel* zur Risikoabsicherung ein, oder ist das ein Fass mit doppeltem Boden? Macht einfach, was ihr wollt."

Alois fuhr aus seinem Sessel hoch. Sein Kopf war dunkelrot vor Zorn und seine erkaltete Zigarre flog vom Aschenbecher, als der Tisch vibrierte. „Hör ich richtig? Wir sollen dich rauslassen? Wovon willst du rausgelassen werden? Von der

Ehe? Von deinem Hotel? Vom Geld? Von der Sanierung? Von was?", schrie er mit einer Lautstärke, die alles bisher Bekannte in den Schatten stellte.

Sven hatte sich so erschrocken, dass ihm zunächst die Worte fehlten. Dann aber stand auch er auf und trat dem aufgebrachten Mann gegenüber. Mit leiser, kalter und zynischer Stimme sagte er: „Alois, du kannst oben auf dem Berg in deinem Hotel den unkontrollierten Proleten geben. Aber unser Niveau hier unten ist zurückhaltender, auch höflicher und vor allen Dingen kontrollierter. Dein Geld ändert da gar nichts dran. Setz dich und hör mir zu. Ich sage dir, wie ich mir das vorstellen könnte. Oder lass es, und dann geh mit deiner Frau und deiner Tochter. Da wäre dann die Tür." Er zeigte mit dem Arm auf den Ausgang.

Max wusste gar nicht, wie ihm geschah. Zum ersten Mal hatte er seinen Sohn so hart und energisch gesehen. Er wusste jetzt, dass er auf der Stelle aus den Verhandlungen raus war. Er war zu schwach. Die Geschicke und das Hotel *Hoferer* lagen ab sofort in den Händen von Sven.

Alois setzte sich wieder. Sven zog die ganzen Verträge zu sich rüber und begann zu lesen. Als er fertig war, stützte er den Kopf mit den Händen. Was sollte er tun? Das Hotel konnte er nur retten, wenn er einigen Vereinbarungen zustimmte. Er musste sich opfern, damit das legendäre Seehotel *Hoferer* in der Familie bleiben konnte. Er musste darum kämpfen. Er straffte die Schulter und hob den Kopf.

„Ich heirate deine Tochter Laura. Ihr legt beide wie angekündigt die zweihundertfünfzigtausend ein und tragt auch selbst euer Risiko für dieses Geld. Der Ehevertrag regelt nur den Zugewinnausgleich für das Hotel *Hoferer*. Ich werde und bin der alleinige Geschäftsführer des Hotels."

Alois hob die Hand und wollte etwas sagen. Sven brachte ihn mit einer Handbewegung zum Schweigen. „Ich bin noch nicht fertig. Dein guter Bekannter, lieber Alois, der hat den Mund richtig voll genommen. Er soll uns einen Drei-Millionen-Kredit zu einem erträglichen Zinssatz und guten, gestreckten Konditionen besorgen. Das bräuchte ich für die Sanierung und du allein sicherst den Kredit zu zwei Dritteln mit deinem *Berghotel* ab. Immerhin heirate ich dafür deine Tochter." Sven goss sich einen Cognac ein und ließ ihn durch die Kehle gleiten. „Und du, Vater, gehst zur Kreisverwaltung und zu deinen Spezis der Banken hier im Tal. Ich habe von einem Freund, der Architekt ist, einen Anbau mit Appartements skizzieren lassen. Sie würden sich wunderbar in unseren Park einfügen lassen. Ferienunterkünfte für Selbstversorger werden nachweislich immer beliebter. Aber auch diesen Gästen können wir einen guten Service anbieten. Ich will wissen, ob die Baugenehmigung nach Antragstellung kommen würde und die Finanzierung über unseren Grund und Boden abgesichert werden könnte."

Max und Alois starrten sich an, als würde ein Sturm aufziehen. Sie hatten sich das völlig anders vorgestellt.

Sven erhob den Zeigefinger. „Und dass es ganz klar ist, Alois. Erst wenn alles, die Einlage, der Kredit und von der Bank deine Bürgschaft signalisiert wurde, also meine Bedingungen in trockenen Tüchern sind, kann geheiratet werden."

Alois drehte sein Cognacglas im Kreis. Er, der gerissene Alois, wollte der große Zampano vom Tegernsee werden. Er war sich sicher, dass sein Geschäftssinn und seine Kontakte dem Hotel *Hoferer* zum Erfolg verhelfen würden. Sven hatte aber den Spieß nun umgedreht. Er, Alois hätte nichts zu sagen und müsste auch noch mehr Risiko tragen. Eigentlich müsste er jetzt Nein sagen. Aber er war schlau, er konnte getrost zusagen. Auch für seine Laura. Sie wäre bitter enttäuscht, wenn er ihre Zukunft vermasseln würde. Alois wusste, wie schwer sie es hatte, einen Mann zu finden. Er selbst würde am Ende nichts verlieren, eher gewinnen. Mit Sebastian Lendl von der XPP war alles besprochen. Ohne die Herren ging in diesem heiklen Fall sowieso gar nichts.

2023
Fritzi und Anni
Wanderung Tegernseer Höhenweg

Fritzi hatte sich heute wie gewünscht mit Anni verabredet. Sie wollten sich gegen zehn Uhr in Bad Wiessee am Anleger treffen und hatten sich vorgenommen, den Tegernseer Höhenweg zu gehen. Fritzi dachte, dass es Anni guttun würde, die Luft der Heimat ausgiebig zu schnuppern. Außerdem würde es den Kopf frei machen, denn sie vermutete, dass Anni noch mehr Probleme wälzen musste als nur das Erbe. Und was ist mit der Liebe, wenn sie, wie sie erwähnte, lieber was Besseres hätte als das, was in München auf sie wartete? Es gab viel zu besprechen unterwegs, und wer eignet sich da besonders gut? Die beste Freundin!

Anni stand schon am Anleger, als sie kam. Sie hatten noch ein paar Minuten Zeit, bis das Schiff nach Gmund kam.

„Fesch", rief Fritzi ihrer Freundin zu und strahlte über das ganze Gesicht.

„Was soll denn da fesch sein? Ich habe doch nur meine Wanderklamotten an, die ich seit mindestens sieben Jahren besitze. Zweckmäßig müssen sie sein und sonst nichts."

„Ja, aber du siehst trotzdem sehr gut aus und dein Rucksack passt farblich prima. Ist da auch was Leckeres drin?"

Anni musste lachen. „Ist das nicht eher dein Part als Hotelchefin?"

„Ja, das habe ich mir gedacht und deswegen ist in meinem Rucksack alles Nötige drin. Da kommt unser Schiffchen. Wir fahren jetzt nach Gmund und steigen an der Haltestelle Seegras aus, falls du das nicht mehr wissen solltest."

„Doch, meine liebste Freundin. Das weiß ich noch."

Sie setzten sich ganz nach oben, genossen die Sonne und ließen sich den leichten Wind um die Nase wehen. Die Fahrt dauerte nicht sehr lange, aber selbst während der etwa halbstündigen Überfahrt gab es neben den landschaftlichen Schönheiten viel Wissenswertes, das der Kapitän über die Lautsprecher erzählte. So bat er seine Gäste, nach links zu schauen. Dort konnten sie im Hintergrund das neue Casino sehen. Etwas weiter kam das Gut Kaltenbrunn, das, wie sie mit Lukas Schneider selbst gesehen hatte, nach längerem Leerstand wieder bewirtschaftet wurde und auch einen Biergarten hatte. Durch die direkte Anlegestelle am Gut stiegen Gäste aus und ein. Kurz vor Gmund erklärte der Kapitän mit Blick auf zwei nebeneinanderstehende Bungalows, dass einer davon einst Bundeskanzler Prof. Erhard gehört hatte, der von 1953 an in den Parlaments- und Sommerferien sowie zu den Feiertagen Ostern und Pfingsten und Weihnachten, mit seiner Familie nach Gmund gekommen war. Dort hatte er auch seine letzte Ruhestätte gefunden.

Und dann dauerte es auch gar nicht mehr lange, bis sie am Strandbad Seegras anlegten, ausstiegen und ihre Rucksäcke aufsetzten. Sie befanden sich an der Nordspitze des Sees, wo die Mangfall aus dem See austrat. Die Mangfall war ein

Nebenfluss des Inns, der Abfluss des Tegernsees und mündete später in Rosenheim in den Inn.

An der Seepromenade liefen sie zwischen den schön gestalteten Blumenrabatten bis zum Restaurant am Naturbad. Dann über den Parkplatz und die Straße auf der anderen Straßenseite, dort eine kleine Straße hoch, in Richtung des Tegernseer Höhenwegs.

Als sie die Wohnstraße verlassen hatten und rechts abgebogen waren, sahen sie gleich nach der ersten Wiese schon den Tegernsee in seinem strahlenden Blau in der Sonne glänzen. Von da an war die Wanderung nur noch der pure Genuss.

„Komm, da ist eine Bank im Schatten, und den Ausblick auf den See haben wir auch. Lass uns sitzen, was essen und was trinken", schlug Fritzi nach einiger Zeit vor.

Fritzi packte ihre Fleischpflanzerl, die Gürkchen, Radieschen und typisch bayerischen Brezn aus, die nie bei einer Brotzeit fehlen durften. Dazu für jede eine Flasche Wasser.

„Ach, ist das schön. Ein bisschen hatte ich das vergessen. Nicht mehr gewusst, wie schön das war." Anni lehnte sich zurück, biss in ihre Brezn und nahm sich noch ein Gürkchen.

„Und jetzt erzähl, warum du hier im Tal bist, neben deinen Erbschaftsangelegenheiten. Ich überlege seit Tagen, was du als Sachbearbeiterin hier beruflich zu tun haben könntest." Fritzi öffnete ihre Wasserflasche und nahm einen Schluck. Dann schaute sie Anni gespannt an.

„Ich bin keine Sachbearbeiterin, Fritzi."

„Aber du hast doch gesagt …"

„Ich habe nur gesagt, was ich gemacht habe. Nicht, was ich heute bin."

„Und was bist du nun wirklich?"

„Eigentlich musst du noch ein bisschen warten. Ich kann es nicht gebrauchen, dass der Buschfunk durch das Tal sein Echo ruft. Du darfst das bitte niemandem sagen, auch nicht deinem Mann. Versprichst du mir das?"

„Okay, ich verspreche hoch und heilig, nichts auszuplaudern." Fritzi hob die Finger zum Schwur.

„In Kürze bin ich Gruppenleiterin in der Münchener Unternehmensberatung, bei der ich schon lange arbeite und saniere Hotelbetriebe – oder ich zerschlage sie, wenn ich entscheide, dass sie keine Chance mehr haben."

„Huch, und wer steht auf deiner Abschussliste?"

„Wieso Abschuss? Kann doch auch sein, dass der Stern wieder leuchtet."

„Na, das glaubst du doch wohl selbst nicht. Ich habe Augen im Kopf und sehe, was rund um den See gerade los ist. Einer nach dem anderen wirft das Handtuch, oder schließt still und leise die Tür zu."

„Aber das muss ja nicht immer so sein. Ich habe genügend Beispiele, die -"

„Annilein, wer bekommt von dir einen Überraschungsbesuch? Und bitte, schwafle jetzt nicht drum herum."

„Das tue ich nicht, Fritzi. Ich kann und werde nichts weiter dazu sagen. Es ist, wie es ist. In ein paar Tagen weiß es ohnehin jeder." Anni stand auf, packte alles zusammen, damit Fritzi ihren Rucksack ordentlich einräumen konnte. Dann setzte sie ihren Rucksack auf und wartete auf ihre Freundin.

Zunächst liefen sie schweigsam weiter. Jede beschäftigte sich in ihren Gedanken und jede schaute immer wieder hinunter auf den See. Ein grandioser Ausblick, der die Seele streichelte. Immer wieder aufs Neue.

Anni blieb stehen. „Es ist so schön, diese Ruhe gepaart mit dem Ausblick. Lass uns den Tag genießen, Fritzi."

„Ja, machen wir doch. Ich bin nur ein wenig enttäuscht, dass du mir so wenig vertraust."

Anni hob die Hände. „Das ist doch Unsinn. Das hat doch nichts mit meinem Vertrauen dir gegenüber zu tun."

„Was dann? Wie nennst du es?"

„Ach, Fritzi. Ich bin eine Angestellte in verantwortlicher und gehobener Position. Es geht bei manchen Projekten um Millionen und bei anderen nur um einhunderttausend. Und trotzdem sind beide diskret zu behandeln. Das erwartet, nein, das verlangt mein Chef von mir. Er bezahlt mich dafür und das nicht schlecht. Das heißt, ich muss und ich werde loyal sein, im Interesse aller Beteiligten. Das hat gar nichts mit dir und deiner Neugierde zu tun."

Anni ging einen Schritt auf ihre Freundin zu und umarmte sie. „Komm, lass uns weiterwandern. Ich brauche bald ein schönes kühles Bier."

Die nächste halbe Stunde folgten sie dem gut begehbaren leichten Wanderweg. Blickten sie nach rechts, schauten sie auf den See und auf das gegenüberliegende Ufer, dahinter die Berge des Voralpenlandes. Tasteten die Augen die linke Seite des Weges ab, so sahen sie Wiesen, Bäume, Kühe. Dann wiederum traten sie in ein kurzes Waldstück ein. Als sie dieses verlassen hatten und der See sich wieder zeigte, setzten sie sich erneut auf eine Bank.

„Lebst du eigentlich in einer Beziehung, Anni?"

Anni brauchte einen Moment. Sie war nicht vorbereitet auf diese Frage und wenn sie ehrlich war, hatte sie sich die letzten Tage nicht viel mit Fabian beschäftigt. Außer einer WhatsApp von ihm, die er ihr aus Madrid hatte zukommen lassen. Er war für die Geschäfte unterwegs.

„Ja, eigentlich schon. Aber irgendwie habe ich das Gefühl, dass die Luft raus ist, ehe es richtig ernst wurde. Wir haben getrennte Wohnungen, üben den gleichen Beruf aus und sind demnach stets unterwegs."

„Oh, das klingt nicht wie eine intakte Beziehung, wie Sehnsucht. Spielst du mit dem Gedanken, dich zu trennen?"

„Hm, ich habe im Moment gar keine Zeit, darüber nachzudenken, gar meinen Gefühlen nachzuspüren. Es ist gerade so, als ob ein zugedeckter Topf so viel Druck entwickelt, dass sich bald der Deckel hochhebt."

„Ach, das tut mir so leid für dich." Fritzi zog erneut ihre Wasserflasche hervor und nahm einen Schluck.

„Was ist mit Sven? Hast du ihn schon gesprochen?"

„Ich sitze öfter am Nachmittag in der *Linde* und da ist er mir zufällig schon zweimal über den Weg gelaufen. Das heißt, einmal saß er mit Geschäftsfreunden an einem Tisch und beim zweiten Mal war ich schon da, als er reinkam."

„Und? Na, lass dir doch nicht jedes Wort aus der Nase ziehen. Was hat er gesagt?"

„Nichts Besonderes. Er hatte sich mit Investoren getroffen, da blieb keine Zeit für Small Talk und als er allein kam, haben wir nur allgemeine Höflichkeitsfloskeln ausgetauscht. Wir wollten uns in Ruhe treffen. Aber er sieht noch genauso gut aus wie damals. Das habe ich festgestellt."

Fritzi musste laut loslachen. „Das ist doch mal was!"

„Nee, nee. Das ist gar nichts. Das war nur eine Feststellung."

„Ja, das würde ich auch für gut befinden. Sven ist verheiratet und hat zwei Kinder. Nicht, dass du noch eine weitere Baustelle aufmachst."

„Nein, mach ich nicht. Er hat ein paar Sätze darüber verloren. Es ist Laura Schwarz vom *Berghotel*, ich weiß." Annis

Mund stand trotzdem offen. „Wenn ich an jede gedacht hätte, aber nicht an Laura. Hat mich wegen ihr, der alte Hoferer weggeschickt? Das kleine *Berghotel* war doch auch nicht so viel mehr als die Seeperle. Warum hat er mich so abfällig behandelt? Ich blicke noch nicht durch."

„Das weiß ich auch nicht. Die haben ihre Hochzeit über mehrere Tage gefeiert. Alles, was Rang und Namen hatte, war dabei. Pompös einfach. Vielleicht kaufte sich der Alois damals bei den Hoferers ein. Wer weiß das schon. "

„Na, dann muss es den Hoferers doch eigentlich prächtig gehen", stellte Anni nach außen fest, obwohl sie es besser wusste. Sie wollte jetzt vom Thema ablenken und nicht das Hotel *Hoferer* in den Mittelpunkt rücken. Rasch erhob sie sich und schlüpfte in die Schlaufen ihres Rucksacks. Das Thema musste jetzt gewechselt werden.

Fritzi schaute sie kopfschüttelnd an. „Das glaube ich nicht. Die Spatzen pfeifen von den Dächern, dass das *Hoferer* Hotel am Ende sei. Irgendeiner von der Bank im Landkreis hat den Mund nicht halten können, so erzählt man sich, und der Vater von Laura, Alois Schwarz, soll sich auf sein *Berghotel* zurückgezogen haben. Andere sagen, er sei dement. Einige glaubten bisher, dass er gebürgt hätte, aber andere vermuteten, dass er das eigentlich mit dem kleinen *Berghotel* gar nicht konnte. Es sollen wohl zwei bis drei Millionen gewesen sein. Wer da alles seine Hände im Spiel hatte, das wusste man nicht."

„Also vorstellen, dass der Berg-Hotelier für so viel Geld geradestehen konnte, kann ich mir auch nicht." Anni hielt kurz an und verharrte im Schritt. Ihr ging plötzlich ein ganzer Kronleuchter auf. Sie wusste nun, wonach sie suchen musste, wenn sie sich wieder mit den Akten beschäftigte. Das war der Hammer. Eine von langer Hand vorbereitete Geschichte. Sie setzte abrupt ihre Wanderung fort. Dabei stampfte sie energisch mit den Füßen auf, was aber auf dem Waldboden nicht so sichtbar zutage trat, als wenn sie auf einen geteerten Weg gehen würde.

Fritzi lief mit angepassten Schritten neben ihr her. „Wir müssen noch etwa einen Kilometer gehen und dann geht es runter nach Tegernsee Stadt", sagte sie, um den Gesprächsfaden wieder aufzunehmen.

„Ich weiß, meine Gute. Ich freue mich, wenn wir unten sind."

Sie hatten Glück, denn als sie ankamen, wurde ein Tisch frei. Rasch setzten sie sich hin. Das *Bräustüberl* war ein Gasthaus, das weit über die Grenzen bekannt war. Ein traditionell bayerisches Gericht, oder eine Brotzeit und ein frischgezapftes Bier des *Herzoglich bayerischen Brauhauses*, waren nach einer mehrstündigen Wanderung ein absolutes Muss und ein Abschluss, der den Tag abrundete.

2023
Benjamin Köster
Zu Besuch in Bad Wiessee

Benjamin Köster saß auf der Terrasse des Hotels *Bergblick* und ließ seine Augen über den unter ihm liegenden See schweifen.

Dieser Ausblick war einfach traumhaft. Dennoch überlegte er schon seit gestern, ob er nicht lieber wieder abreisen sollte. Wer wusste, wie lange die Spezialisten in seiner Kindheit rumbuddelten. Er verplemperte zwar hier am Tegernsee nicht seinen Urlaub für gar nichts. Er konnte ihn genießen und wandern gehen, aber diese Warterei fand er trotzdem sehr unangenehm. Sein Smartphone kündigte eine WhatsApp an.

„Hallo, Herr Köster, ich habe gehört, dass Sie mich sprechen wollen. Wenn es recht ist, dann schlage ich den Biergarten der Linde *vor. Heute Nachmittag um fünfzehn Uhr. Ich warte direkt am Eingang auf Sie. Trage eine weiße Jeans und ein rotes Top. Beste Grüße, Anni Obermaier."*

Er antwortete: *„Ich werde da sein. Danke."*

Mehr Worte brauchte es nicht, fand er. Am Nachmittag fuhr er hinunter zum See, suchte einen Parkplatz und schlenderte die Uferstraße lang, bis er die gelben Sonnenschirme der *Linde* sah. Er hatte noch etwas Zeit und setzte sich auf eine Bank. Was wollte er von Anni Obermaier? Sie war vielleicht seine Cousine, die Tochter des Bruders seines Vaters. Sein Onkel Josef, den er nie kennengelernt hatte. Warum glaubte der Anwalt ihm und seiner Mutter nicht?

Er sah sie schon von der anderen Seite aus. Er war der Meinung, dass die Frau, die neben dem Eingang stand, Anni sein musste. Sie sah zumindest suchend um sich. Was er sah, kam bei ihm sympathisch an.

„Sie sind bestimmt Anni Obermaier", sagte er mit einem Lächeln. Dabei streckte er ihr die Hand zu Gruß hin.

Sie reichte ihm ihre. „Ja, die bin ich. Und Sie sind also mein Cousin Benjamin Köster."

„Ja, ich freue mich sehr, dass wir uns kennenlernen können. Es ist schön, Familie zu haben. Vielleicht."

Sie setzten sich an den erstbesten freien Tisch. Der Kellner brachte ihnen ein Aperol Spritz.

„Hast du ... Ich darf doch du sagen?", fragte Anni. „Entschuldige, dass ich so direkt bin.

„Aber ja doch, ich bin Benjamin. Was wolltest du mich fragen?"

„Hast du keine Familie auf Usedom?"

Sein Blick verdunkelte sich und seine Gesichtszüge wurden nachdenklich. „Nein, ich habe keine Familie mehr, glaube ich. Meine Mutter starb vor zwei Jahren, mein Vater, als ich noch ein sehr kleiner Junge war."

„Und Großeltern? Hast du keine Großeltern kennengelernt?" Anni malte mit dem Zeigefinger die Karos auf der Tischdecke nach. Irgendwie tat er ihr leid. Sie hatte wenigstens ihre Eltern für eine gewisse Zeit.

„Nein. – Jetzt wo du das fragst: Ich kenne keine Großeltern. Meine Mutter hat nie von irgendwelchen Familienmitgliedern gesprochen. Keine Onkels, keine Tanten, keine Nichten. Keine Fotos, keine Erzählungen, auch keine Fotos von meinem Vater." Benjamin stockte und hinter seiner Stirn schien es zu arbeiten. „Warum habe ich das nie hinterfragt? Warum wollte ich nie wissen, warum wir beide so allein waren?"

Er schwieg einen Moment.

„Aber sag, wie war es bei dir?", wollte er nun wissen.

Anni zog an ihrem Röhrchen und nahm einen Schluck des erfrischenden Aperol. „An die Großeltern mütterlicherseits kann ich mich noch erinnern. Sie waren wunderbare, liebe Menschen, sind aber auch viel zu früh gegangen. Zum Glück hatte ich als Kleinkind meine Eltern. Meine Mutter starb leider an Krebs, aber meinen Vater durfte ich noch einige Jahre behalten. Einzig die liebe Grete, die hat den Familienfrieden versaut. Aber das ist eine ganz lange Geschichte. Die erzähle ich dir ein anderes Mal, nicht heute bei dem schönen Wetter."

Benjamin lachte. „Okay. Dann genießen wir den Tag und feiern die Überreste einer Familie. Vielleicht!"

„Ja, genau. Was machst du beruflich, Benjamin?"

„Ich bin ein Wetterfrosch für den Flugverkehr. Und du?"

„Ich arbeite für eine Unternehmensberatung."

„Das klingt interessant. Was machst du genau?"

„Kommt darauf an. Manche Unternehmen buchen uns, um die Einsparpotenziale herauszuarbeiten. Andere, um den Konkurs abzuwenden, und wieder andere sind zu spät dran, da prüfen wir, was noch zu retten ist und oder wickeln ab."

„Oh, da feiern wir doch lieber", beendete Benjamin das etwas ernste Thema. Er kannte sich damit nicht aus.

„Das machen wir. Ich habe jetzt Hunger, wollen wir hier bestellen?" Während er nickte und zur Speisekarte griff, die auf dem Tisch lag, betrachtete sie ihn noch einmal in aller Ruhe. Sein modisch, mit akkuratem Seitenscheitel geschnittenes Haar leuchtete hellbraun und funkelte mit den Augen um die Wette. Er war schlank und mittelgroß. Sein Körper wurde von ihm bestimmt sportlich in Schuss gehalten. Heute war er mit einer dunkelblauen Jeans und einem weißen Poloshirt bekleidet. Was sie sah, gefiel ihr ausnahmslos gut, wirkte sympathisch und nett.

Sie erinnerte sich an die Hinweise von Lukas Schneider, auf eventuelle Ähnlichkeiten. In seinem Gesicht und in seinem Wesen suchte sie nun nach bekannten Gewohnheiten von Grete oder Vater Josef. Grete hatte sich immer an den Hals gefasst und ihre Augen konnte sie ganz weit aufmachen. Ihr Vater hingegen hatte sich immer mit der Hand über die Wange gestrichen. Und was Paul für Angewohnheiten hatte, das wusste leider niemand von ihnen. Aber auch der Schritt, die Bewegungen von Benjamin erinnerte sie nicht, diese bei ihrem Vater oder Grete gesehen zu haben. Sie fand absolut nichts und fragte sich, wie es weitergehen würde, denn da war plötzlich einer aus dem Norden. Einer, der einen interessanten Beruf hatte, der auch noch gut aussah, aber keine Ähnlichkeit hatte. *Also wenn er nicht mit mir verwandt wäre*, dachte sie, *dann würde ich mit ihm flirten.* Schnell hielt sie inne. Was hatte sie nur für merkwürdige Gedanken. Sie musste schmunzeln. Da war Fabian, ihr Freund und Lebenspartner. Auch Sven brachte eine zarte Saite zum Klingen, wenn auch nur ein bisschen, vielleicht in Erinnerung an eine romantische Zeit. Und Lukas Schneider war auch noch da. Das fehlte noch, dass sie vier Männer um sich herumhatte, über die sie sich so ihre Gedanken machte. Auf jeden Fall war es ein amüsanter, auch informativer Nachmittag und ein schöner Abend. So gut hatte sie sich mit Ausnahme von Fritzi schon lange nicht mehr unterhalten. Sie wollten in jedem Fall in Kontakt bleiben, und würden gespannt auf die Lösung der Identitätsfrage warten. Höflich wie er war, brachte er sie über die Seepromenade zurück zu ihrer Ferienwohnung und verabschiedete sich wie ein kleiner Bruder von ihr. „Auf Wiedersehen, Anni. Es war mir eine Freude, dich kennenzulernen."

Mit einem Schmunzeln winkte sie ihm zum Abschied zu.

2015
Anni
Stadthotel München

Seit zwei Jahren arbeitete Anni schon im Stadthotel für Ludwig Loibl, aber es hatte sich für sie noch nichts wesentlich geändert. Antonia hingegen hatte es geschafft, sich in kleinen Schritten nach vorne zu schieben, und war nun in die Position der ersten Servicekraft aufgestiegen. Anni dagegen wurde von Loibl auf allen niedrigen Positionen hin und her delegiert. Anni vom Tegernsee schloss die Lücken, die sich durch Urlaub und Krankheit auftaten. Was nützte ihr das Lob ihres Chefs, dass er froh sei, sich auf sie verlassen zu können? Es zementierte den Stillstand und brachte sie kein Stück weiter. Wenn sie sich selbst betrachtete, dann stellte sie fest, dass sie in München auch nicht ihr Können unter Beweis stellen konnte. Sie machte dasselbe wie in der *Seeperle*, mit Ausnahme der körperlichen Attacken von Tante Grete.

„Anni, was ist los? Du bist so still", fragte Antonia, als sie in der Kantine das Abendessen zu sich nahmen.

„Ich habe über mich, meine Arbeit und meine Karriere nachgedacht."

„Und? Zufrieden?"

Anni stieß zwischen den Zähnen ein gepresstes Lachen aus. „Warum führst du mich vor, Antonia?"

„Das mache ich doch gar nicht."

„Nein? Deine letzten drei Beförderungen, vom Zimmermädchen bis zur Spitzenposition im Service, sind nicht von allein gekommen. Du hast teilweise meine Arbeit als die deine präsentiert. Und du fragst mich, ob ich zufrieden bin?" Anni schnitt sich ein Stück von ihrer belegten Brotscheibe ab und schob es in den Mund.

„Du spinnst doch", rief Antonia. „Du scheinst unter Verfolgungswahn zu leiden. Ich brauche deine Lorbeeren nicht, um meine Karriere voranzutreiben. Denk lieber nach. Du bist schon am Tegernsee auf keinen grünen Zweig gekommen. Wie sonst kann es sein, dass man da, wo die Urlaubs- und Luxushotels stehen, keinen verantwortungsvollen Job findet?" Antonia stand auf. Eine Antwort wollte sie nicht mehr hören. Sie verließ grußlos die Kantine.

Anni blieb bei diesen Worten das Brot, im übertragenen Sinne, im Halse stecken. Hatte Antonia den Finger in die Wunde gelegt? Hatte sie recht mit ihrer Anschuldigung? War sie selbst schuld, an ihrem Stillstand, oder lag es daran, dass sie gewohnt war, alles hinzunehmen? Schließlich hatte sie es nicht anders gekannt. Anni hatte keinen Hunger mehr. Sie packte alles zusammen, stellte das Tablett auf den Wagen und ging.

Am nächsten Morgen kam Ludwig Loibl in die Küche. Anni war gerade dabei, die Wurstplatten zu richten, während sie zwischendurch schon die Thermoskannen mit Kaffee befüllt hatte. Es fehlten nur noch Käse und Quark. Alles andere hatte sie bereits aufgebaut.

„Guten Morgen, Anni. Du warst aber schon fleißig. Es ist erst kurz vor sechs." Er lächelte sie bewundernd an.

Anni antwortete nicht. Es war etwas, was sie jeden Tag zur selben Zeit, mit derselben Präzision erledigte.

„Anni, ich bin sehr zufrieden mit dir. Du bist jetzt schon an die zwei Jahre hier, warst immer pünktlich zur Stelle und machst eine richtig gute Arbeit."

„Ja, das weiß ich, Herr Loibl. Ich hatte aber gehofft, dass ich irgendwann von Ihnen die Chance bekomme, mich weiterzuentwickeln. Zimmermädchen, Frühstücksmamsell und Küchenhilfe konnte ich vorher schon. Um den Service nicht zu vergessen, den beherrsche ich auch aus dem Effeff."

Ludwig kratzte sich am Kopf. Diese Direktheit war ihm unangenehm. Er wusste um das Dilemma. Er hätte auch viel lieber Anni gefördert, aber Antonia war die Tochter seines besten Freundes aus Kindertagen. Das konnte er nicht machen, die Antonia hintenanstehen lassen, zumal sie früher als Anni angefangen hatte. „Ich verstehe deine Ungeduld. Ich bin dabei, eine Lösung zu finden. Die Stellenausschreibungen für deine jetzige Arbeit gebe ich in Kürze auf und wenn wir jemanden gefunden und eingearbeitet haben, dann habe ich andere Aufgaben für dich. Ich möchte dich an der Rezeption und in der Buchung haben."

Antonia stand schon eine Weile an der Tür und hatte das Gespräch mitbekommen. Andere Aufgaben hatte er, schau an. Gut, dass sie das gehört hatte. Die Rezeption! Und weil das nicht genug wäre, sollte auch noch das Büro dazukommen. Sie drehte sich wütend um und ging. Es war besser, wenn sie niemand sah. Am Abend diskutierte Antonia leise mit Sepp, dem Koch, in der hintersten Ecke der Küche. „Sehen wir uns heute Abend?", wollte sie von ihm wissen.

„Weiß noch nicht. Ich muss nach Hause zu meiner Frau."

„Aha. Du musst?" Unauffällig öffnete sie den obersten Knopf ihrer weißen Bluse und zog sie vorsichtig auseinander, sodass er freien Blick hatte. Ihre Zunge fuhr über die Lippen und signalisierte ihm pures Vergnügen. „Du musst ja nicht die ganze Nacht bleiben, aber schön wäre es doch, oder?"

Sepp standen schon die Schweißperlen auf der Stirn. In seine Hose kam Bewegung. „Mal sehen, ich versuche auf jeden Fall, bei dir vorbeizukommen. Ich muss jetzt aber wieder."

„Noch einen Moment, Sepp. Anni könnte ein bisschen mehr Arbeit und Drill vertragen." Sie schickte ein Augenzwinkern hinterher und schob den Oberkörper näher an ihn ran.

„Warum willst du, dass ich sie härter rannehme? Sie macht doch ohne Wenn und Aber ihre Arbeit?"

Antonias Augenaufschlag und das stumme Angebot, ihr kurz in die Bluse zu greifen, ließen ihn verstummen. Er konnte nur nicken und seine Hand dahin schieben, wo er seit Minuten hinstarrte. Er schaute sich schnell um und überzeugte sich, dass sie noch allein in der Küche waren. Dann griff er nach ihrer Hand und zog sie die wenigen Stufen hinunter in den Keller. Er konnte und wollte sich nicht mehr beherrschen und stellte sie mit dem Rücken zur Tür, damit niemand hereinkommen konnte.

Anni stand im kleinen Nebenraum an der Geschirrspülmaschine. Durch den kleinen Türspalt konnte sie sehen, dass Antonia und Sepp gestikulierten und diskutieren und dann sah sie auch, dass sich die beiden näherkamen, als es unter Kollegen schicklich wäre. „Da schau einer an", flüsterte sie.

Sie konnte allerdings nicht verstehen, worüber sie sprachen. Dazu war sie zu weit weg. Und als er Antonia an der Hand Richtung Kellertür zog, wusste Anni definitiv, was Sache war. Es interessierte sie normalerweise nicht, wer mit wem oder auch nicht. Sie wollte nur vorsichtig sein und mit niemandem vertrauliche Gespräche führen, die schnell in die falsche Richtung getragen werden könnten. So auch ihre kleine Diskussion mit Antonia am gestrigen Abend. Ihr Mund würde künftig verschlossen bleiben.

Anni begann mit den täglichen Vorarbeiten für den Mittagstisch. Sie schnitt Schnittlauch und hackte Petersilie. Dann putzte sie Salat, schnitt Tomaten, Gurken und Radieschen. Und dann kam Sepp um die Ecke. Er schaute über den Arbeitstisch und betrachtete die in Reih und Glied aufgestellten Schüsseln. Anstatt aber zu zeigen, dass er mit ihrer Arbeit zufrieden ist, keifte er los. „Wieso bist du noch nicht fertig? Es ist schon gleich zehn Uhr und wir haben noch viel zu tun. Schäl die Kartoffeln und Zwiebeln!" Sein Ton war im Gegensatz zu sonst rüde und Anni konnte sich des Gedankens nicht erwehren, dass es Antonias Werk sein könnte und sie ab sofort einen schweren Stand in der Küche haben würde. Aber warum?

Anni hatte richtig vermutet. Die Arbeit in der Küche wurde zum täglichen Spießrutenlauf. Sie wurde nur noch angetrieben, angeschrien und die Überstunden häuften sich. Eines Tages war sie so genervt und so müde, dass sie völlig unüberlegt durch die Hintertür aus der Küche rannte. Sie wollte schnell über den Hof und dann auf ihr Zimmer. In ihrer Hektik stieß sie mit einem Mann zusammen, der gerade mit einer Aktentasche unter dem Arm vor ihr stand. Sie hatte ihn nicht gesehen. Die Tasche flog runter und als sie sie beide aufheben wollten, stießen sie ihre Köpfe zusammen.

„Entschuldigung, das wollte ich nicht. Ich war sehr unaufmerksam", erklärte Anni, während sie sich langsam aufrichtete.

„Sie sehen eher gehetzt aus. So, als ob Sie gerade davonlaufen wollten. Hat man Ihnen weggetan?"

„Nein, nein. Alles in Ordnung. Danke der Nachfrage."

„Kann ich Ihnen nicht doch irgendwie helfen? Sie sind blass und wirken hilfsbedürftig."

Anni lächelte. „Nein, wirklich nicht. Es war nur etwas stressig gerade." Anni drehte sich langsam weg. Das fehlte noch, dass der Geschäftspartner und Freund des Chefs sah, wie es ihr ging. Sie musste sich zusammenreißen.

Die Tür zum Hotel öffnete sich und Ludwig Loibl kam heraus. „Ah, da bist du ja, Alexander. Ich habe schon auf dich gewartet. Komm und lass dich begrüßen."

Anni hatte sich bereits im Rücken von Ludwig davongeschlichen. Sie hätte sich mehr zusammenreißen müssen, anstatt loszulaufen. Sie musste noch arbeiten, würde aber heute auf einen pünktlichen Feierabend bestehen. Sie war ausgelaugt und brauchte ihren Schlaf.

„Wo warst du?", schrie Sepp. „Du kannst doch nicht einfach weglaufen, wenn hier die Hütte brennt! Schneide fünfzig Schnitzel. Wir haben eine Reisegruppe. Aber ein bisschen flott, wenn ich bitten darf!"

„Entschuldige, ich musste mal." Anni ging ins Kühlhaus und holte das Fleisch. Dann griff sie zum Messer. Während sie die ersten Schnitzel abgeschnitten und übereinandergelegt hatte, fingen ihre Knie an zu schlottern. In ihrem Kopf drehte sich alles. In den Ohren begann es zu rauschen, die Übelkeit stieg in ihr hoch. Sie musste sich am Tisch festhalten. Das Messer umschloss sie mit der Hand so sehr, bis die Knöchel weiß wurden. Es war ein Reflex, sich daran festzuhalten und nicht loszulassen. Von Weitem hörte sie Sepp schreien und mit den Armen fuchteln. Dann wurde es schwarz vor ihren Augen und sie viel in ein tiefes, tiefes Loch. Sie dachte nur noch: *Gut, dass alles endlich vorbei ist.*

„Chef, Chef", schrie einer der Küchenhelfer. „Anni liegt da und das Messer … Chef komm schnell, sie blutet."

Der junge Mann hatte so laut geschrien, dass Alexander und Alois angerannt kamen. Beide beugten sich über sie. „Den Verbandskasten, schnell", schrie Loibl. Alexander hatte sich die Jacke ausgezogen und legte sie sanft unter den Kopf von Anni. „Ruft einen Krankenwagen und einen Notarzt. Das sieht nicht gut aus. Was ist da bloß geschehen?" Loibl schüttelte den Kopf.

2015
Hotel *Hoferer*
Bad Wiessee

Heute war der große Tag. Es wurde eine pompöse Hochzeit gefeiert. Sven und Laura gaben sich das Jawort in der katholischen Kirche *Maria Himmelfahrt*. Es hatte länger gedauert, bis alles in trockenen Tüchern war. Die Kredite waren genehmigt, der Ehevertrag unterschrieben. Das eigene Haus auf dem Areal des Hotels war renoviert und die Eltern inzwischen in ein Nebengebäude gezogen. Zu den Feierlichkeiten wurde alles eingeladen, was im Tal Rang und Namen hatte, und so zogen sich die Festivitäten über das ganze Wochenende hin. An Sven war das ganze Prozedere vorbeigelaufen wie auf einer großen Leinwand. Er schaute von außen mit Distanz zu und fühlte sich kein bisschen beteiligt.

Seine Ehefrau Laura versuchte über die anstrengenden Tage alles, damit er zufrieden sein konnte, das spürte er. Aber es kam emotional nicht bei ihm an. Ein schlechtes Gewissen hatte er, wenn er an die kommende Hochzeitsnacht, den Abschluss dachte. Er würde am liebsten mit einer Ausrede verschwinden.

Sie verließen an diesem Abend gegen Mitternacht gemeinsam die Festlichkeiten und liefen über den Park in ihr neues Zuhause. In der Halle blieb sie kurz stehen und schaute ihn an. „Möchtest du noch was trinken, oder kommst du mit hoch?" Laura blickte auf den Boden.

„Geh schon mal vor, ich komme nach."

Sie nickte, raffte den Rock ihres Brautkleides und schritt die Treppe hoch.

Sven schlurfte ins Wohnzimmer und goss sich einen Whisky ein. Dann löste er die Fliege, zog sein Jackett aus, nahm sein Glas und schlich in sein Büro am Ende des Flurs. Dort ließ er sich in seinen Schreibtischsessel fallen und nahm einen Schluck. *Ich kann da nicht hinauf und schon gar nicht ins Schlafzimmer. Sie ist nicht die Frau, die bei mir Emotionen auslösen kann*, dachte er. Er hatte es von Anfang an gewusst, als sein Vater Max ihn in diese Ehe hineinmanövriert hatte. Er hatte ihm damals schon teilweise aufgezählt, was er nicht an ihr mochte, und daran hatte sich in den vergangenen Monaten nichts geändert. Er würde seiner Frau erklären müssen, dass es lediglich eine Lebensgemeinschaft ohne gegenseitige Verpflichtungen sein würde, denn sie sollte trotz Ehe ein freies Leben führen können. Aber würde sie das verstehen? Er hatte eher den Eindruck, dass sie ihm verliebt hinterherschaute, ihn gar anhimmelte.

„Was mache ich nur?", flüsterte er. „Heute ist die Hochzeitsnacht. Kann ich sie einfach links von mir liegen lassen, im wahrsten Sinne des Wortes?", fragte er sich. Er trank sein Glas leer. Er musste nach oben gehen und vielleicht schliefe sie ja schon. Wenn nicht, würde er sich was einfallen lassen. Zu viel Alkohol wäre ein Argument.

Sven verließ sein Büro und lief nach oben. Leise öffnete er die Schlafzimmertür. Das Licht war gedimmt. Es sah aus, als ob Laura schlafen würde. Also schlich er sich auf seine Bettseite. Zog Hemd, Hose und Socken aus und ließ sich ins Kissen fallen. Rasch löschte er das Licht. Es dauerte auch nicht lange, bis eine Hand über seinen Rücken fuhr und ihn streichelte. Er stellte sich schlafend. Doch sie hörte nicht auf. Im Gegenteil. Sie rückte immer näher an ihn ran. Er spürte ihre Haut und überlegte, ob sie wohl gar nichts mehr anhatte. Zumindest fühlte er keinen Stoff. Das glaubte er zwar nicht, aber allein schon die Vorstellung ließ ihn wegrutschen. Laura küsste seine Schulter und versuchte zärtlich, seinen Kopf in ihre Richtung zu drehen.

Er setzte sich auf und machte das Licht an. Zuerst erschrak er. Seine ihm angetraute Gattin hatte nur ein dünnes, fast durchsichtiges Oberteil in Rosa an. Unter die Decke wollte er nicht schauen. Rasch setzte er sich auf die Bettkante. „Laura, ich muss dir was sagen." Er machte eine Pause, spürte, dass es ihm schwerfiel, aber es musste sein. „Unsere Väter haben unsere Ehe arrangiert, mit Geld, Verträgen und Absprachen. Ich wollte das lange Zeit absolut nicht, war strikt gegen dieses Arrangement, das anmutet, als lebten wir noch im neunzehnten Jahrhundert. Alles in allem passt es nicht zwischen uns, kann ich das nicht in Gänze in Worte fassen. Ich kann nichts für dich empfinden, fühle keinerlei Anziehung. Aber wir werden aneinander gekettet sein auf Gedeih und Verderb. Das Geld ist das Einzige, was uns in der näheren und mittleren Zukunft bindet. Heute Nacht wollte ich dir das nicht sagen. Nur, es blieb mir jetzt keine Wahl, wenn ich dich nicht in der Hochzeitsnacht einfach nur sexuell benutzen oder ohne Grund abweisen wollte. Entschuldige meine Klarheit."

Und dann ging er Richtung der Tür, um das Schlafzimmer zu verlassen. Er sah noch, ehe er die Tür hinter sich zuzog, wie sie aufschluchzte und ihr die Tränen über das Gesicht liefen. So, wie er jetzt in diesem kurzen Moment ihr Gesicht wahrnahm, hätte er sie gerne in den Arm genommen und getröstet, wollte aber nicht, dass sie ihn falsch verstand.

Er konnte ahnen, wie sehr Laura darauf gewartet, und wie viel Hoffnung sie in diesen Abend hineingelegt hatte. Er fragte sich auch, ob sie nicht doch von ihrem Vater bezüglich der Finanzen in Kenntnis gesetzt worden war. Er hatte ihr dennoch sehr wehgetan, und konnte nichts dagegen tun.

Den Rest der Nacht verbrachte er in seinem Büro. Leise duschte er im Gästebad und zog sich sorgfältig an, um im Hotel seiner Arbeit nachzugehen.

Als er die Mitarbeiter an der Reservierung begrüßt hatte, brachte ihm eine Mitarbeiterin der Küche einen Kaffee. Er hatte keinen blassen Schimmer, wie die zwischenmenschliche Zukunft mit Laura aussehen könnte, zumal das Hotel seine ganze Aufmerksamkeit abverlangte. Er musste Entscheidungen treffen, und das nun vorhandene Kapital gut einsetzen. Er fragte sich, ob er sich dazu einen Berater holen sollte, weil er sich keinen Fehler mehr erlauben durfte. Er hatte schon einmal gedacht, mit einem Kredit den Umsatz nach oben bewegen zu können.

Die Tür öffnete sich und mit drei Schritten stand Alois mitten im Büro. „Wieso seid ihr nicht unterwegs? Ich dachte, eine kleine Hochzeitsreise nach Bozen steht an."

Sven antwortete mit einer Gegenfrage. „Und was machst du hier in meinem Büro, während ich vermeintlich weg bin?"

Alois fuhr sich verlegen über das Kinn. „Ich wollte nur sehen, ob hier auch gearbeitet wird. Ist immerhin, im übertragenen Sinne, auch mein Geld im Einsatz." Ein glucksendes Lachen folgte.

„Alois, du hast in meinem Büro nichts zu suchen, es sei denn, du bist mit mir verabredet. Und dein Geld arbeitet hier nicht, noch nicht. Also halte dich von meinen Entscheidungen fern."

Die Tür öffnete sich erneut. Max stand da, hatte die Klinke in der Hand. „Was machst du hier, Sven? Ich denke, ihr seid verreist."

Sven entwich ein zynisches Lachen, das immer lauter wurde und nicht mehr aufhören wollte. Sein Vater und sein Schwiegervater schauten ihn an, als würden sie an seinem Verstand zweifeln. „Was machst du hier, Vater? Ich bin doch eigentlich gar nicht da, oder?"

„Gerade deswegen wollte ich nach dem Rechten schauen. Das hättest du doch von mir erwartet."

„Nein, und nochmals nein! Du hast hier keine Aufgaben mehr. Auch dann nicht, wenn ich nicht da bin."

Sven stand auf und stellte sich vor die beiden hin. „Das gilt für euch beide. Ihr habt hier nichts zu suchen. Es ist mein Job, ganz allein mein Job und ich bin der alleinige Geschäftsführer." Er schrie mittlerweile und war stinksauer. Was wäre das geworden, wäre er tatsächlich nach Bozen gefahren? Hätten die beiden irgendwelche Veränderungen ausgelöst, die sie für gut befunden hätten, er aber nicht? Was hätte da nicht alles schief gehen können.

„Euch kann ich nicht vertrauen. Ihr versucht, auf die Geschäfte Einfluss zu nehmen, und das ist ganz bitter. Es ist ein Zeichen, dass ihr mir nicht zutraut, den richtigen Weg einzuschlagen. Schade, gerade bei dir, Vater, hätte ich das nicht erwartet."

Max' Augen wurden feucht. Sein Sohn hatte recht. Er war für die Familie eine Ehe eingegangen, die er nicht wollte und sie beide hatten nun unabhängig voneinander versucht, sich in seiner Abwesenheit in die Geschäfte einzumischen.

„Es tut mir so leid, mein Sohn. Du hast recht. Ich hätte nicht herkommen dürfen. Es war der Sorge um das Hotel, dem Erbe meines Vaters, geschuldet. Entschuldige, es kommt nicht wieder vor. Ich verspreche es." Er strich Sven über den Arm. Dann drehte er sich Alois zu. „Aber du, Alois. Was machst du hier? Für dich sehe ich keinen Grund."

Alois verschränkte die Hände über seinem Bauch. „Ich schon. Ich habe für ein paar Millionen unterschrieben. Das ist Grund genug, finde ich."

„Es ist kein Grund. Du bist nicht in der Geschäftsführung. Das bin nur ich. Auch wenn du unterschrieben hast." Sven deutete mit der Hand auf die Sitzgruppe. „Und nun setzt euch beide hin. Ich lasse euch auch einen Kaffee bringen und dann habe ich euch etwas mitzuteilen."

Nachdem der Kaffee serviert war und sie wieder allein waren, legte Sven seine Hände gegeneinander. Es fiel ihm nicht leicht. „Wir sind nicht auf Hochzeitsreise, weil wir keine Hochzeitsnacht hatten und weil ich Laura ehrlich gesagt habe, dass ich sie nicht liebe, wir in Absprache von euch beiden gegen Geld vermählt wurden. Sie weiß, dass ich sie nicht begehren kann. Sie weiß auch, dass wir wegen der ganzen Verträge verheiratet bleiben müssen. Wie es mit unserem Zusammenleben künftig aussehen wird, ahne ich selbst noch nicht. Ich kümmere mich jetzt um die Belange des Hotels, und zwar ohne euer Hintenherum."

„Mein armes Mädchen." Alois schlug sich die Hände vor sein Gesicht. „Was habe ich ihr damit angetan und das alles nur, weil ich Edelhotelier werden wollte. Und was habe ich stattdessen? Eine Tochter, die unglücklich ist und auch im

Geschäft nichts zu sagen hat." Er erhob sich, schüttelte den Kopf, hob kurz die Hand und verließ das Büro.

Max erhob sich auch. „Entschuldige nochmals. Und noch etwas, da sind noch mehr Hotels, eine Kuranlage, und ein städtisches Gebäude, die weiter unten am See verkauft werden. Wenn das so weitergeht, dann gibt es weitere Baulücken. Die Frage wird sein, wer daran Interesse hat. Ich wollte dir das nur gesagt haben. Falls ich was rausbekomme, dann erfährst du das sofort."

„Danke, Papa. Noch eine Frage habe ich. Hast du was aus dem Bauamt erfahren können? Ich sollte wissen, ob ich die Appartements planen kann. Diesen Teil haben wir vor der Hochzeit noch ausgespart. Aber ich brauche ein Ergebnis, damit ich alles bewältigen kann."

„Nein, noch nicht. Ich fahre noch mal zum Rathaus."

„Ja, mach das und denke auch an die Banken hier am See, Papa. Die Finanzierung muss stehen, wenn die Genehmigung da ist."

Bis gegen Mittag arbeitete Sven an seinem neuen Konzept, das er jedoch immer wieder veränderte und neu ausrichtete. Er spürte selbst, wie unsicher er war. Die ganze Zeit musste er daran denken, wie stolz er gewesen war, als er damals glaubte, mit der Renovierung und der Werbung alles richtig gemacht zu haben, um dann von seinem Vater zu hören, dass alles verpufft war, weil die Kunden erneut weggeblieben waren. Zweihundertfünfzigtausend weg und neue Sorgen an gleicher Stelle, oder auch alte Sorgen waren wieder da. Egal wie er es drehte und wendete. Er hatte jetzt die Einlagegelder und den Drei-Millionen-Kredit und damit musste er den großen Wurf landen.

Die Tür öffnete sich und Laura trat ein. Mit versteinerter Miene setzte sie sich ihm gegenüber an den Schreibtisch und schaute ihn schweigsam an.

„Laura, was machst du hier?"

„Das hier ist der Platz, weswegen ich Laura Hoferer heiße, richtig? Und es ist nun so, dass du mich nicht lieben und nicht anfassen kannst. Richtig?"

Sven schaute sie an. Er hatte ehrlichweise noch nie so intensiv ihr Gesicht betrachtet wie gerade jetzt. Es schien ihm gar nicht mehr so hart und kantig und die Nase war auch nicht so groß, wie er sie bisher wahrgenommen hatte. Ihre Haare waren an diesem Morgen nicht stumpf. Sie legten sich in einem glänzenden Nachtblau, leicht und locker mit Seitenscheitel und Pony um den Kopf, über die Schulter und den Rücken, bis fast zur Hüfte. Ihren Mund fand er heute eher zierlich als zu schmal.

„Ja, das ist so, wie du sagst. Es tut mir auch leid, wie ich schon ausgeführt habe, aber die Umstände zwangen mich dazu. Es geht um meine Eltern und unser Erbe."

„Um euer Erbe? Und ich soll das alles bezahlen? Mit viel Geld und mit meiner persönlichen Freiheit. Auf Gedeih und Verderb, hast du gesagt. Wie stellst du dir das vor?"

Sven fuhr sich durch die Haare. „Ich dachte, dass jeder von uns sein freies Leben führen kann. Offiziell haben wir unser Haus und unsere Arbeit in den beiden Hotels."

Laura schüttelte den Kopf. „Das würde bedeuten, dass wir beide betrügende Ehepartner wären, die sich nur für den Alltag und die Repräsentationen treffen und gegebenenfalls die finanziellen Dinge besprechen."

„Ja – so in etwa, dachte ich."

Laura schaute in schweigend mit traurigen Augen an. Er sah, wie sich ihre Augen mit Tränen füllten.

„Aber, Sven, das ist doch kein Leben. Immer lügen und aufpassen, dass es nach außen stimmt. Das ist unserer unwürdig."

„Hast du einen anderen Vorschlag, ohne dass wir die Betriebe gefährden? Denn vergiss nicht, dein Vater hat mit drei Millionen gebürgt."

„Ich weiß das jetzt von dir, ahnte lediglich, dass unsere Väter mauschelten und dennoch." Laura stand auf. „Ich hatte viel Zeit zum Nachdenken in meiner Hochzeitsnacht. Ich werde meine Pflichten als Frau Hoferer nach außen wahrnehmen. Ich werde, wie es dein Vater wünscht, als Frau des Hoteliers Hoferer agieren und mich auch hier, wenn nötig, einbringen. Aber viel mehr werde ich im Hotel meines Vaters arbeiten. Das ist *mein* Erbe. Persönlich gehe ich dir aus dem Weg, damit du nicht Schüttelfrost bekommst, wenn du deine Frau siehst. Aber du wirst mich sehen und kennenlernen, das verspreche ich dir."

Sven erhob sich. „Laura, ich weiß, wie sehr das schmerzt. Ich habe unseren Vätern gegenüber meine Bedenken vorgetragen, aber die wollten sie nicht hören. Beide waren stur und wollten ihre unterschiedlichen Ziele verfolgen. Sei es wie bei deinem Vater das Prestige als Hotelier, oder bei meinem der Familienbesitz. Bei beiden ging es um das liebe Geld. Ob wir beide das gut fänden, das spielte keine Rolle."

Laura schüttelte den Kopf. „Das mag für dich zutreffen. Mein Vater hatte mir berichtet, dass deine Eltern glücklich wären, wenn du eine gestandene Frau aus unserem Gewerbe heiraten würdest. Ob ich mir das vorstellen könnte, Frau Hoferer zu werden. Auf meine Bedenken hin hat er gesagt, dass aus einer Freundschaft meistens auch Liebe werden würde. Ja, ich stimme dir zu. Ich war blauäugig und meinem Wunschdenken verfallen. Ich hatte mich schon vor längerer

Zeit auf dem Waldfest in dich verliebt und dementsprechend eine rosarote Brille auf. Jetzt weiß ich, dass wir in den letzten Monaten immer nur oberflächliche Konversation betrieben haben. Die Strippen unserer Väter habe ich unterschätzt. Auch gehofft, dass wir uns in der anfänglich angedachten gemeinsamen Geschäftsleitung näher kommen würden. Und ja, ich weiß, dass ich nicht im Ansatz so gut aussehe wie Anni, die du liebst. Ich weiß das alles, kenne meine Benachteiligungen der Natur. Aber ich hatte gehofft, dass mein Vater recht behält und du wenigstens freundschaftliche Sympathien hegen könntest, und sich aus einer festen Freundschaft eines Tages so etwas wie Liebe und Zuneigung entwickeln könnte."

„Wie sollte es das, Laura? Mein Vater hat mir mit seinen Argumenten verboten, meine Liebe zu heiraten. Und ich hätte mich widersetzt, wenn Anni nicht über Nacht das Tal verlassen hätte. Ich war so sehr enttäuscht, dass mir die Ehe mit dir egal war. Was wäre ich aber für ein Mann, der wegen des Geldes die Gefühle über Bord wirft und sich einer neuen Frau zuwendet, auch wenn schon einige Zeit vergangen ist?"

Er ging auf Laura zu. „Ich weiß heute noch nicht, was die Zukunft bringt. Ich kann noch nicht ansatzweise erahnen, ob und wann ich meine Gefühle für Anni verändern kann. Vielleicht wenn wir lange genug zusammenleben, vielleicht ändert sich eines Tages etwas. Aber versprechen kann ich das nicht. Das Herz geht seinen eigenen Weg."

„Möglich, Sven. Vielleicht. Ich für meinen Teil werde unserem Haushalt vorstehen, wenn du Hilfe oder Zuspruch im Betrieb brauchst, da sein, und ansonsten findest du mich oben in unserem *Berghotel*." Sie drehte sich um, nickte ihm zu und verließ sein Büro.

2016
Anni
München

Anni öffnete langsam die Augen und versuchte sich zu orientieren. Ihre Hände strichen über eine Bettdecke und ihr Körper schmerzte. Sie drehte den Kopf, sah einen Infusionsständer und einen Schlauch, der mit ihrer Vene im Handrücken verbunden war. *Ich bin im Krankenhaus,* registrierte sie. Was war geschehen?

Die Tür öffnete sich und eine Krankenschwester betrat mit einem Tablett das Zimmer. „Hallo, Frau Obermaier, da sind Sie ja wieder. Sie haben lange geschlafen nach der Narkose. Ich habe Ihnen hier einen Tee und ein bisschen Abendbrot aufbewahrt." Sie lächelte freundlich und stellte alles auf den ausgeklappten Nachtisch, damit Anni mit dem Arm zugreifen konnte. „Soll ich noch das Kopfteil hochstellen, damit Sie sitzen können?"

„Ja, bitte, das wäre schön. Was habe ich eigentlich? Was ist geschehen? Mein Körper schmerzt und ich scheine am Oberkörper bandagiert zu sein."

„Ja, das stimmt. Ich sage dem Arzt Bescheid, dass Sie wach sind. Er kommt dann sicher gleich und wird Ihnen alles erklären."

„Danke." Anni schob sich langsam und unter Schmerzen hoch und nahm einen Schluck aus der Teetasse. Mit Heißhunger biss sie in die zurechtgeschnittene Brotscheibe. Es klopfte kurz, die Tür ging auf und ein Arzt im mittleren Alter kam herein. „Frau Obermaier, prima dass Sie wieder wach sind. Die Narkose hat lange nachgewirkt."

„Was ist passiert? Was habe ich eigentlich?"

„Können Sie sich an gar nichts erinnern?"

Anni dachte kurz nach. Dann schüttelte sie den Kopf. „Nein, meine letzte Erinnerung ist, dass ich in der Hotelküche Schnitzel geschnitten habe, und dass mir plötzlich schlecht wurde."

„Ja, genau. So war es. Und dann sind Sie zusammengebrochen, und haben sich beim Fallen, mit dem Messer sehr verletzt. Wir mussten eine Not-OP vornehmen, denn Sie hatten innere Blutungen. Sie hatten sehr viel Glück im Unglück."

„Oh, das macht mich gerade sprachlos."

Als der Arzt weg war, fiel es Anni wie Schuppen von den Augen. Antonia und ihre Affäre. Koch Sepp und sein Mopp gegen sie und dann die ganze Aufregung an diesem bestimmten Tag. Sie hatte anscheinend tatsächlich viel Glück gehabt. Es hätte alles schief gehen können, weil … Nur jetzt nicht mehr grübeln. Sie hatte Hunger und war froh, dass sie mit dem Leben davongekommen war. Nicht auszudenken, was hätte passieren können. Morgen musste sie mehr erfahren und überlegen, wie das Leben lebenswert weitergehen konnte. Nach dem Abendbrot fiel sie in einen unruhigen Schlaf.

Der nächste Nachmittag war von Besuchen geprägt. Erst kam ihr Chef Ludwig Loibl. „Anni!", rief er. „Gut, dich hier sitzen zu sehen. Du hast uns einen großen Schrecken eingejagt. Ich freue mich, dass es dir wieder besser geht."

„Grüß Gott, Herr Loibl. Ich bin auch froh, dass es einigermaßen glimpflich ausgegangen ist."

Loibl zog sich einen Stuhl neben das Bett.

„Was war los in der Küche, Anni? Du bist doch nicht einfach so umgekippt."

„Ach, Chef, das war halt die Tage davor etwas stressig. Zu viele Überstunden."

„Aber davon weiß ich ja gar nichts. Welche Überstunden? Ich hatte keine angeordnet."

„Ich weiß nicht. Das hatte der Sepp gemacht. Ich weiß nur, dass ich an meine körperlichen Grenzen gestoßen bin, und mir ist auch klar, dass ich in diesem Tempo nicht mehr weitermachen kann."

„Ich werde mich darum kümmern und dafür sorgen, dass du einen anderen Arbeitsplatz bekommst. Ich möchte dich nicht verlieren."

„Ach, Chef. Wo soll ich denn hingehen? Eine Schwester hat mir heute einen Brief von meiner Tante gebracht. Er wurde unten am Empfang abgegeben. Mein Vater sei krank und könne nicht mehr arbeiten. Ich muss so schnell wie möglich dafür sorgen, dass er in ein Heim kommt, sollte also erst einmal hier raus und meinen Vater gut unterbringen. Und dann möchte ich auf jeden Fall wieder arbeiten kommen, wenn ich darf."

„Deine Tante schreibt dir ins Krankenhaus?" Loibl schüttelte den Kopf. „Woher wusste sie?"

„Ich weiß nicht. Vielleicht hat sie bei uns im Hotel nach mir gefragt?"

„Du machst dir auf jeden Fall keine Sorgen und gehst zur Reha. Und ich suche für deinen Vater in München einen schönen Heimplatz, kümmere mich auch darum, dass er in Bad Wiessee abgeholt wird. Wenn du zurück bist, dann bekommst du neue Aufgaben. Einverstanden?"

„Wenn das nicht zu viel verlangt ist?"

„Nein, das ist mir nicht zu viel. Das hast du dir verdient."

„Danke, Chef. Ich rufe Tante Grete und meinen Vater selbst an und lasse alles vorbereiten. Nochmals vielen, vielen Dank." Anni war gerührt. Das war sehr großzügig von Herrn Loibl.

„Papa", rief sie ins Smartphone, nachdem er gegangen war. „Wie geht es dir? Ich habe gehört, dass du krank bist."

„Ach, Anni, ich habe mir mehr Sorgen um dich gemacht als um mich. Du hast dich seit mehr als einer Woche nicht gemeldet und ich dachte schon, dass dir etwas passiert sei."

„Ich bin gerade noch im Krankenhaus. Hatte einen Schwächeanfall in der Küche und mich selbst beim Fallen verletzt. Aber ich werde in ein paar Tagen entlassen und in die Reha verschickt. Tante Grete hat das wohl erfahren. Sie ließ mir einen Brief zukommen."

„Ach du meine Güte. Und ich habe nichts davon gewusst. Warum sagte sie mir das nicht? Ich hoffe, es geht dir bald wieder gut."

Anni ging nicht darauf ein. Er sollte sich keine Vorwürfe machen, dass er nicht bei ihr sein konnte. „Papa, was hast du? Warum will Tante Grete, dass ich dich weghole?"

Josef lachte hart auf. „Das ist schnell gesagt, meine Kleine. Sie kann mich nicht mehr vor sich hertreiben. Ich kann mit meinem Rücken nichts mehr schleppen und mein Herz gestattet mir auch nicht mehr, den ganzen Tag zu ackern. Und, wenn ich nicht viel arbeiten kann, dann will sie mich auch nicht mehr durchfüttern. Dabei habe ich fast jeden Tag drüben in der *Linde* gegessen. Ich habe schließlich inzwischen meine kleine Rente."

„Alles klar, Papa. Ich weiß Bescheid. Wir werden das Problem gemeinsam lösen. Ich möchte dich gut unterbringen, in einem schönen Zimmer mit Pflegeversorgung, hier in München. Dann kann ich dich auch oft sehen."

„Ich gehe aber ungern in ein Heim. Geht das nicht mit einem Zimmer und einem Pflegeunternehmen? Das Essen könnte man auch bestellen."

„Das wäre auch eine Möglichkeit, Papa. Aber nur wenn ich eine eigene Wohnung hätte, in der wir beide leben, damit du nachts nicht allein wärst. Aber das habe ich leider nicht. Ich lebe in einem Angestelltenzimmer im Hotel und ich muss auch abends und am Wochenende arbeiten. Ich will mich nicht sorgen müssen, während ich arbeite. Du sagst ja selbst, dass dein Herz Pflege braucht."

„Ach, du bist so vernünftig, wenn ich das nur auch sein könnte. Ich würde am allerliebsten hier am See bleiben. Einen alten Baum verpflanzt man doch nicht."

„Das verstehe ich. Aber es wird dir hier in München gut gehen, Papa und wir werden uns ganz oft sehen, miteinander spazieren gehen, oder auch in einem Kaffeehaus sitzen und plaudern. Wenn wir uns beide wiederhaben, dann ist das viel mehr wert als der Blick auf den See. Wir können auch mit dem Zug nach Tegernsee fahren, wenn ich frei habe. Es wird viel schöner sein als das, was wir immer hatten, Papa."

„Wenn du das sagst, Tochter. Dann machen wir das so."

„Mein Chef hilft mir, weil ich noch nicht überall hingehen kann. Aber er weiß, was zu tun ist und kennt viele Leute. Würdest du bitte deine Unterlagen aus dem Notordner rausnehmen, damit mein Chef für dich die Anträge stellen kann? Ich sage dir noch, welche Möbel mitdürfen, und wenn du ganz langsam deine Kleider in deine zwei Koffer packen könntest, wäre das hilfreich. Ich rufe auch Tante Grete an und sage ihr, dass du baldmöglichst abgeholt wirst. Wir telefonieren jetzt jeden Tag, Papa. Bald sehen wir uns ganz oft

hier in München. Ich freue mich sehr, dich ganz bald wieder-
zusehen."

„Ich weiß nicht Anni, ob ich mich freue. Das kann ich dir
erst sagen, wenn ich eingezogen bin." Josef schluchzte. „Ich
verliere den allerletzten Rest dessen, was mein Leben ausmachte. Mein Haus, mein See, meine Berge, meine geliebte
Heimat: das Tegernseer Tal."

„Wir machen das Beste daraus, Papa. Ich verspreche dir,
dass wir an den See fahren, wann immer du möchtest und
Heimweh hast. Auch hier in München sind schöne Parks. Wir
werden viel unternehmen. Ich muss jetzt auflegen. Bis bald,
Papa."

„Bis bald, Anni."

2018
Hotel *Hoferer*
Bad Wiessee

Sven fuhr auf seinen reservierten Parkplatz. Er war in
München, hatte bei der Bank vorgesprochen. Die Gespräche
waren niederschmetternd verlaufen. Seit drei Jahren kämpfte
er jeden Tag um sein Hotel, das stets mal mehr oder mal weniger am Rande des Konkurses entlangschlitterte. Vor wenigen Jahren hatte er seine ganze Hoffnung auf die Appartements gesetzt und dann wurden seine Pläne abgelehnt. Er
und sein Vater hatten sich die Hacken abgelaufen, ständig bei
der Gemeinde und im Landkreis an die Türen geklopft, und
nichts erreicht. Es war wie verhext. Die Jahrzehnte davor
hatte das über alle Grenzen hinaus bekannte Hotel *Hoferer* so
gut wie jede Genehmigung bekommen, die es brauchte. Und

plötzlich war alles anders. Überall schlossen sich Türen der Unterstützung.

Mit kleineren Aktionen hatte er es dennoch geschafft, einigermaßen die Zimmer zu belegen, aber es reichte nicht, um richtig investieren zu können. Er warf die Mappe in seinem Büro auf einen Stuhl und ließ sich in seinen Sessel fallen.

Laura kam herein. „Du bist schon wieder da? Was hast du erreichen können?"

Sven schüttelte den Kopf. „Die Herren haben mir Vorwürfe gemacht. Von den drei Millionen, für die dein Vater auch bürgte, haben wir ein Drittel für die Planung der Appartements und weitere Renovierungen umsonst verbraucht. Ein weiteres Drittel, um die insgesamt gestiegenen Kosten der letzten Jahre aufzufangen, und jetzt haben wir noch ein Drittel. Das aber brauchen wir leider auch zum Überleben."

„Das heißt was?" Laura kam näher und setzte sich ihm gegenüber. Lange schaute er seine Frau an. Eine völlig andere Frau als die, die er vor drei Jahren geheiratet hatte. Aus dem hässlichen Entlein war eine attraktive Frau geworden, dezent geschminkt und mit einem modischen Bob in Kinnlänge. Eine Frau, die außerdem einen sicheren Geschmack für ihre Outfits entwickelt hatte, den er ihr gar nicht zugetraut hätte. Und dennoch sprang der Funke nicht so über, dass er von der großen Liebe sprechen konnte. Allerdings musste er sich eingestehen, dass er vermehrt ihre Nähe suchte und gerne mit ihr zusammen war. Mittlerweile waren sie in ihr gemeinsames Schlafzimmer eingezogen und lebten eine ganz normale Ehe. Jetzt war er auch so weit, dass er an Kinder denken konnte. Und Laura freute sich darauf, eines Tages eine ganz normale Familie zu haben.

„Was es heißt? Wenn ich das wüsste, Laura. Ich bin so müde. Viel zu müde zum Nachdenken, wie es morgen und übermorgen weitergehen könnte. Viel zu müde, Entscheidungen zu treffen, die uns voranbringen. Und ich bin viel zu pessimistisch, um zuversichtlich in die Zukunft zu schauen. Ich weiß nur eins: Ich muss, ob ich will oder nicht, das Hotel der Familie erhalten."

Laura stand auf und lief zu ihm hin. Sanft strich sie ihm über den Rücken. „Du darfst dich nicht so aufreiben. Du musst dir ein wenig Freiraum schaffen, damit du den Kopf freibekommst. Warum wanderst du nicht einen Tag auf die Aueralm? Frische Luft, Bewegung und Ruhe sind die Zutaten, einen klaren Gedanken fassen zu können."

„Wie kann ich wandern, wenn ich gerade Angst haben muss, dass dein Vater wegen mir drei Millionen verliert? Das wird ihn euer Hotel auf dem Berg kosten. Und dann?"

„Ich versuche, mit ihm zu reden. Lass mich mal machen. Ich kläre das." Sie drückte ihm einen kleinen Kuss auf die Wange und ging.

Sven suchte seinen Vater auf. Seine Mutter, Agnes, war vor zwei Jahren plötzlich an einem Herzinfarkt verstorben. Die Familie war völlig schockiert gewesen und eine Zeit lang wie gelähmt. Die Lücke, die sie gerissen hatte, schmerzte sehr. Sie mussten mehrere Monate befürchten, dass Max den Verlust nicht verkraften würde, aber nach und nach nahm er wieder am Leben teil. Seitdem lebte er allein in seiner Wohnung im Nebengebäude. „Papa, wo bist du?", rief Sven, als er die Eingangstür, die grundsätzlich nie abgeschlossen wurde, geöffnet hatte.

„Hier auf dem Balkon."

„Grüß dich, Papa, ist alles okay bei dir?" Sven ließ sich in den Gartenstuhl gleiten und betrachte seinen Vater, der etwas blass aussah.

„Ja, schon. Ich bin eben viel allein und habe nichts Sinnvolles zu tun. Aber wie ich beobachten konnte, denke ich, dass du auch einen ganz krummen Rücken hast vor lauter Sorgen, die du mit dir herumschleppst." Max zog wie sein Sohn die rechte Augenbraue hoch. Ein Zeichen, dass er nervös war.

Sven goss sich ein Glas Wasser aus der Karaffe, nahm einen Schluck und fuhr sich mit der Hand über den Mund.

„Ja, das stimmt. Ich war bei der Bank und die haben mir kein Angebot gemacht. Ich habe noch ein Drittel von dem Kredit auf dem Konto. Mein Problem sind leider die Einnahmen. Hätten wir die Appartements bauen können, die jetzt in dieser Zeit sehr gefragt sind, dann wäre die Einnahmesituation eine andere."

„Hast du aber nicht, mein Junge. Hast du nicht." Max schaute über seinen Park und dann hinaus auf den See. *Ein Stück Himmel auf Erden*, dachte er, *und da rinnt es dahin.*

„Auch ich hatte meine Probleme, Sven und habe es nicht hinbekommen. Seit ich hier sitze und Zeit habe, sehe ich mit ganz klaren Augen, was in den vielen Jahren die Fehler waren. Die fingen schon an, nachdem ich übernommen hatte. Mein Vater hatte aus der Pension *Hanselmann* dieses große bekannte Hotel der oberen Kategorie gemacht und ich dachte, ich müsste nur weitermachen. Das war mein erster großer Fehler, denn ich war der Meinung, das Hotel ist fertig, es ist perfekt, so wie es ist. Dabei war das der Anspruch meines Vaters und seiner Gäste, und zu seiner Zeit war das genau richtig. Er hatte das geboten, was damals das Richtige war. Ich aber hätte mich nicht auf seinem Erschaffenen ausruhen dürfen. Wertvolle Jahre sind verstrichen und dabei hat sich die Welt weitergedreht. Die Gäste wollten was anderes in ihrem Urlaub erleben. Sie hatten andere Vorstellungen von ihrer Unterkunft. Viele Urlauber und Kurgäste sind dann nach und nach weggeblieben und in die Flugzeuge ans Mittelmeer gestiegen, während zu uns hier ein anderes Publikum kam. Die Mittelschicht wie Facharbeiter, Kaufleute, Gutverdiener. Menschen, die im Leben stehen, ein gutes Einkommen haben, aber keine Möbel aus den Jahrzehnten zuvor, keine Kronleuchter und silbernen Löffel brauchten. Ich hatte das leider übersehen. Dabei hätte ich mir Gedanken machen müssen, ob wir weiterhin nur für die Oberschicht, mit Samt, Seide und vergoldeten Wasserhähnen, ein Angebot machen wollen. Oder ob wir uns vielleicht ein wenig anders an der Zukunft orientieren sollten."

„Ach, Papa, das nützt doch nichts, wenn du dir ständig Gedanken darüber machst, was du deiner Meinung nach versäumt haben könntest. Das ist doch alles gar nicht sicher."

„Doch, in beiden Fällen hätte ich anpassen und verändern müssen. Was ich einfach versäumt habe." Max schüttelte seine rückwärtsgewandten Gedanken ab. „Es sind weitere Hotels hier auf der ersten Reihe, die wohl ins Rampenlicht der Banken und einiger Investoren gerückt sind", sagte er.

„Woher weißt du das?"

„Einige wenige Kontakte habe ich noch, auch wenn mittlerweile hier im Tal die Uhren speziell etwas anders gehen als früher."

„Mit Investoren meinst du doch sicher sogenannte Heuschrecken, oder?"

Max nickte. „Ja, Heuschrecken, aber auch seriöse Unternehmer, Berühmtheiten aus verschiedenen Bereichen und andere. Sie alle schwirren wie die Bienen hier herum und haben Interesse an den besonderen Plätzen rund um den See. Die Grundstückspreise steigen und steigen an Wert. Wenn das so weitergeht, bekommen wir das bayerische Sylt. Und jetzt, mein Sohn, frage ich dich, wo wohl unser Platz für das Hotel *Hoferer* in dieser Situation sein könnte? Was können wir tun?"

„Das weiß ich auch noch nicht. Wenn gar nicht anders, dann machen wir eine Hütte für Wanderer auf", antwortete Sven mit einem Schuss schwarzem Humor. „Aber im Ernst. Ich werde weiterkämpfen, andere Banken aufsuchen. Nach weiteren Investoren suchen. Aufgeben ist keine Option."

„Ich wünsche dir ein gutes Händchen bei all dem, was du tust. Manchmal denke ich, dass es vielleicht besser gewesen wäre, wenn du die kleine Anni geheiratet hättest. Die war pragmatisch und fleißig, hat sogar der Grete standgehalten."

2018
Anni
Stadthotel München

Anni hatte gerade Pause. Sie saß im Innenhof auf einer Bank, hob das Gesicht der Sonne entgegen und ließ den Gedanken ihren Lauf.

Seit mittlerweile zwei Jahren arbeitete Anni, wie von Ludwig Loibl nach ihrem Unfall versprochen, an der Rezeption. Sie hatte sich damals während der Reha gut erholt und konnte wieder voll ihrer Arbeit nachgehen. Auch ihr Vater Josef war in einem schönen Seniorenheim untergekommen. Sie besuchte ihn seither einmal in der Woche und beobachtete wie er immer mehr zu Kräften kam, wie ihm das ruhige und unbelastete Leben guttat.

Das alles ging aber in all der Zeit nicht reibungslos vonstatten. Ihre alte Rivalin Antonia, die immer noch als erste

166

Kraft im Service arbeitete, schaffte es, immer wieder kleine Nadelstiche zu setzen, in Form von intrigantem Verhalten. Selbst nach so langer Zeit, wärmte sie alte Geschichten auf.

Ein Geräusch holte sie aus ihren Gedanken zurück. Es war ihr Chef, der mit schnellen Schritten über den Hof lief.

„Alles in Ordnung, Anni?", fragte er lächelnd. „Zufrieden mit der Arbeit?"

„Ja, danke der Nachfrage. Alles in Ordnung. Ich habe Mittagspause."

„Na, dann ist ja alles gut." Er winkte ihr noch einmal kurz zu und lief in die Betriebsräume.

Am späten Nachmittag, als Anni gerade Feierabend machen wollte, hörte sie, dass sich mehrere Kolleginnen leise, fast flüsternd im angrenzenden Büro unterhielten. Und als sie hinter der Tür stand, merkte sie, dass sie selbst das Thema war.

„Ich habe gehört, dass sie sich vor einigen Jahren mit dem Messer umbringen wollte", sagte Lilly.

„Ach was? Das hätte ich jetzt nicht gedacht", antwortete Ida. „Die tut doch immer so überlegt, so über allem stehend."

„Das stimmt", kam es nun von Elisa. „Wenn ich mit der Frau Dienst habe, denke ich immer, ich kann nichts. Die schleicht mit erhobenem Kopf hier rum, als ob sie was Besseres wäre."

„Wisst ihr, dass einmal ein Armband verschwunden ist, als sie Zimmermädchen war? Warum hatte man nichts gehört? Und wieso musste sie nicht gehen, als das Armband weg war?", flocht Rosalie ein.

Anni schlotterten die Knie. Was war los? Sie hätte nicht im Traum gedacht, dass Antonia so viel Unheil angerichtet hatte. Im gleichen Moment fragte sie sich, warum sie das getan hatte. Sie hatte ihr doch nie Steine in den Weg gelegt und auch Antonia hatte einen guten Job, auch einen Sprung nach oben gemacht. Einen Moment überlegte sie, ob sie sich ohne zu verabschieden entfernen sollte, doch dann schubste sie die Tür auf. Zwei Schritte lief sie ins Büro hinein, dann stemmte sie die Arme in die Hüften. Ihre Augen schossen Blitze.

„Was fällt euch ein, so über mich zu lästern? Das ist unanständig und geht gar nicht. Ein für alle Mal, ich wollte mich damals nicht umbringen, ich hatte einen Schwächeanfall. Es war ein Unfall, dass ich mit dem Messer in der Hand unglücklich zu Boden ging. Und das Armband der Frau war ihr lediglich runtergefallen. Nichts, aber auch gar nichts ist dran an Antonias Gerüchten über mich. Schämt euch alle! Ich will nie wieder so etwas hören, sonst gehe ich zum Chef." Anni drehte sich um und verließ den Raum, ohne auf eine Antwort zu warten.

Zwei Tage später erhielt sie einen Anruf der Heimleitung. Sie wurde aufgefordert, gleich zu kommen, da es ihrem Vater sehr schlecht gehen würde. *Auch das noch*, dachte sie. Er war vor wenigen Tagen noch gesund, zumindest gab es keinerlei Anzeichen, dass er ärztliche Fürsorge brauchen würde. Anni informierte ihren Chef und bat ihn um einen Urlaubstag, damit sie sich um Josef kümmern konnte.

Ludwig Loibl stimmte sofort zu. „Geh ruhig und wenn es länger dauert, sag Bescheid."

„Danke, Herr Loibl, das mach ich." Anni nickte, und schenkte ihm ein Lächeln. Rasch setzte sie sich auf ihr Fahrrad und radelte, so schnell sie konnte, zum Heim, öffnete die Eingangstür und rannte die Treppe nach oben zum Zimmer ihres Vaters. Leise trat sie ein und blickte vorsichtig, auch angstvoll in den Raum. Josef lag reglos in seinem Bett, seine Arme lagen akkurat auf der Bettdecke, die seinen Körper abdeckte. Die Augen hatte er geschlossen, sie wirkten eingefallen, sein Gesicht war weiß, fast so wie sein Bettlaken. Die Wangenknochen standen hervor und sein Atem ging ganz flach. Anni griff sich leise einen Stuhl und setzte sich an sein Bett. Sie nahm seine Hand, die ihr kalt schien. Tränen benetzten ihr Gesicht, denn sie sah sofort, dass ihr Vater sie verlassen würde. Der Schmerz drückte auf ihre Brust, weil sie sich verbat, laut zu weinen.

Josef öffnete die Augen und drehte langsam den Kopf. „Da bist du ja, mein Mädchen", flüsterte er.

„Ja, Papa, ich bin da. Hast du Schmerzen?"

„Nein, keine Schmerzen."

„Kann ich dir etwas holen? Hast du Durst?"

„Nein, aber ich muss dir noch was sagen."

„Du sollst dich aber nicht anstrengen, Papa."

„Aber, Anni, ich strenge mich nicht an. Nicht mehr."

Josef drückte ein bisschen ihre Hand, mit so viel Kraft er gerade noch aufbringen konnte.

„Ich werde dich nun allein zurücklassen, mein Kind. Es ist mir einerseits nicht recht, weil du keine Familie mehr haben wirst. Meine Schwester hat sich leider anders entschieden. Aber andererseits weiß ich, dass du stark bist und dein Leben meistern wirst. Ich kann getrost zu meiner lieben Frau Hiltrud gehen. Ich bin so müde und so froh, dass ich nicht mehr jeden Tag daran denken muss, was ich in meinem Leben alles falsch gemacht habe. So falsch, dass du eine unglückliche Kindheit und Jugendzeit hattest und auch noch von meiner Schwester gezüchtigt wurdest." Josef musste husten und brauchte eine kleine Pause. Das Sprechen strengte ihn sehr an. „Sogar deine Heimat musstest du verlassen. Es tut mir so leid."

„Hör auf, Papa. Wir konnten nichts dafür, wir haben das Beste daraus gemacht. Das war unser Schicksal, das uns auferlegt wurde und wir haben es angenommen. Mache dir bitte keine Vorwürfe."

Jetzt konnte sie die Tränen nicht mehr aufhalten. Sie wusste, dass er gelitten und trotzdem seiner Schwester Grete beigestanden hatte, aber sie hatte nicht geahnt, dass er sich jetzt noch Vorwürfe machte, weil er seiner Tochter kein besseres Leben bieten konnte. Eine Sache aber, so hatte er ihr vor einigen Tagen erzählt, hatte er noch ans Tageslicht geholt. Er hatte Grete an seinem letzten Tag in Bad Wiessee endlich gesagt, was er der gemeinsamen Mutter versprochen hatte. Er hielt ihr ihren Spiegel vor, gab ihren Gemeinheiten einen Namen und sprach aus, wie sehr Grete in ihrem Leben den Menschen wehgetan hatte. Er sagte ihr, dass ihr eigener Schmerz niemals der Grund hätte sein dürfen. Und dass er sie dennoch in seine Gebete einschließen würde. Sie sei in Tränen ausgebrochen, hatte ihr Vater berichtet.

Sanft strich sie ihm über die Hand und als sie nach einer ganzen Weile aufschaute, sah sie, dass ihr Vater diese Welt verlassen hatte, ganz leise gegangen war. So leise wie er gelebt hatte. Sie gab sich ihrem Schmerz und ihrer Trauer hin.

„Papa, ich hätte dich noch so gerne behalten. Erst hier in München hast du zur Ruhe gefunden. Du hättest das schon viel früher verdient gehabt." Anni strich über die bereits erkaltete Hand.

„Du hast dich jahrelang für Mama aufgerieben, um ihr die Krankheit erträglich zu machen. Du hast dafür dein Hab und Gut gegeben. Du hast gearbeitet ohne Unterlass und auch dich hat deine Schwester gedemütigt, ausgenutzt und behandelt wie den letzten Dreck. Und du? Du hast es ertragen, weil du es versprochen hattest und für deine Familie da sein wolltest. Und ich? Ich habe dich als schwachen und mutlosen

Menschen gesehen, der es nicht wagte, die Brücken hinter sich abzubrechen. Verzeih mir, mein lieber Papa. Ich hätte stärker sein müssen. Ich hätte noch besser erkennen müssen, dass du keine Kraft mehr hattest. Ich hätte für uns beide eine Lösung finden müssen. Und was habe ich getan? Ich bin gegangen und habe dich zurückgelassen. Du siehst, Papa, auch ich habe nicht alles richtig gemacht. Aber welcher Mensch macht schon alles richtig? Wir machen alle unsere Fehler. Manchmal können wir sie korrigieren und manchmal nicht. Ruhe in Frieden."

Anni hob den Kopf, sie sah, dass die Dunkelheit langsam hereingebrochen war. Sie erhob sich, strich noch einmal über den Kopf und die Hand ihres Vaters. „Grüß Mama von mir, Papa. Ich weiß, dass ihr immer bei mir sein werdet, und ich werde euch keine Sorgen machen, versprochen. Lasst es euch gut gehen, da oben wo ihr seid. Auf Wiedersehen, Papa."

Ohne sich noch einmal umzudrehen, schleppte sie ihre müden Glieder in das Büro der Heimleitung. Sie regelte alles, was zu tun war und fuhr anschließend mit ihrem Fahrrad ins Hotel. Sofort zog sie sich auf ihr Zimmer zurück und fiel nach einigen Stunden in einen unruhigen Schlaf. Am nächsten Morgen nahm sie ihre Arbeit wieder auf, denn die Beerdigung würde erst in etwa zwei Wochen stattfinden. Sie musste die nächsten Tage noch die Trauerfeier beauftragen und den Ablauf festlegen.

Jetzt war sie allein.

2023
Benjamin Köster
Hamburg/Usedom

Benjamin musste zurück, denn sein Urlaub ging zu Ende. Er war unsicher. Schon mehrmals hatte er vor der *Seeperle* und auch vor dem Privathaus in der Seestraße in Bad Wiessee gestanden. Immer wieder suchte er ein kleines Fünkchen der Erinnerung. Er hoffte, irgendetwas an einem der Gebäude wiederzuerkennen, versuchte, kleine Bilder und Szenen hervorzurufen. Aber nichts, rein gar nichts ging ihm durch den Kopf. Es konnte nicht sein, dachte er, dass seine Eltern nie mit ihm an den Tegernsee gefahren waren. Seine Mutter bis kurz vor ihrem Tod nie von der Familie und dem Hotel erzählt hatte. Sie konnte ihm nicht sein ganzes Leben lang die ganze Familie seines Vaters vorenthalten haben. Warum?

Jetzt in diesen Minuten, während dieser Gedanken, ärgerte er sich tierisch, dass er nicht in Bad Wiessee auf die Idee gekommen war, selbst ein wenig nachzuforschen. Er hätte in der Nachbarschaft fragen können, um so vielleicht seinen Vater und dessen Familie kennenzulernen. Das wäre eine gute Gelegenheit gewesen. Er stöhnte ob dieser Gedanken kurz auf.

Es war inzwischen Nacht und Benjamin immer noch auf der Autobahn. Eine weite Strecke vom tiefsten Süden bis nach Hamburg. Er würde seine Dienstwoche hinter sich bringen und dann schnell nach Usedom fahren. Er hatte inzwischen so viele Merkwürdigkeiten in seiner Vergangenheit entdeckt, dass er sich selbst wunderte, warum er das

Familienleben nie hinterfragt hatte. Wie zum Beispiel alles Wissenswerte über seinen Vater. Wann genau war er und woran verstorben? Wo war sein Grab? Warum gab es keinen Kontakt zur Familie am Tegernsee? Auch Mutters Familie auf Usedom. Was war da los? *Da müssen noch mehr Menschen sein,* dachte er.

In Bansin stand das Elternhaus seiner Mutter, die mit ihm dort bis zu ihrem Tod gelebt hatte. Es stand in einer kleinen Seitenstraße nahe der Düne zum Strand. Ein altes sanierungsbedürftiges, unscheinbares Häuschen mit einem winzigen Garten. Benjamin fuhr im wöchentlichen Wechsel hin. Ein lieber Nachbar blickte zwischen den Terminen immer mit einem Auge hinüber, damit keine Klagen kamen. Irgendwann musste er aber eine Entscheidung treffen, was er damit machen sollte. Spät am Abend war er endlich in Hamburg in seiner Dienstwohnung.

Am nächsten Freitag fuhr er nach Usedom. Bereits am Nachmittag war er zu Hause und öffnete die Fenster, damit frische Luft in die Räume strömen konnte. Mit einer Tasse Kaffee setzte er sich auf die Terrasse und genoss die Sonnenstrahlen. Zwei Jahre war es nun her, dass seine Mutter verstorben war, und er hatte bisher nicht eine einzige Schublade geöffnet, keine Schranktür. Wichtige Unterlagen hatte sie ihm selbst ausgehändigt. Er hatte deshalb im ganzen Haus nicht nachgeschaut, was seine Mutter noch aufbewahrt hatte. An den Speicher und den Keller wollte er gar nicht denken.

„Hallo, Benjamin", rief Ludger sein Nachbar und Freund über den Gartenzaun.

„Hier bin ich, auf der Terrasse. Komm rein, das Gartentor ist offen." Benjamin drehte sich um und stand auf. „Schön, dass du da bist, Ludger. Ich brauche dich und deinen Rat."

„Gib mir zuerst auch so einen duftenden Kaffee." Ludger lächelte ihn an und zwinkerte mit dem rechten Auge.

Während Benjamin in der Küche den Kaffee eingoss und etwas Milch dazu gab, dachte er voller Dankbarkeit an die tiefe Freundschaft zu Ludger, die bereits in der Grundschule begonnen hatte, und über weitere Jahre, die sie gemeinsam im Gymnasium Heringsdorf verbrachten, bis heute anhielt. Ludger war inzwischen ein angesehener Bankdirektor auf der Insel und lebte seit etwa drei Jahren im Nachbarhaus, das wesentlich größer und moderner war als sein kleines Knusperhäuschen. Ludger hatte das Haus kaufen können, nachdem die Erben es nicht behalten wollten, und er, Benjamin, hatte sich sehr gefreut, seinen Freund in der Nähe zu wissen.

Er stellte Ludger seinen Kaffee hin und für sie beide hatte er gleich Wasser und Gläser mitgebracht.

„Was ist los, dass du Unterstützung brauchst?"

Benjamin erzählte ihm alles, was am Tegernsee war und was das in ihm ausgelöst hatte, nämlich nicht zu wissen, wer er war, und wo seine Wurzeln waren. Er berichtete auch von der beschämenden Situation, Anwalt Lukas Schneider nicht sagen zu können, wo sein Vater beerdigt worden war. „Kannst du dir vorstellen, wie zerrissen es mittlerweile in mir aussieht? Wie soll ich nachweisen, dass ich der bin, der ich bin? Oder bin ich gar nicht der, der ich bisher glaubte, zu sein?"

Ludger konnte erst gar nicht antworten. Mit so etwas Kompliziertem hatte er nicht gerechnet. „Was willst du jetzt tun?", fragte er leise.

„Ich will nicht warten, bis Detektive, solange in meinen Leben rumgestochert haben, bis sie etwas finden."

„Ja, das wäre für mich auch unvorstellbar. Wie kann ich dir helfen, dich unterstützen?"

Benjamin drehte sich um und ließ seinen Blick über das Haus gleiten. „Ich werde die nächsten Tage das Haus auf den Kopf stellen. Ich werde alles sichten, jeden Schnipsel umdrehen. Es kann nicht sein, dass keine Spuren zu finden sind, und seien sie auch noch so klein. Dich, mein Freund, brauche ich zum Anlehnen und als Ratgeber. Vielleicht hat aber auch jemand aus deiner Familie Erinnerungen an die Familie meiner Mutter, denn da kenne ich auch niemanden."

„Müsste nicht eigentlich deine Geburtsurkunde Aufschluss geben?"

Benjamin musste lachen. „Das ist das Erste, was ich mir angeschaut habe. Ich musste sie auch beim Anwalt vorlegen. Das Problem ist, ich trage den Nachnamen meiner Mutter und nicht den meines Vaters. Mein Erzeuger ist unbekannt. Die höflichste Schlussfolgerung wäre demnach, sie war sich noch unsicher und deshalb wohl nicht verheiratet, als ich geboren wurde. Aber ich weiß jetzt, sie haben gar nicht geheiratet. Warum nicht?"

„Na, dann kann die Suche nach der Stecknadel im Heuhaufen beginnen", stellte Ludger fest. „Erste Anlaufstelle ist meines Erachtens die Gemeindeverwaltung. Die haben Unterlagen über die Menschen, die hier gelebt haben, oder auch die Kirchengemeinde, fällt mir ein." Ludger strich seinem Freund über den Oberarm. „Wenn du Hilfe oder Beistand brauchst, dann melde dich. Ich muss jetzt gehen, bin heute Abend bei meinen Eltern zum Geburtstag eingeladen." Er erhob sich, nickte kurz und schritt durch das Gartentor.

Benjamin ließ sich von einem Lieferdienst eine Portion Pasta kommen, deckte den Tisch und goss sich ein Glas Rotwein ein. Nachdem er gegessen hatte, räumte er die Küche auf und hätte sich dann, wie sonst üblich, auf einen

Strandspaziergang freuen können. Aber heute war er unruhig. Trotzdem lief er hinunter zur Seebrücke und diese ganz nach hinten. Dort verweilte er eine Zeit lang auf einer Bank, blickte, während weit draußen langsam die Sonne unterging, auf die ruhige See, und ließ sich den leichten Wind um die Nase wehen.

„Wer bin ich?", fragte er sich heute, wie in den letzten Tagen flüsternd, zum vermehrten Male. Er erhob sich und schlenderte nach Hause. Den Abend verbrachte er in seinem Zimmer, das für ihn seit seiner Kindheit und Jugend sein Rückzugsort war. Wenn er intensiv nachdachte, dann musste seine Mutter eine Künstlerin gewesen sein, eine Künstlerin im Vertuschen, Verschweigen, im nichts sagen, nichts erklären und nichts zugeben. Und er, er hatte das gar nicht bemerkt, ihm hatte nichts und niemand gefehlt. Sie hatte auf alles eine Antwort. Das, genau das, war ihre Kunst.

Am nächsten Vormittag nach dem Frühstück begann er, sich systematisch das Haus vorzunehmen. Als Erstes im Erdgeschoss das kleine Büro seiner Mutter Klara. Es war eine Kammer, höchstens vier Quadratmeter groß mit einem klitzekleinen Fenster. Darin ein winziger Schreibtisch, ein Stuhl, ein kleines Regal mit ein paar Ordnern, Zeitschriften und anderen Kleinigkeiten. Der Schreibtisch hatte zwei Schubladen und eine Tür. Komisch, sie hatte, wenn er zu Hause war, nie Zeit in ihrem Büro verbracht. Neben dem Büro war das Wohnzimmer. Auch eher klein und eine bescheidene Stube. Altes Sofa, Nierentisch, ein Wohnzimmerschrank, in der Mitte mit Glastüren, eine Stehlampe und ein runder Esszimmertisch mit vier Stühlen. Die Küche, die hatte bestimmt keine Geheimnisse, da ging er an der Tür vorbei. Im Obergeschoss waren sein Zimmer, das Bad und das Schlafzimmer seiner Mutter. Er schaute nur kurz hinein, sah das Bett, indem sie gestorben war, und machte sofort die Tür zu. *Heute nicht,* dachte er. Dann ein weiteres Zimmer, das ehemals das Schlafzimmer der Großeltern war. Es sah immer noch so aus, wie er es vom Flur aus gesehen hatte. Nie wurde es betreten. Seine Mutter sagte immer, dass sie es zu Ehren ihrer Eltern so belassen wollte. Blieb ihm noch die Treppe zum Speicher. Als er oben ankam, staunte er nicht schlecht. Auf der einen Seite standen viele typische Verwahrgegenstände eines Speichers, wie Kartons, Kisten, Möbel und Lampen. Die andere Seite allerdings war nur eine kleine Fläche, er sah aber, dass diese Dachbodenhälfte ausgebaut und abgeteilt war. Sie hatte eine Tür.

Benjamin öffnete sie neugierig und blieb abrupt stehen. Er sah ein voll eingerichtetes Mädchenzimmer in Rosa, mit Teenager-Utensilien und Postern einer anderen Zeit. Welcher, das wusste er noch nicht. Wem gehörte dieses Zimmer? Bestimmt nicht seiner Mutter. Es würde nicht zu ihr passen. Sie war kein Mensch, der Rosa liebte. Er würde es herausfinden, zuckte mit den Schultern und stieg wieder hinab. Den Keller und den Schuppen wollte er heute nicht sehen.

Also zuerst das Büro. Wichtige Unterlagen müssten dort zu finden sein. Benjamin setzte sich an den Schreibtisch und schaute sich um. Eine Schatulle für Stifte und Kugelschreiber, ein kleiner Laptop, Notizzettel. Er öffnete die Schubladen. Mäppchen mit sorgfältig abgehefteten Kontoauszügen, die vor den Computerzeiten regelmäßig zugeschickt wurden. Und dann die Tür, aber die ließ sich nicht öffnen. Er stand auf und wanderte durch das Zimmer. Irgendwo musste seine Mutter den Schlüssel für den Schreibtisch aufbewahrt haben. Er drehte sich im Kreis und tastete mit den Augen die Wand ab. „Ach, da könntest du sein", sagte er zu sich selbst und trat an das kleine Schlüsselbrett, das einsam an der Wand hing. Er nahm gleich alle drei Schlüssel, um sie an der Tür auszuprobieren. Beim zweiten Schlüssel öffnete sie sich. Darin fand er die Mappen mit den alten Abrechnungen für Strom, Gas und Telefon. Des Weiteren einen Ordner mit ihren persönlichen Unterlagen, Schule, Zeugnisse, Beruf und alte Befunde über Untersuchungen. Ihm selbst hatte sie während ihrer Krankheit einen Ordner mit allen wichtigen Unterlagen für das Haus übergeben. Auch ihr Sparbuch, Kontoangelegenheiten, Verträge, Rente, Krankenkasse und mehr hatte sie ihm fein säuberlich zusammengestellt. Hier im Schreibtisch fand er einen weiteren, gefüllt mit Rechnungen. Alles, was sie gekauft hatte, war dokumentiert. Aber nichts über die Großeltern oder andere Verwandten. Nichts über seinen Vater, nichts, was diesen Mann mit ihm und seiner Mutter in Verbindung brachte. Aber er wusste vieles noch nicht und würde das alles herausfinden müssen. Er würde seine Wurzel finden, das versprach er sich selbst.

Mittlerweile war es mitten in der Nacht und Benjamin hatte vergessen, dass er müde und durstig war. Er hatte alles, was er im Schreibtisch seiner Mutter gefunden hatte, vor sich ausgebreitet. Er wusste durch die Gemeinde definitiv, dass sein Vater Paul Obermaier nicht mit seiner Mutter verheiratet gewesen war.

Die Kontoauszüge reichten nur etwa die letzten zehn Jahre zurück. Die zu durchforsten, würde etwas länger dauern, er nahm sich vor, im Laufe der Zeit Blatt für Blatt durchzugehen. Benjamin stand auf, streckte die Beine und bewegte seinen schmerzenden Rücken, indem er die Schulter nach vorne schob, dabei warf er zufällig einen Blick auf das Regal vor ihm. Einer der Ordner war mit dem Wort „Tegernsee" gekennzeichnet. Er zog ihn heraus und öffnete ihn. Was er sah, waren zahlreiche Zeitungsausschnitte, Berichte von der *Seeperle* und ihrer handelnden Personen und die Kopie seiner Geburtsurkunde. Dabei merkte er, dass ihm die Augenlider flatterten, er Kopfschmerzen hatte, und sich eine bleierne Müdigkeit in seinem Körper ausbreitete. Dann legte er den Ordner auf den Schreibtisch, weil er sich nicht mehr konzentrieren konnte. Es war Zeit für eine Mütze Schlaf, daher schleppte er sich in sein Zimmer und ließ sich mitsamt seiner Klamotten auf sein Bett fallen, wo er sofort in einen unruhigen Schlaf fiel.

Kurze Zeit später wurde er vom lauten Gepolter des Müllautos aus dem Schlaf gerissen. Es dauerte einige Zeit, bis er sich erheben konnte, aber nachdem er sich unter die Dusche gestellt und sich frisch angekleidet hatte, fehlte nur noch der Kaffee, den er sich schnell von seiner Kaffeemaschine brühen ließ. Mit seiner Tasse in der Hand öffnete er die Terrassentür und setzte sich in die Sonne. Sein Körpergefühl war schon viel besser. Heute wollte er möglichst viel sichten.

Zuerst nahm er sich den Ordner „Tegernsee" vor, den er in der Nacht in der Hand gehalten hatte. Benjamin trug ihn auf die Terrasse, setzte sich an den Tisch und begann, Blatt für Blatt zu lesen. Ein Zeitungsartikel erzählte die Familiengeschichte der Obermaiers im Zusammenhang mit der *Seeperle*. Dann betrachte er die Bilder, die leider in dem schwarzweißen Druck auf dem Zeitungspapier nicht sehr scharf waren. Das in der Mitte auf dem Stuhl war Tante Grete. Nach längerer Betrachtung glaubte er in das Gesicht einer Frau zu sehen, eine ernste und strenge Frau, die auch energisch sein konnte. Hinter ihr standen ein Paar und neben ihr ein kleines Mädchen. Der Mann, so entnahm er der Bildunterschrift, war der Bruder von Tante Grete, Josef. Neben ihm stand seine Ehefrau und das Mädchen war seine Tochter Anni. Sein

Vater konnte nicht auf dem Foto sein, er hatte das Tal zu diesem Zeitpunkt schon verlassen. Er ging, so sagte seine Mutter, weil seine Schwester Grete als Erstgeborene übernahm. Der Artikel lobte die Familie und ihren Fleiß, die das Hotel *Seeperle* auf der Erfolgsspur hielt, was bei der großen Konkurrenz nicht gerade leicht war. Und dann folgten noch zahlreiche weitere Ausschnitte, die auf Feste und Veranstaltungen hinwiesen. Bilder vom Sommer und vom Winter mit zahlreichen Gästen, die sich mit einem großen Bier zuprosteten. Meldungen über Hochwasser und den Tegernsee, der sich über sein Ufer wagte und die Wiesen und Häuser flutete. Dann wieder Berichte über die wirtschaftlichen Gegebenheiten rund um den See. Es wunderte ihn, dass ausgerechnet die *Seeperle* keine Probleme hatte. Zu guter Letzt war fein säuberlich die Todesanzeige von Hiltrud Obermaier abgeheftet Auf einem handgeschriebenen Zettel hatte seine Mutter nach dem Tod von Hiltrud den Vermerk angebracht, dass sich, wenn Grete verstorben war, Benjamin um sein Erbe kümmern musste. Aus der Zeit, als sein Vater noch am Tegernsee lebte, fand er keine öffentlichen Beiträge in den Zeitungen, die ihn erwähnten.

Nach einer Mittagspause studierte er noch einmal seine Geburtsurkunde. Aber die hatte außer dem Namen von ihm und seiner Mutter sowie seinem Geburtsdatum keine aufschlussreichen Einträge. Spontan fuhr er zum Standesamt und zur Kirchengemeinde. Eine Stunde später saß er wieder auf seiner Terrasse und schluckte mit einem Glas Wasser seine Enttäuschung hinunter. Zeitgleich hörte er rasche Schritte näherkommen. Sein Freund Ludger kam um die Ecke, lächelte und zwinkerte ihm zu. „Na, wie weit bist du mit deiner Detektivarbeit?"

Benjamin strich sich durch die Haare. „Ich habe das Gefühl, auf der Stelle zu treten, mein Freund." Benjamin stand auf. „Willst du einen Kaffee?"

„Ja, gerne." Ludger setzte sich. „Und nun erzähle schon", sagte er, während er half, die Gläser und die Tassen auf dem Tisch zu verteilen. „Was hast du herausgefunden?"

„Eigentlich nichts." Benjamin stöhnte kurz. „Einen Tegernsee-Ordner bin ich durchgegangen. Da habe ich über meinen Vater nichts, aber rein gar nichts gefunden. Heute war ich auf dem Standesamt und in der Kirchengemeinde. Das Standesamt hat nur meine Geburtsurkunde ausgestellt und meine Mutter hat den Vater als unbekannt eintragen lassen. Aber das hatte sie mir selbst erklärt. Sie sagte, dass sie sich gestritten hätten, als sie noch nicht wusste, dass sie schwanger war und sie erst wieder Kontakt zu ihm aufgenommen hätte, als ich geboren war. Er sei seltsam gewesen, war ein Eigenbrötler, wollte keine feste Bindung wie die Ehe und lebte tageweise immer wieder in seiner Wohnung. Aber er hätte immer für uns gesorgt. Er arbeitete auf einer Werft, so sagte sie. Und warum sollte ich an ihren Worten zweifeln?"

„Und was war bei der Kirche?" wollte Ludger wissen.

„Die hatten für mich gar nichts. Meine Mutter wurde nicht getauft, war nicht verheiratet. Und ich wurde auch nicht getauft. Die ganze Familie war der Kirche nicht verbunden, was ja durch die politische Lage der Generationen davor nicht verwunderlich war. Auch nicht kirchlich beigesetzt."

„Puh, das ist nicht gerade viel. Hast du was von der Familie deiner Mutter rausbekommen?"

„Nein, das habe ich noch nicht in Angriff genommen. Ein Schritt nach dem anderen." Benjamin schloss die Augen und reckte das Gesicht dem Himmel entgegen. Er hatte das Gefühl zu frieren, obwohl eine angenehme Temperatur von über zwanzig Grad herrschte und der Wind heute auch nicht gar so heftig pustete.

Als Ludger weg war, ging Benjamin die Straße hinunter. Er wusste, dass im letzten Haus eine ältere Dame wohnte, die ihr ganzes Leben hier verbracht hatte. Er klingelte und dann öffnete sich langsam die Tür. Vor ihm stand eine Frau mit einer gewellten Kurzhaarfrisur im hohen Alter, aber mit wachen stahlblauen Augen. Sie trug einen geblümten Sommerrock und eine Kurzarmbluse.

„Entschuldigung für die Störung, liebe Imke", sagte er zur Begrüßung zu der alten Dame.

„Ah, der Benjamin. Ich habe dich lange nicht mehr gesehen. Wie geht es dir?"

„Danke ganz gut und dir?"

„Alt werden ist anstrengend. Überall knirscht es, aber ich will mich nicht beklagen. Noch kann ich mich selbst versorgen, habe mein Häuschen und wenn es brennt, kommen meine Kinder." Sie lächelte in freundlich an. „Aber um mich das zu fragen, bist du doch nicht hergekommen. Ich habe dich seit der Beerdigung von deiner Mutter nicht mehr gesehen und das ist zwei Jahre her. Komm, setz dich mit mir auf die Terrasse und gieße dir Wasser ein." Sie ging voraus und zeigte mit dem Arm auf den freien Stuhl, der neben dem ihren stand.

Benjamin war peinlich berührt, während er sich auf den Stuhl setzte und ihrer Anweisung folgte. Er fuhr sich über den Bart. „Stimmt, ich wollte dich was fragen, wenn ich darf."

„Nur zu, wenn ich die Antwort kenne, dann gerne."

„Ich weiß nicht, wo ich anfangen soll", sagte er leise.

„Am Anfang", sagte sie nur schlicht und fuhr ihm über den Arm. „Nur Mut, ich beiße nicht. Du suchst wohl Antworten?"

„Ja, ich soll Erbe meines Vaters am Tegernsee sein. Meine Mutter sagte mir, wer mein Vater war, und gab mir Zeitungsausschnitte des Hotels, das seiner Familie gehörte. Ich selbst habe keine Erinnerungen an ihn, er ist sehr früh verstorben. Auf meiner Geburtsurkunde steht kein Vater. Ich weiß, er hatte eine kleine Wohnung in Zinnowitz, frage mich allerdings, warum war er nicht hier bei uns? Auch ahne ich noch nicht, wie ich beweisen soll, dass ich der Sohn von Paul Obermaier bin. Im Zusammenhang mit diesen ganzen Recherchen ist mir aufgefallen, dass ich auch gar keine Familienmitglieder meiner Mutter kenne. Da muss es doch Menschen geben. Sie hatte das Haus ihrer Eltern und die hatten bestimmt Geschwister oder andere Verwandten. Wieso habe ich das nie bemerkt, nie hinterfragt? Ich muss noch einmal auf das Amt gehen, denn ich habe leider nicht weit genug zurück nach Einträgen über die Familie gefragt. Oder weißt du vielleicht etwas, was mir weiterhilft?"

Imke sah ihn lange schweigend an. „Du hast ganz schön viele Fragen. Ich weiß ein bisschen was und kann dir sagen, was ganz sicher so war, und dann gibt es noch das, was in der Gerüchteküche gerührt wurde. Gieß uns Wasser ein, das dauert jetzt einen Moment."

Benjamin tat, wie ihm befohlen wurde, dann lehnte er sich zurück und wartete.

„In deinem Haus lebten die Großeltern Bruno und Frieda zusammen mit ihrem Sohn Emil und ihren Töchtern Klara und Christina. Dein Großvater war streng und ein Säufer. Er verprügelte regelmäßig seine ganze Familie. Er hat Emil, wenn du so willst, zu Tode geprügelt."

„Wie meinst du das?", fragte Benjamin ganz leise.

„Er wollte, dass Emil am frühen Morgen mit dem kleinen Fischerboot allein rausfährt. Wie ich damals hörte, soll er ihm am Abend zuvor angedroht haben, dass er ihn hinauswirft, wenn er nicht genug Fang mitbringen würde. Ein jeder wusste, dass Emil nichts mit der Fischerei am Hut hatte. Er wollte Schreiner werden, durfte aber nicht. An diesem Tag fuhr Emil tatsächlich raus und kam nicht wieder zurück. Das Boot haben andere Fischer zwei Tage später auf See gefunden. Emil lag in der Kombüse, er hatte sich mit Tabletten selbst gerichtet."

Benjamin schüttelte den Kopf vor Entsetzen. Er fand keine Worte und schwieg.

„Dein Opa Bruno hat sich daraufhin die nächsten Monate ins Grab gesoffen. Er wurde ein halbes Jahr später beerdigt und deine Oma Frieda zerbrach an dem ganzen Unglück und folgte ihm bald darauf. Ab diesem Tag übernahm deine Mutter Klara die Verantwortung für das Haus und ihre Schwester Christina. Sie schuftete bereits als junge Frau auf mehreren Stellen, damit beide über die Runden kamen. Zum Glück war sie schon volljährig und bekam das Sorgerecht für ihre Schwester."

„Christina? Ich kenne keine Christina. Was ist aus ihr geworden?" Benjamin nahm einen Schluck Wasser. Sein Mund war ausgetrocknet.

Die alte Dame fuhr sich über die Stirn. Sie musste tief graben, um all das Wissen wieder hervorzuholen. „Christina lebte auf der Überholspur. Sie kam aus dem Ganzen nicht unbeschadet heraus. Sie zog durch die Kneipen, traf sich mit Matrosen, fuhr in die größeren Städte und arbeitete nichts. Sie eckte überall an, klaute deiner Mutter das Geld aus dem Geldbeutel und vieles mehr. Deine Mutter kam vor lauter Arbeit und Sorgen zu keinem Privatleben. Die Männer hielten es nicht bei ihr aus und so vereinsamte sie und war verbittert. Eines Tages aber lernte sie Paul Obermaier im Café kennen.

Du musst wissen, sie arbeitete vorne auf der Strandstraße im ältesten Café, das eine gewissen Berühmtheit war, und Paul saß eines Tages an einem der Tische. Man sah die beiden anschließend oft zusammen und es war auch deutlich sichtbar, dass sie sich mochten. Sie sagte mir, dass sie endlich den Mann fürs Leben gefunden hätte. Er zog auch zunächst bei ihr ein, aber heiraten wollten sie noch nicht. Ihre Schwester Christina rebellierte daraufhin. Sie wollte, dass Paul verschwand, was wohl von ihrer Eifersucht getragen war." Imke trank einen Schluck Wasser und legte ihre Hände auf den Tisch.

„Klara träumte von einer weißen Hochzeit. Sie erzählte mir, dass Paul auf einer kleinen Werft eine sehr gute Anstellung gefunden hätte. Sie meinte, dass es endlich aufwärtsging und sie bald nicht mehr so viele Jobs machen müsste, auch an Familie und Kinder denken durfte."

„Was ist dann passiert?" Benjamin fühlte, wie seine Hände feucht wurden. Was kam denn jetzt noch alles ans Licht? Er fühlte, dass das noch nicht alles gewesen war.

Imke strich ihm über den Arm. „Soll ich weitererzählen?" Er nickte nur.

„Dann stand an einem Sonntag die Polizei vor der Tür und brachte ihr Christina. Sie war auf einer dubiosen Party völlig betrunken aufgegriffen und in eine Ausnüchterungszelle gesteckt worden. Einige Monate zogen ins Land; während Christina im Haus blieb, ging Klara arbeiten. Was dann anschließend geschah, weiß ich nicht, denn Klara sprach von da an, nur noch ganz wenig über ihr Privatleben. Es war wohl Selbstschutz. So sagte sie mir, dass sie sich mit Paul zerstritten hätte und er wieder in seiner Wohnung in Zinnowitz wohnen würde, und Christina würde nun in Rostock arbeiten und in einem möblierten Zimmer wohnen. Bis hierher, habe ich dir erzählt, was ich weiß, und was sie mir selbst gesagt hatte. Ob das die Wahrheit war, sei dahingestellt. Alles Weitere geht ins Reich der Spekulationen, oder in die Gerüchteküche. Suche es dir nachher selbst aus." Sie nahm wieder einen Schluck Wasser.

„Paul habe ich hier nicht mehr gesehen und Christina auch nicht. Klara verreiste eines Tages, zumindest hatte man sie mit einem Koffer weggehen sehen. Wochen später kam sie zurück und hatte ein Baby, also dich, bei sich. Sie sagte auf die Frage, wessen Kind, das sei, dass sie im Urlaub gewesen wäre und die Wehen zu früh eingesetzt hätten. Es sei ihr und Pauls Kind. Was sie über Paul erzählte, das weißt du selbst und von Christina hat sie nie wieder gesprochen. Was aus ihr wurde, wusste man nicht."

„Das gibt es doch alles gar nicht. Mein Vater verstarb, als ich zwei Jahre alt war. Ich habe noch keine Spur hier auf der Insel zu ihm gefunden. Ausnahme seine Wohnung. Da war ich noch nicht."

„Manch einer hat in der Gerüchteküche vermutet, dass du vielleicht gar nicht Klaras eigenes Kind sein kannst. Niemand hatte sie je mit einem dicken Bauch gesehen. Aber das muss nicht zutreffen. Es gibt auch Frauen, denen man die Schwangerschaft nicht so genau ansieht. Und man fragte sich auch, warum war Paul nicht eingezogen, wenn er Vater geworden war?" Sie zuckte nur mit den Schultern.

„Danke, vielen lieben Dank, Imke. Du hast mir sehr geholfen. Ich werde das alles herausfinden. Alles über meinen Vater und Christina Köster." Benjamin stand auf und verabschiedete sich von der netten Dame. „Bleib gesund, Imke."

Als er nach Hause kam, glaubte er, dass ihn seine Füße nicht mehr tragen konnten. Zitternd setzte er sich in sein Zimmer und schloss die Tür.

Er würde morgen auf den Friedhof gehen. Das Grab seiner Großeltern Bruno und Frieda und das von Onkel Emil müsste er finden. Wo hatte seine Mutter die Unterlagen zu den Menschen, die schon verstorben waren, aufbewahrt?

Und dann war das große Fragezeichen über den Verbleib von Christina. Er hatte eine Tante, die in ihren jungen Jahren sehr schwierig war. Was war aus ihr geworden? Konnte es sein, dass sie noch lebte?

Und noch vielmehr tat sich die Frage auf, wer er selbst war. War er der Sohn von Christina und irgendeinem Mann? Oder war er der Sohn von Christina und Paul? Oder aber war er das Kind von Paul und seiner bisherigen Mutter Klara? Und wenn Letzteres, warum so geheimnisvoll? Warum war sie dann nicht offen ihm gegenüber?

Er erinnerte sich, dass Anni Obermaier bei ihrem Treffen so ganz nebenbei den Satz fallen ließ, dass sich bei ihr ein emotionaler Schlund auftun würde. Und bei ihm? War durch diese mögliche Erbschaft nicht ebenso ein Schlund, der sich da gerade auftat? Er war vor einiger Zeit voller Erwartungen nach Bad Wiessee gefahren und jetzt saß er hier auf Usedom und wusste noch nicht einmal mehr, von wem er abstammte, wer er war. Ein Mensch ohne Vergangenheit und nun auch ohne Zukunft? Wie lebte man, ohne sich und seine Familie zu kennen? Er fürchtete, nicht sehr gut.

2023
Anni
Bad Wiessee

Anni saß in der *Linde* und widmete sich einem Salat. Es war später Nachmittag und sie brauchte dringend eine Pause. Sie hatte heute den ganzen Tag recherchiert und musste einige Kontakte bemühen, um sich durch das Dickicht der Verflechtungen bewegen zu können. Seit ihr der obligatorische Kronleuchter aufgegangen war, wusste sie, wo sie suchen musste. Alles wusste sie noch nicht im Detail, aber das, was sie wusste, würde der Familie Hoferer zum Verhängnis werden. Es sei denn … Sie wollte sich gerade eine Gabel Salat in den Mund schieben, da stand er plötzlich an ihrem Tisch.

„Wieso treffe ich dich immer hier in der *Linde*?", sagte Sven mit einem Lächeln.

Anni legte die Gabel ab. „Das weiß ich auch nicht. Aber was machst du immer hier? Du hast doch ein eigenes Restaurant mit perfektem Seeblick."

„Man braucht ab und zu etwas Abstand und eine andere Sichtweise auf die Dinge, die einen gerade beschäftigen."

„Verstehe." Anni griff zu ihrem Wasserglas.

„Ich wundere mich, dass du noch hier bist. Dann ist das Erbe rund um die *Seeperle* bestimmt noch nicht geklärt."

„Leider nein. Der Sohn von Paul muss nachweisen, dass er dessen Sohn war, und das steht nicht in seiner Geburtsurkunde. Diese Familie war schon immer …"

„Ach, bleib doch gelassen. Es wird sich schon klären."

„Ja, sicher. Und bei dir, wie verlief dein Leben in den letzten Jahren?"

Sven fuhr sich mit der Hand über seine müden Augen. „Ach ja. Das ist eine lange Geschichte. Und das Wesentliche mit meiner Heirat habe ich dir ja schon erzählt."

Anni verschlang die Finger ineinander. „Und, warum hast du mir das damals nicht gesagt? Es hätte mir erspart, von deinem Vater auf unschöne und beleidigende Art weggeschickt zu werden."

„Wieso? Ich verstehe nicht. Wann und wie hat er dich weggeschickt?"

„Wir waren verabredet, erinnerst du dich?"

„Aber ja, doch ich war zu spät dran und du warst schon wieder weg."

„Ja, als ich etwa eine Stunde gewartet hatte und dich unbedingt sprechen wollte, weil ich körperlich am Ende war, und baldmöglichst vom Tal wegmusste, bin ich mutig in die Hotelhalle gelaufen. Dein Vater kam mir entgegen. Auf meine Frage, ob ich dich kurz sprechen könnte, sagte er mir, dass ich nur das Zimmermädchen von Grete sei und niemals Ehefrau und Hotelchefin werden könne und noch so einiges mehr, was sehr wehtat. Ich war wie gelähmt."

Anni fuhrt sich mit der Hand über die Stirn. „Wir hatten beide nie über eine Ehe gesprochen. Ich verstand nicht, was er damit meinte, auch nicht, dass er über kleine Hotels und über die Menschen, die dort ihrer Arbeit nachgingen, so eine schlechte Meinung hatte. Und um das abzuschließen, hat mich wenige Stunden später meine Tante Grete mit dem Handfeger verprügelt, weil ich meinen Arbeitsplatz verlassen hatte, um dich zu sehen."

Sven hatte es für einige Augenblicke die Sprache verschlagen. „Ich hatte mich wegen meinem Vater verspätet, bin dann am nächsten Tag in die *Seeperle*, um dich zu sprechen. Grete gab mir die Schuld daran, dass du weggegangen warst."

„So ist es, wenn Menschen über Menschen verfügen können", flüsterte Anni.

„Wie erging es dir in München und was machst du heute?"

„Wie du weißt, arbeite ich im Büro einer Unternehmensberatung."

„Und was machst du da speziell?"

„So dies und das. Wir beraten Firmen." Anni wollte gerade noch eine leichte Ergänzung hinterherschicken, da stand plötzlich Fabian an ihrem Tisch.

„Hallo, Schatz. Hier bist du", rief er mit einem strahlenden Lächeln. Er beugte sich zu ihr hin, um ihr einen Begrüßungskuss zu geben.

Anni wurde steif wie ein Brett und drehte sich weg, sodass es ein Luftkuss wurde.

„Wo kommst du denn plötzlich her, Fabian? Waren wir verabredet?" Sie wurde richtig sauer. Wäre das ein diffiziles Kundengespräch, wäre er jetzt wie ein unerfahrener Tölpel hineingeplatzt. Noch schlimmer war es jetzt mit Sven, der noch keine Ahnung hatte.

„Nein, waren wir nicht. Entschuldige, dass ich dein Handy geortet habe, aber ich habe dich die letzte Stunde etwa zehn Mal angeschrieben. Alexander wollte, dass ich mit dir spreche, weil du ihn über den Fall Hoferer noch nicht informiert hast."

Svens Augenbraue schoss nach oben. „Was ist hier los, Anni? Was geht hier vor?" Svens Augen starrten sie an.

„Lass uns allein darüber sprechen, Sven. Kann ich dich anrufen?"

„Ich will sofort wissen, was dieser Mensch, der dir, wie man unschwer sehen kann, sehr nahesteht, von dir im

Zusammenhang mit meinem *Hoferer*-Hotel will." Sven stand auf und trommelte mit den Fingerspitzen auf den Tisch.

Anni senkte kurz den Kopf, dann straffte sie die Schultern.

„Ich bin neben meinen eigenen Angelegenheiten auch hier, um mich um das Hotel *Hoferer* zu kümmern. Um die finanzielle Lage und seine Zukunft. Ich wollte mir erst ein Bild verschaffen, ehe wir darüber reden."

„Sag mir bitte jetzt nicht, dass du zu denen gehörst, die mir das Hotel wegnehmen wollen, oder doch?"

Anni schwieg. Es nützte im Moment nichts, mit fadenscheinigen Erklärungen daherzukommen.

„Hast du so nett geplaudert, um mich auszuspionieren? Du, ausgerechnet du?" Sven drehte sich um und verließ die *Linde*.

„Glückwunsch, Fabian zu so viel Blödheit. Wie konntest du nur?" Anni winkte dem Kellner. „Bringen Sie mir bitte ein großes Bier und einen Schnaps. Ich muss hier einiges runterspülen."

„Ich weiß nicht, was du willst. Alexander hat mir gesagt, dass ich herfahren und dich unterstützen soll, weil du dich nicht meldest. Du hättest deine Nachrichten von mir lesen sollen."

„Alexander wusste, dass es eine heikle Angelegenheit war. Und ich bin erst ein paar Tage hier. Was erwartet ihr? Ich muss recherchieren, musste herausfinden, was da los war. Ich musste in der Lage sein, zu argumentieren, um den Menschen, denen ich wehtun muss, in die Augen zu blicken. Alexander wusste, dass ich eine persönliche Beziehung zur Familie Hoferer hatte. Er wusste auch, dass ein Angebot abgelehnt wurde. Umso mehr war es mir wichtig, eine akzeptable Lösung zu finden, auch wenn es am Ende auf einen Verlust hinauslaufen wird. Und dann kommst du und mischst dich ein wie ein Anfänger bei seinem ersten Termin. Du bist gerade in einen Kuhfladen getreten, der sowieso bis zum Himmel stinkt. Verschwinde sofort, Fabian, und wenn du schon hier bist, bitte ich dich, verschwinde auch aus meinem Leben. Pack deine Sachen in meiner Wohnung und geh, noch ehe ich zurück bin."

„Spinnst du jetzt? Ich bin im Auftrag von Alexander hier." Er stockte innerlich. Ganz so war es nicht. „Ich weiß gerade nicht, was mit dir los ist. Diese heftige Reaktion konnte ich weder vorhersehen noch ist sie gerechtfertigt."

Anni stieß ein schrilles Lachen aus. „Erst einmal hast du nicht mein Handy zu orten. Und wenn du dich schon danebenbenimmst und mich wie ein kleines Kind heimlich ausspähst, dann hätte ich wenigstens erwartet, dass du keine Namen nennst, die die Vertraulichkeit, auch gegenüber Alexander, berühren. Du hast ein Gespräch unterbrochen, von dessen Inhalt du nichts ahnen konntest. Und das auch noch hier am Tegernsee, wo gerade so einiges im Gange ist, wo es um viele Millionen geht. Du hast keine Ahnung von der Hotellerie und Gastronomie und beginnst dich hier einzumischen. Du bist stümperhaft vorgegangen, das ist unverzeihlich. Verschwinde! Ich rede mit Alexander."

Fabian senkte den Kopf. Sie hatte recht. Es war sehr unklug gewesen, an den Tisch zu gehen und den Namen Hoferer in den Mund zu nehmen.

„Du hast diesen Mann, diesen Hoferer mal geliebt. Nur deshalb kannst du so heftig reagieren. Weiß das Alexander auch? Und wenn ja, weiß er, dass das wohl immer noch so ist? Kannst du noch, ohne befangen zu sein, agieren?"

„Alexander wusste das von Anfang an. Er hatte auch Kenntnis von meinen Bedenken. Aber ob ich diesen Mann immer noch liebe, das wüsste ich selbst nicht, wenn ich mir die Frage stellen würde. Es ist zu lange her, es ist viel zu viel geschehen in der Zwischenzeit und hättest du einmal richtig zugehört, wenn ich von meinem Leben am Tegernsee sprach, dann wüsstest du jetzt Bescheid." Anni erhob sich und legte einen Schein auf den Tisch. „Bezahl für mich mit. Auf Wiedersehen, Fabian. Alles Gute für dein Leben."

Anni überlegte, ob sie zum Hotel *Hoferer* gehen sollte. Sie musste sich mit Sven aussprechen und auch die geschäftlichen Details erörtern, entschied sich aber für den Moment dagegen. Sie bummelte zurück in ihre Ferienwohnung. Dort brühte sie sich einen Kaffee, um den Bier- und Schnapsgeschmack zu neutralisieren. Dann griff sie zum Smartphone.

„Grüß dich, Alexander."

„Ah, Anni. Wie stehen die Aktien?", fragte er.

„Du hast doch bestimmt einen Anruf von Fabian erhalten."

„Nein, wieso sollte Fabian mich anrufen?"

„Na, du hast ihn doch hierhergeschickt, weil ich nicht schnell genug war."

„Anni, das habe ich nicht. Wie kommst du darauf?"

„Du veräppeltest mich aber nicht gerade, oder?"

„Nein, warum sollte ich? Du sprichst in Rätseln. Raus mit der Sprache."

„Er hat mein Handy geortet und ist im Biergarten aufgetaucht, als ich mit Sven Hoferer am Tisch saß. Damit nicht genug. Er sagte, dass er in deinem Auftrag hier sei, weil ich mich noch nicht gemeldet hätte. Was glaubst du, was Sven daraufhin gemacht hat?"

„Das habe ich so nicht gesagt. Wir haben im Meeting über die Projekte gesprochen und ich habe Fabian gefragt, ob er von dir gehört hätte. Er verneinte und bot sich an, weil er dich sowieso besuchen wollte. Dem habe ich zugestimmt."

„Sven wurde von mir noch nicht über meinen beruflichen Auftrag informiert. Er dachte bisher, dass es mir um das Hotel meiner Tante gehen würde. Und da er selbst immer noch, mit wem auch immer, verhandelt, habe ich mich intensiv in die Akte eingearbeitet und auch recherchiert. Ich musste vorher wissen, wer da mit wem verhandelt und Angebote erstellt. Ich laufe niemandem ins offene Messer und ich will, dass die Familie mit Anstand und erhobenem Kopf durch Bad Wiessee gehen kann, trotz allem. Wenn ihr das nicht wollt, oder euch das zu lange dauert, dann müsst ihr es sagen, dann bin ich raus. Und dass dich Fabian so missverstanden haben soll, das glaube ich nun auch wieder nicht."

„Verzeih, Anni, ja ich habe schon erwähnt, dass ich endlich einen Fortschritt sehen möchte. Auch mich bedrängt man und erwartet Ergebnisse."

Anni interessierte das aber nicht. „Soll ich nun den Auftrag beenden, und zwar allein nach meinen Vorstellungen, oder willst du jemanden einsetzen, der schneller ist?"

„Mach du das. Ich brauche dich, das war von Anfang an klar."

„Danke für dein Vertrauen, Alexander. Ich halte dich auf dem Laufenden."

„Gerne, ich weiß, was ich an dir habe. Ich kann mich noch genau erinnern, wie ich im Stadthotel deine ansteigende Karriere trotz aller Widrigkeiten beobachten konnte. Es war mir eine Freude, dich in mein Unternehmen zu holen. Auf keinen Fall möchte ich dich verlieren."

„Dann mache ich weiter. Es wird nicht mehr lange dauern. Kenne mittlerweile die Zusammenhänge und ehrlich gesagt, das Vorgehen der XPP AG ist mehr als nur grenzwertig."

„Das interessiert mich jetzt aber."

„Sven hatte vor ein paar Jahren einen Millionen-Kredit bekommen, unter der Vorgabe, sein Schwiegervater hätte mit seinem Hotel für ihn gebürgt. Hat er aber nicht. Er wurde dafür bezahlt, das zu behaupten. Das Risiko lag und liegt bei Sven und jetzt kommt der Zeitpunkt, wo wir ihm ein niedriges Angebot machen, damit es nicht zur Versteigerung kommt. Eine schmerzhafte Wahl. Der bittere Nachgeschmack kommt daher, dass er nicht annähernd den Wert seines Grundstückes erhalten wird. Er soll schlicht mit dem berühmten Apfel und dem Ei abgespeist werden. Und ich werde versuchen, das Ergebnis zu verbessern. Nicht in voller Höhe, aber ein wenig. Zumindest so, dass er mit seiner Frau ein sorgenfreies Leben in ihrem *Berghotel* anstreben kann."

„Gute Arbeit, Anni. Ich hoffe, es gelingt dir, die Herren zu überzeugen."

„Habe ich schon. Ich habe ihnen mit meinem regionalen Wissen gedroht, die Suppe zu versalzen, wenn sie nicht erhöhen. Und ich habe die Zusage."

Alexander musste laut loslachen.

„Anni wie sie leibt und lebt. Immer kämpferisch."

„Servus, Alexander." Anni hatte aufgelegt.

2019
Anni
München

Seit Jahren arbeitete sie sich Stück für Stück nach oben, nachdem sie von Ludwig Loibl, wie versprochen, zur Rezeption versetzt worden war und dort die Gäste betreuen durfte.

Kurze Zeit später wurde sie auch im Reservierungsbüro eingesetzt und schleichend kamen Aufgaben aus der allgemeinen Verwaltung dazu. Heute war sie Chefin über die Finanzen und das Personal in den Verwaltungsbüros.

Anni saß in ihrem Büro, das hinter der Rezeption und neben dem Reservierungsbüro lag, sodass sie jederzeit sehen konnte, wo gerade Unterstützung gebraucht wurde. Ihr Blick ging hinüber zum Fenster. Dort hatte sich ein kleiner Vogel auf das Fensterbrett gesetzt und zwitscherte fröhlich sein Lied. Dahinter stand ein Baum, dessen Blätter im satten Grün leuchteten, sie bewegten sich ganz leicht im Wind, während die Sonne ihre Strahlen durch die Äste schickte.

Ihre Gedanken schweiften ab. Es war ein langsamer und ein anstrengender beruflicher Aufstieg gewesen, der viel Kraft gekostet hatte. Einige schwere Jahre, gerade auch die, nachdem ihr Vater verstorben war, und sie lernen musste, ohne jegliche Familie durch das Leben zu gehen. Sie musste alle Sorgen mit sich selbst besprechen, hatte niemanden mit einer breiten Schulter und auch niemanden, der ihr einen guten Rat geben konnte. Damals am Tegernsee hatte sie ihre beste Freundin Fritzi. Hier in München kam nie eine so gute Freundin vorbei. Und die wäre so wichtig gewesen, denn

Antonia sorgte immer wieder dafür, dass sie sich gegen irgendwelche Anschuldigungen verteidigen oder beweisen musste, dass ihr kein Fehler passiert war. Selbst der Chef wusste in manchen Situationen nicht mehr zu unterscheiden, was jetzt Wahrheit oder Intrige gewesen war. Sie erinnerte sich.

„Anni", rief eines Tages Ludwig Loibl mit aggressiver Stimme, „wie kann das sein, dass wir drei Doppelbelegungen haben?" Er stand am Türrahmen und stemmte die Hände in die Hüften.

Anni erschrak. „Ich weiß nichts von einer Doppelbelegung durch mich, Chef." Sie stand wie ein begossener Pudel vor ihm.

„Aber du hast doch diese Woche Frühdienst gehabt. Und die Buchungen gingen am Dienstagvormittag telefonisch ein."

„Am Dienstag war ich vorne und habe die abreisenden Gäste abgerechnet und verabschiedet."

„Bist du sicher?"

„Ja, Chef, ganz sicher. Das lässt sich auch am Kassensystem nachprüfen. Ich habe mich da an- und abgemeldet."

„Dann muss ich das prüfen. Ich wurde wohl falsch informiert."

Ein anderes Mal waren zwei Fax-Stornierungen verschwunden und zahlreiche weitere Vorfälle.

Anni kam aus ihrer Gedankenwelt zurück und wurde bis heute das Gefühl nicht los, dass Antonia immer noch, oder immer wieder, ihre Finger im Spiel hatte. Sie war inzwischen karrieretechnisch im Service stecken geblieben und das ärgerte sie. Das sagte sie auch laut, dass sie es nicht fair fand, nicht aus der Teamleiterrolle herauszukommen.

Anni wusste, dass Antonia neidisch war auf ihren Posten als Chefin der Verwaltung. Und sie war nach all der Zeit müde, ständig aufzupassen, ob ihr wieder einmal etwas in die Schuhe geschoben wurde. Es war zwar jetzt nicht mehr so einfach, ihre Arbeit zu torpedieren, aber trau, schau wem, sagt man immer. Sie wollte nicht mehr. Vor einigen Tagen hatte ihr der Freund von Ludwig Loibl einen Besuch in ihrem Büro abgestattet.

„Darf ich mich kurz setzen? Ich würde gerne etwas mit Ihnen besprechen, Anni."

„Selbstverständlich, hier bitte." Sie zeigte auf ihre kleine Sitzgruppe auf der anderen Seite des Büros.

„Was kann ich für Sie tun, Alexander?"

„Ganz viel, Anni." Er legte die Finger beider Hände gegeneinander. „Wir kennen uns schon einige Jahre, Anni. Ich kann mich noch an Ihre Anfangszeit als Küchenhilfe und Zimmermädchen hier im Hotel erinnern, und auch an den Unfall damals, weil andere Ihnen wehtun wollten. Ich habe Ihre Karriere zufällig verfolgen können. Und ich bin begeistert von Ihnen, von Ihrer Arbeit, die Sie leisten. Seit Sie das Büro und die Verwaltung leiten, hat mein Freund Ludwig Loibl nicht mehr nur einen gut funktionieren Betrieb, sondern ein Hotel, das exzellent aufgestellt war."

„Aber das ist doch nicht mein Verdienst. Er ist eben ein guter Geschäftsmann", antwortete Anni.

„Das ist er, aber Sie sind an seiner Seite und steuern wichtige Bereiche unaufgeregt und fast leise. Man spürt gar nicht, wenn Sie an irgendeiner Stelle das Ruder herumreißen, um irgendein Hindernis zu umschiffen. Und das ist eine große Leistung."

Anni hob die Arme. „Bitte nicht, ich könnte ja rot werden. So viel Lob wäre unverdient. Ich mache nur meine Arbeit."

„Sie sind viel zu bescheiden. Das müssen Sie noch ändern. Sie müssen sich das nehmen, was Sie haben wollen. Man hat Ihnen übel mitgespielt in Ihrer Jugend und in Ihrem Berufsleben. Ich möchte Ihnen deshalb einen Job in meiner Unternehmensberatung anbieten. Ein Job, der anspruchsvoll ist, der auch viel von Ihnen verlangt. Er bringt Unabhängigkeit. Sie werden sich von Ihrem Gehalt eine eigene schöne Wohnung leisten können. Zuvor aber würden Sie für ein Jahr bei vollem Lohnausgleich tief in die Betriebswirtschaft eintauchen. Das ist eine private Eliteschule. Ihr würde sie gerne in der Gruppe für Hotel- und Gastronomiebetriebe einsetzen."

„Und was macht diese Gruppe?"

„Wir sind vielfältig unterwegs. Mal im Auftrag eines Hotelbesitzers, der besser werden oder sein Hotel retten will. Mal im Auftrag eines Investors, der wissen will, ob es Sinn macht, einzusteigen. Oder wir klopfen vorher den Markt ab, ob es sich lohnt, an der Stelle ein Unternehmen zu eröffnen. Und manchmal schließen wir auch Betriebe, die nicht mehr rentabel sind."

„Das klingt gut. Aber Herr Loibl? Ich verdanke ihm so viel. Im Prinzip alles, was mein Leben ausmachte. Ich kann ihn doch jetzt nicht einfach im Stich lassen." Anni wusste nicht, was sie sagen sollte. In ihrem Kopf drehten sich die Gedanken. Das hörte sich alles spannend und wunderbar an, aber sie hatte keine Ahnung, ob das so interessant sein würde, wie sie sich das nun vorstellte. Und ja eine eigene Wohnung. Aber die hätte sie sich auch jetzt schon leisten können. Nicht hier, aber vielleicht am Stadtrand. Sie hatte bisher die Bequemlichkeit, vor Ort zu sein, vorgezogen.

„Machen Sie sich bitte keine Sorgen um meinen Freund. Ich habe mit ihm gesprochen. Ich werde ihm doch nicht seine beste Mitarbeiterin ungefragt wegschnappen." Alexander lächelte und zwinkerte ihr zu. „Er wird in einem Jahr sein Haus verkaufen und am Traunsee eine ganz kleine Frühstückspension übernehmen, die schon lange in der Familie betrieben wird. Er will nicht mehr so viel arbeiten und das traditionelle Unternehmen am See nicht in fremde Hände geben. Das *Stadthotel* hier, das gibt er auf. Aber bewahren Sie bitte Stillschweigen."

Als Anni das hörte, waren die Bedenken ausgeräumt. Sie würde es wagen, einen völlig neuen Beruf zu erlernen, und sie würde sich durchbeißen. Sie würde es schaffen, sie hatte schon so viel in ihrem Leben geschafft.

Zwei Wochen später bezog sie mithilfe von Herrn Loibl und Alexander eine neue Zweizimmerwohnung.

Ihr neues Leben konnte beginnen.

2023
Benjamin
Usedom

Benjamin war mittlerweile gestresst, denn er pilgerte im wöchentlichen Wechsel zwischen Usedom und Hamburg hin und her, dabei hätte er sich lieber der Familiengeschichte gewidmet. Aber so viel Urlaub hatte kein Mensch, wie er benötigen würde. Mittlerweile hatte er die Gräber der Familie Köster gefunden und konnte immer noch nicht verstehen, warum sich die Familie gegenseitig wehgetan hatte, so sehr, dass es teilweise das Leben gekostet hatte und bei seiner Mutter mindestens die Lebensqualität, die Liebe und ihre persönliche Freiheit. Und er selbst fragte am Grab seiner Mutter: „Wer bin ich, Mama? Warum warst du nicht ehrlich zu mir? Stimmt es, dass Paul Obermaier mein Vater war und du meine leibliche Mutter? Wo ist deine Schwester Christina? Hat sie auch eine Grabstelle irgendwo, oder lebt sie noch? Ist vielleicht sie meine leibliche Mutter und du wolltest mich nur schützen?" Benjamin trat mit dem rechten Bein auf und ballte die Hände zu Fäusten. Er musste etwas Dampf ablassen, damit er nicht das Gefühl hatte, zu platzen. „Mama, das war einfach unfair, aber ich werde deine Geheimnisse lüften und es wird dir nichts nützen, dass du sie mit ins Grab genommen hast."

Am Abend wagte er sich ins Schlafzimmer seiner Mutter. Es war ihr Refugium, das er nie betreten hatte, zumindest nicht in den Jahren, an die er sich bewusst erinnern konnte. Auch in diesem Zimmer hatte sie einen kleinen Schreibtisch und zwei Kommoden stehen. Eine davon war mit Wäsche bestückt, aber die andere schien für seine Suche sehr interessant zu sein. Er trug bergeweise Ordner und Unterlagen ins Wohnzimmer und stapelte sie auf den Wohnzimmertisch.

Zunächst nahm er sich die Ordner mit den fein säuberlich abgehefteten Unterlagen rund um die Großeltern vor. Es war genauso, wie es ihm Imke erzählt hatte. Großvater Bruno war ein Tyrann, und zwar immer dann, wenn er getrunken hatte und irgendwann war das täglich der Fall. Oma Frieda hatte ein Tagebuch geführt, indem sie jeden Tag ihres Lebens schilderte. Benjamin musste zwischendurch immer aufhören zu lesen. Er schaffte es nicht, die Bilder, die sich ihm bei jedem Satz aufdrängten, zu verarbeiten. So schrieb sie an einer Stelle:

Heute am frühen Morgen so gegen acht Uhr kam Bruno angetorkelt. Er war auf See gewesen. Ich sah gleich, dass er nicht viele Fische gefangen und abgeliefert haben konnte, denn er bringt immer auch was für die eigene Pfanne mit und sein Päckchen war dünn. Die Küchentür flog auf, sein Gesicht war aufgedunsen, seine wenigen Haare standen zu Berg und die Augen waren gerötet. Wortlos warf er den einen in Zeitungspapier eingepackten Fisch auf den Küchentisch. Dann zog er schwankend seine Jacke aus und ließ sie fallen. Ich saß am Küchentisch und schaute schweigend zu ihm auf. Mit seiner linken Hand griff er in meine Haare und mit der rechten Hand fasste er den Kragen meines Bademantels und zog mich hoch. Als ich vor ihm stand, schlug er mir mit seiner rechten Hand mitten ins Gesicht. Dann schnappte er sich den Schürhaken vom Herd, schrie, dass ich mich mit dem Rücken zu ihm vor ihn hinknien solle, was ich tat. Und dann schlug er zehnmal mit dem Schürhaken auf meinen Rücken. Ich zählte mit, um den höllischen Schmerz nicht laut hinauszuschreien. Dann legte er sich ins Wohnzimmer auf das Sofa und ich musste zum Arzt. Zwei Rippen waren diesmal gebrochen und die zahlreichen Blutergüsse schmerzten ununterbrochen. Aber er hatte die

Kinder in Ruhe gelassen. Er war so betrunken, dass er es nicht mehr schaffte, die drei Jugendlichen aus den Betten zu holen.

Benjamin fuhr sich mit der Zunge über die Lippen und griff zu seinem Weinglas. Unvorstellbar. Und dann diese zu Herzen gehenden Ausführungen, wenn er die drei Kinder verprügelte. Zahlreiche Arztbesuche und Krankenhausbehandlungen waren die Folge. Alles akkurat dokumentiert. Auf einer der nächsten Seiten ging es um Christina.

Meine kleine Tochter Christina ist in der Pubertät und daher öfter eigensinnig. Das ging immer gut, wenn Bruno auf See, in der Kneipe oder im Bett war. Heute aber war wieder einmal ein Tag, an dem alles schief ging. Christina saß am Frühstückstisch, als Bruno vom Hafen nach Hause kam. Wie jeden Tag hatte er bereits glasige Augen, ein Zeichen des Alkoholkonsums. „Wie siehst du denn aus?", fragte er schreiend, als er sah, wie sich Christina zurechtgemacht hatte. Zugegeben, zu auffällig. Sie hatte sich selbst die Haare knallrot gefärbt. Den schlichten und unauffälligen Rock hatte sie sich gerade noch vertretbar gekürzt. Den Saum mit einem Stoffrest in knalligem Rot eingefasst. Den selbstgestrickten Pullover hatte sie innen mit einer weiteren Naht versehen, sodass er eng am Körper anlag und ihre Brust deutlich hervorhob. Selbst gebastelte lange Ohrringe und ein stark geschminktes Gesicht vervollständigten ihr Aussehen.

„Normal sehe ich aus. Ich muss nun los", sagte sie und erhob sich, um ihm aus dem Weg zu gehen.

„Den Teufel wirst du. Das ganze Dorf redet schon über dich. Du bist weder eine Schlampe noch eine Hure. Zieh dich um und wasch dir das Gesicht, sonst setzt es was."

Christina wollte schweigend an ihm vorbei, da griff er nach ihrem Arm, drehte sie um und schlug ihr ohne Vorwarnung ins Gesicht. Blut träufelte aus ihrer Nase und verschmutzte ihren Pullover. Und als sie ihn grinsend ansah, um ihm zu zeigen, dass er damit nichts erreicht hatte, drehte er durch. Mit Händen und Füßen schlug er und trat er um sich, als ob es kein Morgen gäbe. Christina konnte heute nicht mehr zur Arbeit gehen. Ich musste sie ins Bett stecken und ihren Körper kühlen.

Benjamin klappte das Tagebuch seiner Oma zu. Er musste jetzt was essen und musste den Kopf freipusten. Dazu rief er seinen Freund Ludger an und verabredete sich mit ihm im Fischrestaurant am Strand.

Zwei Stunden später ging es ihm wieder besser. Als er nach Hause kam, füllte er sich eine Karaffe mit Wasser und schlug das Tagebuch wieder auf. Das ganze Elend wollte er nicht mehr lesen, aber er wollte wissen, was seine Oma schrieb, als sie ihren Sohn verlor.

Gestern war der schwärzeste Tag in meinem Leben. Mein einziger Sohn hat entschieden, dass er dieses verdammte Leben nicht mehr will.

Am Abend zuvor bekam Emil von Bruno den Auftrag, an seiner Stelle rauszufahren. Mit dem Zeigefinger drohte er ihm, nicht ohne zehn Kilo Fisch zurückzukommen. Er selbst hatte schon lange keine zehn Kilo Fisch mehr mitgebracht. Mein lieber Emil konnte dem Druck und den Schlägen nicht mehr standhalten und hat sich das Leben genommen. Das war niemals ein Unfall, wie Bruno uns einreden wollte. Dies haben die Polizisten gleich gesehen, die Tablettenschachtel lag daneben. Ich werde Bruno das niemals verzeihen.

Benjamin schloss das Tagebuch. Das Ende, den Tod der Großeltern, hatte ihm die liebe Nachbarin erzählt. Er begriff, der Großvater und der Alkohol zerstörten das Familienleben. Letztendlich konnten beide das Ableben von Emil nicht verarbeiten.

Dann fand er Fotos von seiner Mutter und endlich auch von seinem vermeintlichen Vater Paul Obermaier. Ein fescher, junger Mann, der in die Kamera lächelte und den Arm um die Schulter seiner Mutter gelegt hatte. Ein schönes Paar. Schade, dass aus ihnen keine Familie geworden war. Auch die Adresse seiner Wohnung in Zinnowitz war dabei. Dann fand

Benjamin zahlreiche Arbeitsverträge, Lohnabrechnungen, ärztliche Befunde und weitere persönliche Unterlagen seiner Mutter. So konnte er das harte Leben, das sie führen musste, gut nachvollziehen. Sein Respekt wuchs, denn zu keiner Zeit hatte er die angespannte Situation spüren müssen. Sie hatte ihm eine sorglose und schöne Kindheit mit einer erstklassigen Ausbildung ermöglicht, ohne ihm je das Gefühl zu geben, dass etwas Wichtiges in seinem Leben fehlen könnte.

Blieb jetzt noch Christina. Wo war Christina, die Schwester seiner Mutter?

Langsam wanderten seine Augen durch den ganzen Raum. Doch er konnte nicht erkennen, wo noch etwas sein könnte. Akribisch suchte er in den noch verbliebenen Unterlagen weiter. Nichts. Angestrengt sah er sich anschließend noch einmal im Schlafzimmer seiner Mutter um. Er öffnete das Nachtschränkchen und schaute verblüfft auf einen kleinen eingebauten Safe. Den Schlüssel dazu fand er in der kleinen Schublade. Und dann griff er nach dem Ordner, der mit „Christina" beschriftet war. Der aber war leer. Blieb noch der alte Vertiko. Zwei Stunden später rief er seinen Freund Ludger an und zeigte ihm kurz danach ein Familiengeheimnis.

„Das ist ja kaum zu glauben. Benjamin, du weißt, was du jetzt tun musst?"

„Ja, Ludger, ich weiß, was ich tun muss. Gleich morgen mache ich mich auf den Weg."

2023
Anni
Bad Wiessee

Anni saß auf dem Balkon ihrer Ferienwohnung und drehte das Smartphone, das in ihrer Hand lag, mit den Fingern immer im Kreis. Sie hatte ihre Recherche beendet und sich alle Puzzleteile zusammengesetzt. Sie wusste über das Geflecht der XPP AG Bescheid, zumindest für die Teile, die hier am Tegernsee aktiv waren. Sven hatte damals einen Bankkredit über drei Millionen bekommen, für den sein Schwiegervater angeblich mit ihm zusammen gebürgt hatte. Sie wusste definitiv, dass es nicht so, sondern anders war, ganz anders. Ihr war klar, dass die ganzen angeblichen Investoren, mit denen Sven in der *Linde* gesessen hatte, alle zu der XPP-Gruppe gehörten, und ihr war ebenso klar, dass er zu den drei Millionen, deren Kreditrate er in Kürze nicht mehr bedienen konnte, keine weiteren Investitionen und auch kein Kreditangebot, ob gut oder schlecht, erhalten würde. Das letzte Angebot vor ein paar Tagen war vorgetäuscht. Er hätte kein Geld bekommen und ein Investor wäre auch nicht eingestiegen. Sie musste mit Sven reden.

„Alexander, grüß dich. Es ist Zeit, meine letzten Vorschläge auf den Tisch zu legen. Es hat mich sehr viel Mühe und Zeit gekostet, das herauszufinden, was eigentlich in der Akte hätte stehen müssen. Die XPP ist eiskalt und knallhart. Sie hat drum herum alle Grundstücke und kleinen Hotels aufgekauft. Jetzt fehlt ihr nur noch das Hotel *Hoferer*. Der Weg des Hotels wurde von langer Hand und an feinen Strippen vorbereitet. Gelegentlich war man bei der Wahl der Mittel etwas grenzwertig. Die Familie Hoferer hatte nach meiner Einschätzung gar keine Chance mehr. Ich möchte jetzt nur noch die Zeit haben, die Familie behutsam vorzubereiten und ihr darlegen, warum es so ist, wie es ist und anders kommen wird, als von ihnen gedacht."

„Das verstehe ich. Gute Arbeit. Aber bist du sicher, dass sie aufgeben werden?"

„Wenn nicht ein Wunder geschieht, bleibt ihnen nichts, weil es nach der Akte am Ende … Aber warte ab. Ich halte dich auf dem Laufenden."

Heute war kein schöner Tag. Auch für sie war das Hotel *Hoferer* eine Institution. Unvorstellbar, dass es dieses Haus bald nicht mehr geben sollte. Wo führten diese Veränderungen hin und wo war die Grenze für dieses schöne Tal? Wohin würde es sich entwickeln? In eine neue und schöne Zukunft? Die Zeit würde es zeigen – ganz sicher. Ihr Smartphone klingelte.

„Lukas Schneider hier. Wie geht es Ihnen, Frau Obermaier?"

Anni konnte seine gute Laune hören.

„Danke, ganz gut, obwohl ich nicht weiß, was ich mit meiner beruflichen Arbeit auslösen werde. Dennoch fühle ich mich gut. So langsam beantworten sich meine Fragen, sodass ich auch Lösungen finden kann. Wissen Sie, die Vergangenheit hat ihre hässliche Fratze gezeigt, aber sie flößt mir keine Furcht mehr ein. So schaffe ich es auch beruflich, meinen Auftrag zu bearbeiten. Meine private Angelegenheit ist noch unklar, aber Tante Grete ist nicht mehr, ihre Stimme schweigt, und ihr Aussehen ist vor meinem geistigen Auge mittlerweile verblasst. Ich werde nicht mehr davonlaufen, wenn ich einen Raum in der *Seeperle* betrete."

„Das freut mich. Zur *Seeperle* kann ich sagen, dass es noch keine verlässlichen Informationen gibt, da müssen wir noch ein bisschen warten."

„Das ist schon in Ordnung. Es wäre allerdings schön, wenn sich alles im gleichen Zeitrahmen erledigen ließe, dann könnte ich in Ruhe zurück nach München."

„Das kann ich Ihnen leider nicht versprechen, dass wir das hinbekommen. Aber wir geben uns Mühe. Ich kann verstehen, dass die *Seeperle* auch noch einmal eine Herausforderung ist. Entscheidungen müssen fallen, die nicht einfach sind, zumal wir nicht wissen, ob tatsächlich ein zweiter Erbe seine Ansprüche geltend machen kann. Darf ich Sie heute Abend in mein Lieblingsrestaurant einladen? Ein bisschen Abwechslung nach der vielen Arbeit tut Ihnen sicher gut." Geduldig blickte er auf seinen Schreibtisch, während er auf eine Antwort wartete.

„Warum nicht", sagte sie. „Ihre ausgewählten Lokalitäten waren bisher immer etwas ganz Besonderes."

„Schön, dann hole ich Sie ab? Um acht?"

„Ja, ich freue mich. Bis heute Abend."

Lukas legte auf und stützte die Ellenbogen auf den Schreibtisch. Diese Frau spukte ihm seit Tagen durch den Kopf. Immer wieder schob sich ihr Bild vor seine Augen und wenn er sie sah, kribbelte es mächtig im Bauchraum. Er hatte stets das Gefühl, sie in den Arm nehmen zu wollen. Was war das? Er wollte sich nicht verlieben. Er hatte genug von den Frauen. Zu groß waren der Schmerz und seine Enttäuschung nach der letzten Trennung. Er hatte geglaubt, eine gute und liebevolle Beziehung zu haben, ein Haus weiter oben im Grünen mit Blick auf den See gebaut, die Kanzlei seines Vaters übernommen und dann, nach zwei Jahren, hatte sie genug vom beschaulichen Tegernseer Tal, wollte nur weg.

Am Abend stand Lukas pünktlich vor der Tür. Anni hatte sich ihr lindgrünes Sommerkleid mit schlichtem Oberteil und schwingenden Rock ausgewählt. Dazu ihre Pumps in der gleichen Farbe. Ihre Augen waren dezent geschminkt und Lipgloss in zartrosa aufgelegt. Die Haare trug sie offen, sie legten sich in dezenten Locken über die Schulter. Als sie sah, dass er schon da war, griff sie zur beigen Jacke und einer ebenso beigen Tasche. Ein letzter Blick in den Spiegel und sie war zufrieden mit ihrem Aussehen.

Lukas fuhr mit ihr in das einhundert Meter über dem See gelegene Restaurant *Freihaus*. Anni kannte es noch von früher, aber weit weniger elegant als heute. Sie freute sich.

Lukas indes war hin und weg. Sie war so schön und er grübelte, ob er zeigen durfte, wie sehr er sie mochte. Durfte er? Nein, er durfte noch nicht, das wusste er. Nicht, solange sie beide beruflich miteinander zu tun hatten.

Anni beobachtete ihn, während er lebhaft Anekdoten aus seiner Jugend erzählte. Was für ein kluger, witziger und schöner Mann, stellte sie zum zweiten Mal bei einem schönen Abendessen fest. Sie erschrak vor ihren eigenen Gedanken und versuchte sie zur Seite zu schieben. Das fehlte noch. Kaum, dass sie Fabian rausgeworfen hatte, schon wieder ein Mann. Nein, nein, das wollte sie nicht.

„Leben Sie schon immer hier am Tegernsee?"

„Nicht immer. Ich habe in England studiert und später je zwei Jahre in Italien und Amerika für deutsche Unternehmen gearbeitet. Das waren schöne und lehrreiche Jahre. Aber dann wollte und musste ich wieder zurück. Mein Vater brauchte mich hier, er wollte abgeben und seinen Ruhestand genießen." Lukas erhob sein Weinglas und prostete ihr zu.

Auch Anni ließ sich den Wein schmecken. „Haben Sie eine Familie?", wollte sie wissen. „Entschuldigung, meine

Frage war jetzt etwas zu privat." Es war ihr peinlich. Sie wusste nicht, warum sie diese Frage gestellt hatte.

„Das macht doch nichts. Ich weiß über Sie auch viel. Fast alles." Lukas musste lachen. „Nein, Spaß beiseite. Ich war verheiratet, aber meine Frau konnte irgendwann mit dem kleinen Tegernseer Tal nichts mehr anfangen, obwohl ich ein schönes Haus gebaut und alles für ihr Wohlbefinden getan hatte. Sie ging, und alles andere rund um die Trennung war nur noch Formsache. Das ist jetzt vier Jahre her. Lange glaubte ich, mich nie wieder öffnen, oder vertrauen zu können. Aber ich gehe wieder offen und neugierig durch die Welt."

„Das ist das Leben", philosophierte Anni. „Es führt immer wieder zu Höhen und zu Tiefen, aus denen wir uns wieder herausarbeiten müssen. Es ist oft anstrengend, aber unerlässlich, damit man wieder mutig durch das Leben schreiten kann."

Lukas wusste, dass Anni weit mehr bittere Erfahrungen und Schmerzen ertragen musste als er und dennoch hatte sie sich durchgekämpft, hatte sich beruflich nach oben gearbeitet und, ob ihr Privatleben auch erfüllt war, das wollte er nicht, oder noch nicht erfragen.

Am Ende des Abends trennten sie sich nachdenklich, jeder in sich gekehrt, aber harmonisch.

„Danke für die Einladung. Es war ein wunderschöner Abend, den ich sehr genossen habe."

„Ich danke auch und freue mich auf das nächste Mal." Lukas stieg in sein Auto ein, winkte noch einmal und fuhr davon.

2023
Laura
Bad Wiessee

Sven stürmte wütend in sein Büro, nachdem er erfahren hatte, dass seine Anni hier war, um ihm das Hotel *Hoferer* zu entreißen. Müde ließ er sich in seinen Schreibtischsessel fallen. Sollte das tatsächlich das Ende seines Familienunternehmens sein?

Laura hatte ihn kommen sehen und ging ihm nach. Sie sah gleich, dass irgendetwas nicht stimmen konnte. Ihr Mann war in sich zusammengesunken, die Ellenbogen auf den Schreibtisch gestellt und den Kopf in die Hände gelegt, um ihn zu stützen.

„Was ist los, Sven?"

„Wenn ich das wüsste, wäre ich schlauer." Rasch erzählte er, was in der *Linde* vorgefallen war. „Ich weiß nicht, was Anni vorhat, aber ich bin maßlos enttäuscht, dass sie mir bei mehreren zufälligen Treffen nicht erzählt hat, dass sie auch wegen uns hier war. Ich vermute, sie will oder muss uns fertigmachen. Sie arbeitet für eine Unternehmensberatung. Ausgerechnet sie."

„Moment, die Anni? Die von der *Seeperle*, deine einst große Liebe?"

„Ja, die Anni."

„Und du hast sie schon öfter getroffen?"

„Getroffen, ist nicht das richtige Wort. Sie saß einige Male in der *Linde*, als ich hinkam."

„Was suchtest du in der *Linde*, frage ich mich?"

„Ich musste ab und zu mal ein Stück laufen und abschalten. Da bot sich das an."

„Du hast nie erzählt, dass du sie getroffen hast. Und so viel Zufall gibt es nicht. Einmal würde ich verstehen, aber gleich mehrmals? Fängst du mit der wieder was an?" Lauras Herz begann zu klopfen. Die Eifersucht kroch in ihr hoch. Sie hatte gedacht, alles hinter sich gelassen zu haben, weil Anni Bad Wiessee vor langer Zeit verlassen hatte, aber nun war das alte Gespenst plötzlich wieder da.

„Spinnst du?" Sven erhob sich und schüttelte den Kopf. „Ich habe andere Sorgen.

Laura tropften die Tränen aus den Augen. Sie hatte ihn immer geliebt und sie hatte all die Jahre alles dafür getan, dass er sie auch lieben lernen konnte. Sie hatte das Gefühl, dass sie sich in Laufe der Jahre nähergekommen waren. Manchmal dachte sie, was anfangs war, war überwunden. Sie konnten sich umarmen, zärtlich sein, eine harmonische Ehe führen und sie hatten zwei wundervolle Kinder. Aber immer wieder standen die Sorgen um das Hotel zwischen ihnen, und nun vermutlich auch wieder Anni. Laura drehte sich weg, um das Büro zu verlassen.

„Du musst nicht weinen", rief ihr Sven nach. „Es war jedes Mal der Zufall und zwischen Anni und mir ist nichts geschehen. Wir haben uns nur gut unterhalten, bis ihr Freund auftauchte und mir klarmachte, dass sie wegen uns hier sind."

Laura hielt mitten im Schritt an. „Dann musst du mit ihr reden, um zu erfahren, was sie vorhaben."

2023
Benjamin
Rostock

Benjamins Herz klopfte bis zum Hals. Er war auf dem Weg nach Rostock.

Gestern hatte er im Schlafzimmer seiner Mutter ein altes Vertiko aus der Gründerzeit ausgeräumt. Bisher dachte er, dass nur Bett- und Tischwäsche darin aufbewahrt wurde. Als er aber die über einen Meter breite Schublade herausnehmen wollte, war ihm diese, weil sie klemmte, aus der Hand gerutscht und runterfallen. Dabei war ein Seitenteil herausgebrochen und hatte einen doppelten Boden freigelegt. In diesem Versteck fand er zahlreiche Unterlagen. Christina! Alles Dokumente über Christina. Ihm wurde schlecht, als er alles gelesen hatte. Christina lebte damals in einem kleinen Zimmer in Rostock. Zunächst war seine Mutter Klara einige Wochen bei ihr, bis Christina, die schwanger war, ihr Kind zur Welt gebracht hatte. Anschließend, stand da, hatte Klara ihr das Kind weggenommen und zur Adoption freigegeben. Sie besorgte Christina einen Platz in einer Fabrik und fuhr wieder zurück nach Bansin. In der Fabrik lernte Christina später einen Mann kennen, der sie heiratete. Wie es dann im Leben von Christina weiterging, fand er nicht heraus. Als sie aber vor etwa sieben Jahren in ein Pflegeheim kam, schloss seine Mutter die Verträge.

Er rief das Heim an und fragte nach Christina und tatsächlich, sie lebte noch. Jetzt war er unterwegs, um sie kennenzulernen, und vielleicht konnte sie ihm sagen, wer er war.

Im Heim ließ er sich zu ihrem Zimmer führen. Die Schwester klopfte an und öffnete die Tür.

„Sie haben Besuch, Christina."

„Ich, wie sollte ich Besuch haben?", kam eine zarte Stimme aus einem hohen Ohrensessel, der am Fenster stand.

Er trat langsam näher. „Ich bin Benjamin, der Sohn deiner Schwester Klara. Guten Tag, Tante Christina. Ich darf doch du sagen?"

Christina drehte langsam den Kopf. Lange konnte sie nichts sagen. Sie musterte ihn von Kopf bis Fuß. „Du bist der Benjamin?"

„Ja, darf ich mich setzen?"

„Nimm dir einen Stuhl."

„Wie geht es dir?", fragte er leise.

„Ich bin ein bisschen gehandicapt, aber es geht mir ganz gut. Danke der Nachfrage. Ein Schlaganfall vor einigen Jahren und deine Mutter hat mich hierhergebracht. Ich musste das Leben, die Sprache, das Laufen und einiges mehr wieder neu lernen. Eigentlich habe ich das gut gemeistert, aber jetzt mit Mitte sechzig noch einmal eine Wohnung einrichten und von vorne anfangen, ist mir zu viel, auch wenn ich mit ein bisschen Unterstützung wieder ein selbstbestimmtes Leben führen könnte."

„Kannst du mir ein wenig über die Familie erzählen? Mama hat nie gesprochen", fragte Benjamin.

„Ja, das kann ich. Es wird aber nicht alles schön sein und es wird auch dich berühren, vielleicht auch ein wenig schmerzen. Tust du mir einen Gefallen?"

„Aber ja doch. Was kann ich tun?"

„Fahr mich auf die Terrasse, in unser Café. Die Sonne scheint so schön und frische Luft ist etwas, was ich sehr liebe und genieße."

Benjamin drehte den Rollstuhl und brachte sie hinaus ins Café. Sie saßen gefühlt mitten im Garten. Die Sonne schickte ihre Strahlen zwischen den Bäumen durch. Die Blumenbeete verstreuten Blütenduft.

Der Service brachte ihnen Kaffee und Kuchen. Auch eine Karaffe mit Wasser.

Nachdem der Kuchen verspeist war, begann Christina zu erzählen. „Wir hatten eine fürchterliche Kindheit, wenn ich das so sagen darf. Mein armer Bruder …"

„Ja, davon habe ich gehört und gelesen. Auch dass er sich das Leben nahm. Die Großeltern sind dann nacheinander verstorben."

„Ja, deine Mutter übernahm die Verantwortung für mich und das Haus. Sie lernte dann Paul Obermaier aus Bayern kennen, der auf einer Werft arbeitete. Und ich, ich war rebellisch. Ich habe ununterbrochen über die Stränge geschlagen, meiner Schwester die Sorgenfalten auf die Stirn getrieben, um dir nicht alles, was geschehen ist, einzeln erzählen zu müssen. Ich habe mich später, sehr viel später für mein Verhalten geschämt."

Benjamin, goss sich Wasser ins Glas und nahm einen kräftigen Schluck.

Christina tat es ihm nach. „Ich war eifersüchtig auf Paul, der sich Klaras Aufmerksamkeit und Liebe sicher sein konnte. Also fing ich an, die Beziehung zu stören. Ich sorgte dafür, dass sie Treffen mit ihm absagen musste. Flirtete ihn an, indem ich mit offener Bluse die Haustür öffnete, wenn er kam, und versuchte mit allen Mitteln, zu verhindern, dass er bei uns einzog."

„Also warst du ein kleines Teufelchen." Benjamin musste schmunzeln.

„Ein ausgewachsener Satan war ich. Ja."

„Und was geschah dann?"

„Ja, dann verführte ich Paul, als wir einen Nachmittag allein im Haus waren. Er konnte nichts dafür. Ich hatte ihm Schnaps in sein Bier geschüttet und er war betrunken. Er hat sich noch gewehrt, aber als ich gar nichts mehr anhatte, kapitulierte auch er. Da öffnete sich plötzlich die Tür und meine Schwester stand in der Stube. Als sie die Situation erfasst hatte, warf sie Paul hinaus und beendete die Beziehung. Wir haben nie wieder von ihm gehört. Seine Tegernseer Zeitung kam aber weiterhin an unsere Adresse. Ich stromerte weiter durch die Bars, weil ich nicht in die traurigen Augen meiner Schwester schauen wollte. Ich hatte ihr Leben zerstört."

„Und wie ging es weiter?"

„Meine Schwester hat sich dann nicht mit Ruhm bekleckert. Ein paar Wochen später war eindeutig zu erkennen, dass ich schwanger war. Klara schwieg eine Weile, aber ich durfte nicht mehr ausgehen. Gearbeitet habe ich sowieso nichts, also blieb ich zu Hause. Noch ehe man richtig sehen konnte, was mit mir los war, schnappte sie mich und fuhr mit mir nach Rostock. Dort suchte sie uns ein kleines Appartement. Wir blieben zunächst, bis das Kind geboren war. Ich bekam es nicht zu sehen. Wie sie es sofort weggebracht hatte, weiß ich nicht. Sie ließ mich ein handgeschriebenes Dokument unterschreiben. Was drin stand, weiß ich auch nicht. Sie erklärte mir, dass das Kind zur Adoption freigegeben wurde."

„Und du hast dein Kind nie gesehen? Wie ging es dir damit?"

Ein hartes Lachen kam über Christinas Lippen. „Ich bin innerlich versteinert. Es gab für mich lange Zeit keine Liebe, keine Männer und keine Schwester mehr. Nicht, nachdem sie mir auch noch in einer Fabrik einen Arbeitsplatz besorgt hat. Ich musste damit mein Leben und meine Wohnung bezahlen.

Es war mir fortan verboten ins Elternhaus zurückzukommen. Klara fuhr nach Bansin. Etwa zwei Jahre später kam ein Brief von ihr. Sie teilte mir mit, dass sie jetzt auch ein Kind hätte. Paul sei der Vater, aber er sei leider überraschend verstorben."

„Dann wäre doch Paul Obermaier mein Vater, aber wie kann ich das beweisen?" Benjamin strich sich über die Stirn.

Christina ging nicht auf seine Worte ein.

„Mein Leben hatte sich stabilisiert. Ich hatte in der Fabrik einen guten Mann kennen- und auch lieben gelernt. Wir hatten wunderbare Jahre, bis er verstarb und mich allein ließ. Wir waren beide einfache Arbeiter, deshalb gab es keine großen Rücklagen und ich musste weiterhin auf mein Geld achten, trotz der bescheidenen Witwenrente. Das ging gut, bis mich ein schwerer Schlaganfall heimsuchte. Ich war lange Zeit nicht in der Lage, selbst zu handeln. Meine liebe Schwester steckte mich kurzerhand hier ins Heim. Ein letztes Mal sah ich sie wenige Wochen vor ihrem Tod. Sie besuchte mich und versuchte, ihr Handeln mir gegenüber zu erklären, und dann hatte sie noch eine Überraschung."

2023
Sven
Bad Wiessee

Du musst mit ihr reden, hatte ihm Laura gesagt und gemeint, dass er mit Anni reden musste. Ja, das musste er, und griff zum Telefon.

Sie meldete sich sofort. „Ich muss dich geschäftlich sprechen, Anni. Ist mir wichtig, deshalb möglichst schnell." Er holte tief Luft. Es war eine Überwindung.

Kurze Zeit später trafen sie sich in der *Linde*. Als sie beide mit Kaffee und Wasser versorgt waren, schaute er sie lange an. Sein Herz gab keine Ruhe. Er vermisste sie. Was gäbe er darum, sie wieder in die Arme schließen zu dürfen. Aber jetzt ging es erst einmal um das Hotel.

„Was habt ihr vor?"

Anni strich sich über die Oberarme. „Ich will offen und ehrlich mit dir sein." Sie nahm einen Schluck aus ihrer Kaffeetasse. „Lass mich aber zuvor einiges erklären."

Sven nickte zustimmend.

„Ich wollte noch in München den Auftrag ablehnen, doch mein Chef hat darauf bestanden. Auch hätte ich dir alles gleich bei unserem ersten Treffen sagen können, musste aber erst recherchieren, auch alles hinterfragen. Ich wollte wissen, ob ich nicht noch eine Möglichkeit sehe, dir einen gangbaren Weg aufzuzeigen, weil ich weiß, wie sehr deine Familie mit diesem Hotel verbunden ist. Deshalb habe ich bisher noch nichts gesagt."

„Und, hast du was entdeckt, was mir helfen könnte? Immerhin habe ich offen gesprochen, dir vertraut."

Anni senkte den Kopf. „Leider nein. Das alles wurde von langer Hand vorbereitet und dein Schwiegervater hat auch dazu beigetragen."

„Wie soll ich das verstehen?"

„Der Reihe nach. Der Sanierungsstau ist schon mehr als zehn Jahre alt. Die Hotels und das Casino wurden von verschiedenen Töchtern einer Aktiengesellschaft gekauft und abgerissen, was deinen Kredit verpuffen ließ, denn mehr Gäste kamen nicht. Die Appartements wurden und wären nie genehmigt worden. Der vermeintlich letzte Hoffnungsschimmer, dein Schwiegervater, hatte Geld dafür bekommen, auf deine Bürgschaftsforderung einzugehen. Es diente dazu, dich ins offene Messer laufen zu lassen, denn du hast heute einen Drei-Millionen-Kredit, der jetzt in den nächsten Wochen fällig gestellt wird. Dann kommt es zur Versteigerung. Niemand wird mehr investieren, alle Angebote sind gesteuert gewesen. Ich darf dir nun einen Kaufpreis von vier Millionen anbieten. Damit kannst du die Altschulden ablösen und hast noch etwa eine Million für eine neue Existenz."

„Willst du mir sagen, dass ich bereits viele Jahre fremdgesteuert wurde, mit dem Ziel, mir mein Hotel und mein Seegrundstück wegzunehmen, und ich stand die ganze Zeit machtlos vis-à-vis?"

Anni nickte. „Ja, genau so. Aber dein Trost kann sein, dass es überall da, wo es schön ist, wo Begehrlichkeiten geweckt werden können, so oder so ähnlich zugeht. Du bist nicht das einzige Opfer. Schau dich um. Schau um den ganzen See und schau in andere Regionen. Überall, von Nord bis Süd. Es ist überall das Gleiche. Ich rate dir dringend, das Geld zu nehmen, dann hast du mit deiner Frau und deinem Vater wieder eine Zukunft. Du kannst dein Hotel nicht zurückgewinnen."

„Heißt das, dass ich unser Glück aufgegeben habe für etwas, was ich so oder so nicht mehr haben durfte?"

„Ja, Sven."

Er schaute sie zum ersten Mal an, seit sie begonnen hatte, ihm alles zu erklären. „Ich glaube, dass ich dich immer noch liebe, Anni. Immer war ich in meiner Ehe gehemmt, weil ich an dich denken musste. Siehst du für uns noch eine Chance?"

Anni wiegte den Kopf. „Es ist lange her und es ist sehr viel passiert. Ich habe mich gerade getrennt und brauche selbst Zeit, wieder Ordnung in mein Gefühlschaos zu bringen. Außerdem bist du verheiratet und hast zwei Kinder, die ihre Eltern brauchen."

Als Sven nach Hause kam, schenkte er sich einen Cognac ein und setzte sich ins Wohnzimmer. Es war zu Ende. Der Kampf war verloren. Er musste es seinem Vater sagen und sie mussten sich ein neues Zuhause suchen.

Laura kam herein. „Und, hast du mit ihr gesprochen?"

„Ja." Sven ließ den Alkohol durch seine Kehle fließen und achtete auf die Wärme, die ihn durchströmte. „Ja, dein Vater hat fleißig mitgeholfen, uns und unser Hotel fertigzumachen. Er hatte vordergründig aufsteigen wollen, und hatte stattdessen gegen mich intrigiert, gegen mich und eigentlich auch gegen seine Tochter, oder hast du davon gewusst?"

„Mein Vater hat mir nichts gesagt und du weißt, dass er uns keine belastbare Antwort mehr geben kann. Ich habe ihn mehrmals gefragt. Es tut mir sehr leid, wenn er das gemacht hat. Im *Berghotel* ist mir jedenfalls nichts aufgefallen."

Sven lachte. „Wie denn auch? Der hat doch keine Unterlagen über die unlauteren Absprachen offen liegen lassen. Läuft doch bisher prächtig. Wer weiß, wie viel Geld er dafür bekommen hat. Warum habe ich dich geheiratet? Warum? Jetzt ist ein unglaublich wertvolles Grundstück, samt meinem legendären Hotel, weg. Einfach weg. Wird platt gemacht! Mein Vater wird daran zerbrechen."

Laura senkte den Blick und schlich sich wortlos aus dem Wohnzimmer. Sie wusste, dass er jetzt Zeit für sich selbst brauchte.

2023
Benjamin
Bad Wiessee

Benjamin war gestern am Abend in Bad Wiessee einge-
troffen. Er hatte sich für heute mit Lukas Schneider verabredet.

Sie begrüßten sich herzlich in dessen Büro.

„Wie geht es Ihnen, Herr Köster?"

„Danke gut. Wir haben einiges zu besprechen, was ich
persönlich tun wollte."

„Gibt es etwas Neues? Ich habe noch nichts gehört."

„Ich schon."

„Oh, da bin ich aber gespannt. Einen Kaffee?"

„Ja, gerne."

Der Anwalt schaute Benjamin Köster erwartungsvoll an.

„Ich bin fündig geworden. Meine Familie auf Usedom hat
sich selbst sehr geschadet und hatte Geheimnisse. Ich musste
ganz schön suchen."

Er erzählte im Detail, was er alles herausgefunden hatte.
„Und dann war ich in Rostock in einem Pflegeheim. Dort
fand ich zunächst Christina, die Schwester meiner Mutter.
Nach langem Gespräch erzählte sie mir, dass Klara sie kurz
vor ihrem Tod besucht hat und ihr mitteilte, dass Christinas
Kind nicht adoptiert wurde, sondern Klara mich einfach mit
nach Hause genommen und als ihr eigenes Kind ausgegeben
hat. Hausgeburt, hat sie angegeben. Sie hat das getan, weil
Christiana mit Paul Obermaier einmal geschlafen hatte und
sie dachte, dass es sein Kind sein müsste. Deshalb hat sie so

akribisch alles gesammelt, was mit der *Seeperle* zu tun hatte. Sie hat das für mich getan. Ich bin allerdings nicht, wie von Klara vermutet, der Sohn von Paul Obermaier. Meine Mutter Christina wusste immer, wer mein Vater war. Es war ein junger Mann, der zur See fuhr und sehr oft bei ihr war."

„Uh, was für eine Geschichte. Und nun, wie ist das Verhältnis zu ihrer Mutter?"

„Sehr gut. Sie überhäuft mich mit ihrer Liebe. Ich habe sie nach Hause, nach Bansin geholt. Dort wird sie betreut, soweit das nötig ist. Ansonsten blüht sie auf und ist froh, zurück zu sein. Alles bestens."

„Das freut mich sehr." Lukas Schneider erhob sich.

Benjamin auch. „Ich möchte mich noch von Anni verabschieden. Darf ich es ihr erzählen?"

„Aber ja, das ist ja Ihre Geschichte." Lukas Schneider streckte ihm die Hand hin. „Alles Gute für die Zukunft."

Zwei Stunden später saß Benjamin mit Anni in der *Linde*. „Ich muss dir mit Bedauern mitteilen, dass ich nicht mit dir verwandt bin." Er lächelte sie an. „Dafür dürfte ich mich jetzt in dich verlieben."

Anni musste laut loslachen. „Du bist ja lustig."

„Ist nicht lustig, ist ernst. Nein, Spaß beiseite. Aber ein bisschen habe ich schon für dich geschwärmt."

Rasch erzählte er ihr in einer Zusammenfassung die Zusammenhänge. „Was machst du jetzt mit der *Seeperle* und dem Haus?"

„Darüber muss ich mir Gedanken machen. Jetzt, wo du nicht im Boot bist. Es wird mir schon was einfallen. Ich weiß auch noch nicht, wie es für mich weitergeht. Zu viel ist in nur wenigen Tagen passiert, beruflich und privat. Es muss jetzt alles sacken, es muss Gespräche geben und dann ganz am Schluss geht es um mich, um mein Leben."

Benjamin nahm ihre Hand. „Mir scheint, als hättest du dich verliebt. Kann das sein?"

Anni blickte verlegen auf den Tisch. „Ja, das stimmt. Lukas Schneider und ich sind uns nähergekommen. Er hat sich zwar bisher noch zurückgehalten, was ich verstehen kann. Immerhin ist er mein Anwalt und Privates und Geschäft sollte man nicht vermischen. Aber ja, ich habe mich verliebt und ich hoffe, er auch. Seine Augen sprechen auf jeden Fall Bände. Es ist gut, dass wir beide mit der Vergangenheit unserer jeweiligen Familie abschließen können."

„Das denke ich auch. Dann wünsche ich dir und deinem Hotel alles Gute hier am schönen Tegernsee. Und wenn du Bedarf hast, bin ich immer für dich da."

„Danke, Benjamin. Ich habe in dir einen guten Freund dazugewonnen."

2023
Anni
Bad Wiessee

Heute war beruflicher Finaltag. Sie brachte ihren Auftrag so zu Ende, dass sie, wie beabsichtigt, weiterhin in den Spiegel schauen konnte. Sie flanierte über die Seepromenade zum Hotel *Hoferer*. Als sie durch den Garten die Halle betrat, klopfte ihr das Herz. Die Erinnerungen drängten sich nach vorne, als wäre es gerade erst gestern gewesen. Schnell rief sie sich zur Ordnung. Dann sah sie Sven, seinen Anwalt und die Anwälte der XPP. Sie begrüßten sich freundlich und setzten sich an den Besprechungstisch in Svens Büro.

Anni griff in ihre kleine Aktentasche und zog ihre Notizen hervor, die sie feinsäuberlich vor sich ausbreitete.

„Meine Herren, ich bitte darum, folgende Vereinbarungen zu fixieren. Herr Hoferer ist mit dem Verkauf des Hotels samt Grundstück einverstanden. Auch die Privatvilla gehört dazu. Die Familie zieht aus. Der Kaufpreis beläuft sich auf vier Millionen und ist sofort nach dem Grundschuldeintrag fällig."

Svens Anwalt studierte die Verträge und nickte nach einiger Zeit zustimmend. Der Anwalt und Notar der Gegenseite las die Vereinbarungen noch einmal laut vor und legte sie allen Parteien zur Unterschrift vor. Damit war das Ende des Familienhotels besiegelt.

Die Herren verabschiedeten sich. Sven und Anni saßen fast verloren am Ende des großen Tisches.

„Wie geht es dir damit, Sven?", fragte sie leise.

Er schloss die Augen und öffnete sie wieder. „Wie soll es mir damit gehen? Mein Vater ist in Tränen ausgebrochen, als ich ihm erklären musste, was so weh tut. Vor allen Dingen gab er sich die Schuld an allem, was geschehen ist. Blödsinn, habe ich ihm dauernd gesagt, aber es kommt nicht bei ihm an. Ich habe Angst, dass er daran zerbricht."

„Wo wird er wohnen?"

„Ich nehme ihn mit hoch zum *Berghotel*. Also ins Privathaus, das auf dem Gelände steht, sofern ich da auch einziehe."

„Das ist gut. Und was wirst du beruflich machen?"

„Ich wollte warten, was du zu uns beiden sagst. Haben wir noch eine Chance? Lohnt es sich, auf dich zu warten?"

„Ach, Sven, wir hatten unsere Zeit, wo sich das alles richtig angefühlt hätte. Aber mittlerweile sind so viele Jahre vergangen und es ist unglaublich viel geschehen, viel Porzellan zerschlagen worden. Auch wir haben uns verändert."

Sven legte den Kopf auf die Arme.

„Sven?"

„Ja."

„Ich wiederhole mich. Du bist verheiratet und hast Kinder", sagte sie leise.

„Na und. Ich wurde gezwungen."

Anni schüttelte den Kopf. „Nein, so ist das nicht mehr, wenn du ehrlich zu dir selbst bist. Aus deiner Frau ist eine bezaubernde und aufmerksame Ehefrau geworden, wie ich gehört habe. Sie hat dich all die Jahre unterstützt, gestützt und geliebt. Sie wusste nicht, was ihr Vater gemacht hat. Geh nach Hause und entschuldige dich, denn du liebst sie inzwischen auch. Schütze deine Familie. Und dann rate ich dir, leite mit ihr zusammen das *Berghotel*. Du kannst es jetzt bewahren und weiterführen und hast Geld zum Investieren."

„Anni die Vernünftige. Kommst du wenigstens wieder zu- rück und übernimmst die *Seeperle*?"

„Wir werden sehen. Auf Wiedersehen, Sven. Man sieht sich bestimmt einmal wieder."

Alexander rief sie am Abend an und gratulierte ihr herz- lich zum Erfolg. Sie nahm es gelassen und ohne Freude hin. Auf seine Frage, wann sie wieder ins Büro käme, antwortete sie ausweichend. „Ich würde gerne Urlaub machen, Alexan- der. Richtig Urlaub. Ich muss nachdenken."

Anni hatte die Formalitäten für die Übernahme der *Seeperle* und das Wohnhaus erledigt. Seit Tagen arbeitete sie an einer Wirtschaftlichkeitsberechnung und an einem Konzept für die Zukunft. Die Ferienwohnung hatte sie verlassen und war in die elterliche Wohnung in der Seestraße gezogen. Der Kreis begann sich langsam zu schließen. Neben den ganzen trauri- gen Veränderungen hatte sie aber auch zahlreiche Lichtblicke gesehen. Es gab im Tal Menschen, die bewahren und verbes- sern wollten, wie ihre Freundin Fritzi. Sollte sie sich Letzteren anschließen? Und wenn ja, als Gastronomin oder als Berate- rin?

Es klingelte. Wer konnte das sein? Sie drückte den Tür- öffner und Fabian kam die Treppe hochgesprungen.

„Habe ich es mir doch gedacht, dass du dich hier vergra- ben hast. Was machst du?"

„Was geht dich das an?"

„Anni, komm zurück, wir waren doch glücklich. Wir ha- ben uns geliebt." Fabian hielt sie an der Schulter.

„Ich muss eine Entscheidung treffen. Die *Seeperle*. Das Haus hier. Mein Beruf."

„Das ist nicht leicht. Das kann ich verstehen. Aber das alles hier, das ist nichts für dich. War noch nie das Richtige. Hier bist du noch nie glücklich geworden." Fabian legte die Arme um sie und zog sie an sich. Er streichelte ihr den Rücken und drückte ihr einen Kuss auf die Lippen.

Hinter ihnen knallte die Tür zu. Beide erschraken. Anni riss sich los und rannte die Treppe hinunter. „Lukas, warte!"

Doch Lukas Schneider rannte zu seinem Auto und fuhr davon.

Anni lief zurück in die Wohnung. „Scher dich raus, Fabian! Wir beide haben nichts mehr gemein. Vielleicht sehen wir uns im Büro. Vielleicht auch nicht. Aber privat werden wir getrennte Wege gehen."

Am nächsten Nachmittag fuhr sie zum Privathaus von Lukas. Samstags, so hatte er erzählt, ging er nie in die Kanzlei, um abschalten zu können. Sie klingelte und es dauerte auch nicht lange, bis er öffnete. Fragend schaute er sie an.

„Ich muss mit dir sprechen, darf ich reinkommen?"

Lukas nickte und trat zur Seite.

Anni blieb im Flur stehen, als er keine Anstalten machte, sie weiter zu bitten. „Lukas, ich wurde von Fabian überrascht. Es war nichts, und du hättest nicht weglaufen müssen."

„Nein? Das machte allerdings einen anderen Eindruck."

„Kann sein. Er hatte noch nicht ganz begriffen, dass wir uns getrennt haben."

„Ist es möglich, dass ich eifersüchtig bin?", fragte er leise.

„Das legst du besser ab. Darf ich erst einmal reinkommen? Ich meine, wir stehen immer noch im Flur."

Er schaute sich um. „Entschuldige." Dann nahm er sie an der Hand und zog sie ins Wohnzimmer. „Ich liebe dich,

Anni, ich durfte dir das die ganze Zeit nicht sagen. Bitte bleib hier am Tegernsee."

Anni schlang ihm die Arme um den Hals. „Ich liebe dich auch. Aber was machen wir mit der *Seeperle* und dem Haus? Und was mache ich mit meiner Anstellung?"

„Das besprechen wir später. Ich möchte dich heute einladen."

„Hast du noch eine Restaurantperle versteckt, die du mir noch nicht vorgestellt hast?"

Lukas nickte. „Mach dich hübsch, wir werden köstlich speisen. Ich hole dich nachher ab."

Anni stand lange vor ihrem Schrank. Zur Feier des Tages wollte sie ein elegantes Outfit wählen. Sie entschied sich für ihr rotes langes Sommerkleid. Der leichte Chiffon-Stoff umspielte sanft ihren Körper. Dazu schlüpfte sie in leichte offene Sandaletten. Sie sah eine elegante Frau, als sie sich im Spiegel betrachtete. Sie hatte sich nur dezent geschminkt.

„Wow, siehst du gut aus. So schön." Lukas Augen strahlten um die Wette. „Wir gehen zu Fuß", erklärte er, als sie zum Auto wollte.

Gemächlich wanderten sie in den Ortsteil Abwinkl und dort ins Fischereibistro. Lukas hatte einen Tisch bestellt. Direkt am Seeufer mit Blick nach Rottach bekamen sie eine Auswahl heimischen Fischs und mediterrane Meeresfrüchte serviert. Dazu gab es zur Feier des Tages edlen Champagner.

Später machten sie sich auf den Weg zurück nach Bad Wiessee. Lukas hielt ihre Hand, als wollte er sie nie mehr loslassen. Als sie vor dem Hotel *Hoferer* standen, ließ Anni noch einmal ihre Augen über das Haus und den Garten gleiten. Wehmut erfasste sie. Sie wusste, dass es diesen Anblick nicht mehr sehr lange geben würde. Dann drehte sie um. „Du wolltest mir doch sagen, was ich machen kann?"

„Ja, ich habe einen Vorschlag, der uns beiden hilft."

„Da bin ich aber mal gespannt."

Lukas zog sie näher. „Ich dachte, dass wir die *Seeperle* und das Haus ordentlich renovieren lassen. Das Hotel eröffnen wir mit einem Geschäftsführer, dem du jederzeit auf die Finger sehen kannst. Die Wohnungen im Haus an der Seestraße vermieten wir. Und du bekommst in meiner viel zu großen Kanzlei eigene Büroräume. Du solltest dich als Unternehmensberaterin selbstständig machen. Wir könnten zusammenarbeiten und du wärst dafür zuständig, Gastronomiebetriebe zu unterstützen, noch ehe sie in Schwierigkeiten geraten. Helfen und Bewahren."

Anni musste lachen. Sie blieb stehen und blickte über den See. Im Hintergrund die Berge und vor ihr die beiden Schwäne, die wie immer hier zu bestaunen waren. Aber genau heute zeigten sie, dass auch sie ein inniges Liebespaar waren.

„Das klingt gut, denn ich habe mich neu in meine Heimat und auch in dich verliebt. Mehr geht nicht. Halt mich fest, Lukas. „So machen wir das."

„Ja, Anni kehrt heim!"

Ende

Nachwort

Seit ein paar Jahren komme ich regelmäßig an den Tegernsee und bei jedem Besuch entdecke ich neue, schöne Veränderungen. Oft sehe ich aber auch einen Wandel, der zunächst
leise und schleichend stattfindet und dann Fragen hinterlässt.

In diesem Zusammenhang ist mir bis heute ein älterer
Herr in Erinnerung geblieben, der am Parkeingang eines seltsam anmutenden Hotels stand, und mich mit unendlich traurigen Augen anschaute. Schweigend drehte er sich weg und
ging.

Auf den ersten Blick wirkte das Gelände bizarr, weil mir
ein großer Plastikschwan neben einem leeren Pool auffiel.
Darum herum standen im wilden Durcheinander ungepflegte
Gartenmöbel und dahinter waren einige Transparente, die ich
nicht so richtig einordnen konnte. Ich war zum allerersten
Mal am Tegernsee. Das Haus oder besser gesagt das Hotel
machte keinen umsorgten Eindruck, aber man sah ihm an,
dass es einst bedeutsam gewesen sein musste. Es strahlte
trotz der Begleiterscheinungen einen gewissen Stolz aus. Mir
war so, als hätte es einiges zu erzählen. Aber was könnte das
sein?

Meine Neugierde war geweckt. Google und zahlreiche
Zeitungsberichte erzählten mir dann, was mich in mancher
Hinsicht sehr berührte. Im Laufe der folgenden Jahre ver-
folgte ich daher aufmerksam die weiteren Meldungen, und
den einsamen Versuch des einstigen Eigentümers des Tradi-
tionshauses, seinen Besitz zu retten. Er nahm bis zuletzt im

hohen Alter, ohne Strom und ohne Heizung, sein Wohnrecht wahr. Dann wurde alles abgerissen.

Jedes weitere Jahr beobachtete ich, wie rund um den See das eine oder andere Hotel, welches seit Jahrzehnten bekannt, vielleicht auch beliebt war, seine Türen geschlossen hat und das ganze Leben eines Hotels entwichen ist. Sei es, um aufwendig erneuert oder abgerissen zu werden.

Ich hatte schon länger die Idee, einen Roman zu schreiben, der in dieser traumhaften Urlaubsregion spielt, was an sich schon eine ausdrückliche Einladung ist, mitzureisen. Gerne suche ich aber für meine Protagonisten besondere Plätze, die entweder Zeitgeschichte oder eine interessante eigene Geschichte haben, die man da, wo es passt, dezent einbinden kann. Sie machen eine Erzählung spannender und bereichern die Geschehnisse. Den Gedanken, Hotels, ihre Vergangenheit und auch ihre Zukunft zu thematisieren, fügte ich dem Plot etwas später bei und erweiterte die Geschichte.

Dabei ging es mir grundsätzlich nicht darum, die tatsächlichen Umstände von Hotelschließungen zu recherchieren. Das Thema wäre viel zu komplex und wurde für meinen Unterhaltungsroman auch gar nicht benötigt.

Ich schaute mit den Augen einer Urlauberin, die vermehrt leer stehende Hotels, Bauzäune und Brachen sah. Eine Urlauberin, die sich Fragen stellt und dann neugierig regionale Zeitungen liest. Auch Hotels, bei denen wir von der Terrasse aus auf den See geblickt haben, gehörten mittlerweile der Vergangenheit an.

Eine Autorin findet es immer interessant, Dinge, die ihr auffallen, festzuhalten, um sie zu einer spannenden Geschichte zu verarbeiten. Das Setting des einstigen Hotels

Lederer, seine vorausgegangene Zeitgeschichte der Dreißigerjahre, seine eigene Geschichte und ebenso das Setting des Hotel *Seegarten*, indem ich selbst schon wohnte, fand ich höchst spannend, weil sie beide von exponierter Lage auf den See blicken und blickten. Meine Geschichte rund um die beiden Hotels, die Geschehnisse und erst recht die Beziehungen zwischen den Figuren sowie alle Protagonisten sind frei erfunden. Zufälligkeiten mit Personen und tatsächlichen Begebenheiten sind unbeabsichtigt.

Danke

Ich bedanke mich bei der Tegernseer Zeitung, die mir erlaubt hat, aus ihren Berichten und Fotostrecken meine Inspiration und Fantasie zu speisen.

Mein Dank gilt ebenfalls meiner Lektorin Daniela Höhne, die mit ihrer Expertise und viel Engagement mithalf, aus einer Idee eine zauberhafte Geschichte werden zu lassen.

Ebenso meinem Mann, der mich unterstützt, liest, kritisiert und ermuntert. Danke auch all den lieben Menschen, die während der Entstehung mit Rat und Tat zur Seite standen.

Ich hoffe sehr, dass Ihnen das Buch gefällt und Sie für einige Stunden ins schöne Tegernseer Tal entführt.

Viel Spaß beim Lesen.

Ihre Barbara Herrmann

Weitere Bücher von Barbara Herrmann

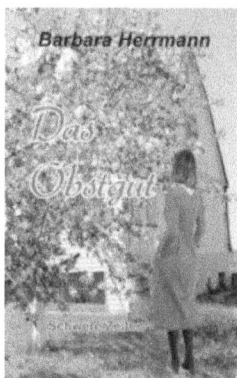

Das Obstgut – Schwere Zeiten

Mitte der 60er Jahre heiratet Gerhard Glotz, der größte Obstbauer im Bühlertal, die achtzehnjährige Jutta. Anstatt aber eine stolze Bäuerin sein zu dürfen, wartet auf sie ein mühsames und hartes Leben. Ihr Ehemann tyrannisiert seine Familie und seine Landarbeiter mit seiner unbeugsamen Härte. Sein ältester Sohn Tobias verlässt als junger Mann nach einem heftigen Streit und der Uneinsichtigkeit des Vaters das Gut. Den jüngsten Sohn Klaus, den Gerhard ohnehin nicht leiden kann, weil er das Klavier der Landwirtschaft vorzieht, verjagt er erbarmungslos. Auch die Bäuerin lässt Gerhard einfach im Stich, als diese schwer erkrankt.

Eine Familie zwischen dem Schwarzwald und dem Bodensee, die trotz vieler Turbulenzen einen Weg zwischen Tradition und Moderne suchen und finden muss.

Buch 9783756219445
E-Book 9783756289066

http://www.heidezimmermann.de

Das Obstgut – Die Erben

Band 2

Seit dem Tod des Obstbauern sind etwa fünfundzwanzig Jahre vergangen. Tobias hat damals den Betrieb seiner Vorfahren im Bühlertal in letzter Minute gerettet. Sein Bruder Klaus ist ein berühmter Musiker geworden.

Inzwischen haben die beiden Brüder ihre Söhne, die zukünftigen Erben, in die Betriebe eingebunden. Als das Obstgut im Bühlertal erneut finanzielle Probleme bekommt, hat Tobias das Gefühl, eine ähnlich schlimme Situation durchleben zu müssen wie damals, als seine Eltern und sein Bruder einen hohen persönlichen Preis bezahlen mussten.

Das darf sich unter keinen Umständen wiederholen. Doch dann ist es plötzlich vorbei mit dem Familienfrieden. Wut, Intrigen Beschuldigungen, Diebstahl und Krankheit bestimmen den Alltag. Ob die Probleme gelöst und der erneut brüchige Familienfrieden wieder hergestellt werden können?

Buch 9783756832507
E-Book 9783756866427

http://www.heidezimmermann.de

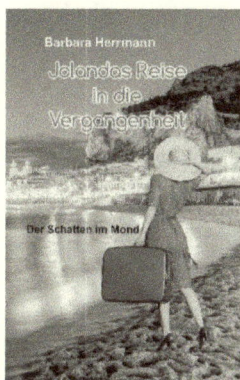

„Jolandas Reise in die Vergangenheit" – Der Schatten im Mond

Den Titel gibt es sowohl als Buch, als auch als E-Book. Kommen Sie mit mir ein bisschen mit nach Italien.

Nach dem Tod ihrer Mutter findet Jolanda in deren Nachlass eine Schatulle mit Briefen und Fotos. Ihre vermeintlich heile Welt stürzt ein, als sie erfährt, dass ihre verstorbenen Eltern gar nicht ihre leiblichen Eltern waren. Sie begibt sie sich auf die Reise in den Schwarzwald und nach Sizilien, um die Familiengeheimnisse ihrer Stiefmutter zu lüften und ihre richtigen Eltern zu finden. Bei ihrer Suche tun sich ungeahnte menschliche Abgründe auf, die sich noch über Jahrzehnte bis in die Gegenwart auswirken.

Ein bewegender Roman über eine Familie, die den strengen und althergebrachten Werten sowie den Vorurteilen gegenüber den italienischen Gastarbeitern zu Beginn der Sechzigerjahre Tribut zollen muss, auf diese Weise ihren inneren Zusammenhalt verliert und letztendlich daran zerbricht.

Print ISBN: 9783753416892
E-Book ISBN: 9783753436272

http://www.heidezimmermann.de

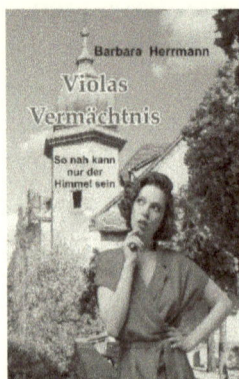

Violas Vermächtnis – So nah kann nur der Himmel sein

Die Geschichte zweier Schicksale, die sich vor der prachtvollen, geschichtsträchtigen Kulisse der Kurstadt Baden-Baden begegnen.

Renate steht vor dem beruflichen und privaten Scherbenhaufen ihres Lebens. Doch dies bleibt nicht der einzige Schicksalsschlag, den sie einstecken muss. Im Kampf um ihre Existenz erkennt Renate schließlich die Magie des Zufalls und die starke Kraft zwischen Himmel und Erde.

Auch Gero macht eine schwere Zeit durch. Als seine Schwester Viola stirbt, bittet sie ihn, eine Frau zu finden, die seine Hilfe braucht. Doch wie kann Gero diese Frau finden? Wann und unter welchen Umständen wird er ihr begegnen? Durch Zufall?

Oder wird auch der Himmel seine Finger im Spiel haben? Die Fragen und Antworten auf Zufälle und andere mystische Zufälligkeiten in verschiedenen Lebenssituationen unserer Zeit sind die perfekte Würze dieses Romans. Mehr als 20 Schwarzweiß-Fotos führen die Leser*innen an die Schauplätze in Baden-Baden.

Print 9783753454900
Ebook 9783753492650

http://www.heidezimmermann.de

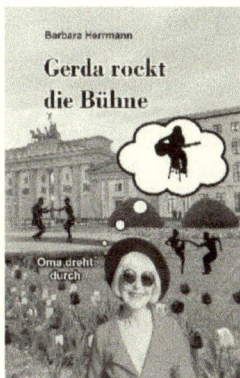

Gerda rockt die Bühne - Oma

Gerda hat die Nase voll.

Sie hat ihren starrköpfigen, dominanten Ehemann überlebt und ist sich sicher, dass es jetzt nur noch besser werden kann. Doch anstatt endlich das Leben neu zu beginnen, wird sie von ihrer Tochter und ihren Kindern eingespannt.

Als sie eines Tages das Zimmer ihrer Enkelin aufräumt, stolpert sie über deren E-Gitarre. Wie unter Zwang legt sie los und lässt die Rock 'n' Roll-Zeit ihrer Jugend wiederauferstehen.

Der kurze Ausflug in die Vergangenheit legt in Gerda einen Schalter um. Sie erinnert sich an das alte Motorrad ihres Mannes, das immer noch im Schuppen steht, packt einen Koffer und ihre winzige Rente und verlässt das Haus. Eine abenteuerliche Reise beginnt, in deren Verlauf Gerda sogar eine Musikerkarriere startet …

Ein turbulenter und kecker Roman über das Leben der alten Junggebliebenen – erzählt mit einem Augenzwinkern und einer großen Portion Humor.

Buch 978-3-749486038
eBook 978-3-753401164

http://www.heidezimmermann.de

Jesus und die schwarzen Schafe –
Einsatz auf Erden

Schon seit zweitausend Jahren sieht Jesus dem Treiben der Menschen auf der
Erde zu. Doch langsam reißt ihm der
Geduldsfaden. Mit großem Aufwand
hatte er damals seinen Jüngern gelehrt,
was sie predigen und verkünden sollen,
aber das Personal wird immer schlechter, und mittlerweile laufen ihm die
Schäfchen in Scharen davon.

So entschließt er sich, fünf erfahrende Jünger auf die Erde zu
schicken, um dem Treiben Einhalt zu gebieten. Doch Mar-
kus, Matthäus, Lukas, Paulus und Judas rauschen von einem
Abenteuer ins nächste, denn sie haben durch ihre Arbeit im
Himmel keinen blassen Schimmer von der Welt von heute.
Jesus' Sekretärin Tabea kommt schließlich die rettende Idee
…

Print – ISBN 978-3-756844548
E-Book – ISBN 9783756877188

http://www.heidezimmermann.de